KB053205

산더미 위에
돌 하나를 더
얹어라

산더미 위에
돌 하나를 더 얹어라

지 은 이 | 이영옥, 이샘이, 이봄이
펴 낸 이 | 김원중
편집위원 | 류균, 이종인, 차경선, 이철재,
　　　　　　육완방, 소종섭, 이규환, 김명신

기　　획 | 허석기, 김무정
편　　집 | 홍진희, 김주화
디 자 인 | 안은희, 옥미향
제　　작 | 김영균
관　　리 | 차정심
마 케 팅 | 박혜경

초 판 인 쇄 | 2016년 12월 07일
초 판 발 행 | 2016년 12월 12일

펴 낸 곳 | 도서출판 상상나무
　　　　　　상상바이오(주)
주　　소 | 경기도 고양시 덕양구 행주내동 743-12
전　　화 | (031) 973-5191
팩　　스 | (031) 973-5020

출판등록 | 제313-2007-000172(2007.08.29)
홈 페 이 지 | http://smbooks.com
E - m a i l | ssyc973@hanmail.net

ISBN : 979-11-86172-36-0(03810)

값 15,000원

* 잘못된 책은 바꾸어 드립니다.
* 본 도서는 무단 복제 및 전재를 법으로 금합니다.

산더미 위에
돌 하나를 더 얹어라

당신 덕에 다시 사랑으로 충만해질 수 있었습니다, 그런 당신께 이 책을 바칩니다

계절이 바뀌고 또 바뀌어 낙엽이 뒹구는 완연한 가을입니다. 남편을 떠나보낼 마음의 준비 없이 맞이했던 바로 일 년 전, 그 슬픔의 시간이 점점 가까워져 오고 있습니다.

남편과 함께 지냈던 집 안 구석구석과 회사 집무실의 손때 묻은 책상과 소파는 여전한데 남편의 부드러운 음성과 따뜻했던 미소는 이제 아무리 찾으려 해도 찾을 수 없습니다.

"이렇게 빨리 일이 생길 줄 알았으면 자서전이라도 하나 써놓을걸."

남편이 제게 남긴 편지를 보고 딸들이 추모집 이야기를 했을 때 남편의 생애를 정리해 책으로 냈으면 좋겠다는 생각을 처음으로 해보았습니다. 그 생각이 이어져 남편이 지나온 삶과 맨손으로 시작해 열정으로 키워낸 (주)삼익유가공의 이야기를 책으로 엮어 알리고 싶어졌습니다. 남편은 아내인 저조차 존경스러울 정도로 최선을 다해 멋진 삶을 살았습니다. 그 삶과 사업 이야기를 책으로 담아내고 싶었습니다.

남편과 아버지를 잃은 황망함에 마음 추스르기도 바쁜 가운데 추모집을 내고자 하는 저희의 뜻을 남편과 가까이 지냈던 여러 분들이 기꺼이 찬성해주셨습니다. 그리고 추모의 글을 모으는 데도 발 벗고 나서주셨습니다.

남편의 추모집을 낸다고 하니 80여 명이 훌쩍 넘는 지인 분들이 추모의 글을 정성껏 써서 보내주셨습니다. 슬픔에 빠져 있는 우리 가족을 사랑하고 응원해주신 삼익 가족, 학회, 업계, 연맹, 친지, 친구, 모든 분께 이 지면을 빌어 진심으로 감사드립니다.

그런데 추모집 발간이 예상치 못한 암초를 만났습니다. 보내주신 추모의 글의 양이 너무나 많아 책에 도저히 다 실을 수 없다는 출판사의 통보를 받은 것입니다. 정성껏 글을 써주신 한 분 한 분이 다 소중한데 누구를 뺄 수도 없고 참으로 난감했습니다. 부득이 출판사에 맡겨 대부분의 원고를 짧게 줄일 수밖에 없었습니다. 이 점 매우 죄송스럽게 생각하며 귀한 글을 주신 모든 분들에게 양해와 이해를 부탁드리는 바입니다.

추모집을 쓰던 지난 수개월 동안 남편을 떠올리고 남편의 발자

취를 다시 복원해내는 일은 아릿한 슬픔을 느끼면서도 한편으론
행복했습니다.

'종은 울릴수록 멀리 퍼져나간다'고 했듯이 고인의 은은한 향기
와 인품이 종소리처럼 세상에 스미도록, 남편의 삶을 정성껏 기
록하여 이제 세상에 내놓습니다. 이 책은 4부로 구성됐습니다.
1부와 2부는 남편의 지나온 삶과 사업의 행적을 담았고 3부와 4
부는 우리 가족과 친척, 지인, 학교 선후배들의 추모의 글을 모
았습니다. 그리고 그 다음에는 사진과 연보를 실었습니다.

책이 완성되어 나오기까지 도움을 주신 주변의 많은 분들이 계
십니다. 특히 류균 교수님, 이종인 이사장님께서 편집과 출판에
많은 도움을 주셔서 책이 세상에 선을 보이게 되었습니다. 열성
적인 지지와 보살핌에 고개 숙여 감사드립니다. 또 빠른 시간에
원고를 잘 편집해 멋진 책으로 마무리를 해주신 상상나무의 김
원중 사장님과 편집진에게도 감사를 드립니다.

그리고 두 딸, 샘이와 봄이 그리고 사위들이 아니었다면 이 책은 나오지 못했을 것입니다. 춥고 긴 겨울밤 아빠의 빈자리를 싫은 내색 없이 채워주며 함께 했던 시간들, 가족이 하나가 되어 책을 만들기 위해 혼신의 힘을 다했던 그 시간들이 쌓여 이 책을 만들었습니다.

남편은 병상에서 유독 가족들에게 "사랑으로 뭉쳐 살아가라"고 자주 말했습니다. 이제 이 말은 유언이 되어 저희 가족이 살아가는 또 다른 원동력이 될 것입니다.

유난히 더웠던 올 여름이었습니다. 많은 분들의 사랑과 안타까움, 정성으로 만들어진 추모집을, 1주기를 맞이하는 사랑하는 남편의 영전에 삼가 바칩니다.

2016년 11월 22일
대치동 사옥에서 이영옥

차례

2

당신을 그리워합니다, 그리고······ 다음에도

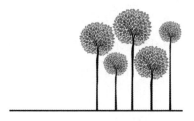

차례

3
당신은 영원합니다, 그리고…… 다음에도

4

우리는 기억합니다, 그리고…… 다음에도

| 정우택(문학박사, 화서학회 이사장) | 이종립(화서학회 감사) | 장삼현(철학박사, 화서학회 학회장) | 윤열상(한문서예학원 원장) | 안성열(경영학박사, 삼덕회계법인 대표) | 라귀현(한국초등테니스연맹 회장) | 최삼용(한국초등테니스연맹 임원) | 차경선(삼익유가공 전 전무이사) | 유재현(직원) | 최신기(직원) | 임미자(직원) | 최한기(직원) | 백선희(직원) | 최명희(직원) | 김진(직원) | 백영진 박사(삼익유가공 상임고문) | 김형수 박사(식품공학박사, 미국 컬처시스템 대표) | 사이토 교수(일본 동북대 교수, 일본낙농학회 회장) | 홍윤호(식품영양학박사, 전남대학교 명예교수) | 윤성식(연세대학교 생명과학기술학부 교수) | 이광호(건국대학교 의료생명대학 학장) | 전덕익(건국대 정외과 친구) | 김의호(건국대 정외과 친구) | 전대일(건국대 정외과 친구) | 김광호(전주고 · 북중 총동창회 회장) | 정운기(제12대 재경 전주고 · 북중 총동창회 회장) | 조정남(제11대 재경 전주고 · 북중 총동창회 회장) | 박재윤(제15대 재경 전주고 · 북중 총동창회 회장) | 강대석(제14대 재경 전주고 · 북중 총동창회 회장) | 김준일(40회 전주고 선배) | 이종인(43회 전주고 · 북중 동문) | 이재근(43회 전주고 동문) | 한관수(43회 전주고 동문) | 홍한수(43회 전주고 동문) | 김영태(43회 전주고 동문) | 양기석(43회 전주고 동문) | 정창현(43회 전주고 동문) | 김호성(43회 전주고 동문) | 서인철(43회 전주고 동문) | 김해곤(43회 전주고 동문) | 육완방(43회 전주고 동문) | 박진영(43회 전주고 동문) | 안형옥(43회 전주고 동문) | 유희백(43회 전주고 동문) | 윤세균(43회 전주고 동문) | 홍석빈(43회 전주고 동문) | 김웅채(43회 전수고 동문) | 소종섭(47회 전주고 재경동창회 상임부회장) | 이규환(50회 전 전주고 재경동창회 사무총장) | 김종삼(55회 전주고 후배) | 허홍열(55회 전주고 후배) | 이강만(59회 전주고 후배) |

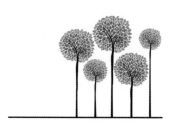

한 해에는 어려움을

다음 해에는 그것을 헤쳐나가는 힘을 받았습니다

1

당신을 사랑합니다,
그리고…… 다음에도

고고한 선비 정신과 의연한 생활방식이 몸에 배여 결코 모자람이나 넘침이 없는, 절제 속

에서 온유와 섬김을 실천하고 일가친척의 화목에 집중했던 여송 이종익은 부친에게서 청빈

한 기업가 정신과 모두가 함께 어울려 살아가는 삶의 가치를 배우고, 넉넉히 만들어 아낌

없이 베푸는 어머니에게서 나누고 섬기는 아름다운 마음을 물려받았습니다.

벽진 이씨,
홍산 집안의 가풍을 이었습니다

이종익 회장이 태어나 어린 시절을 보낸 곳은 전북 무주다. 우리에게 첩첩산골의 상징처럼 사용하는 '무주 구천동'이 있는 지역이다. 군 전체가 소백산맥에 속하는 울창한 산림 지대로 풍광이 뛰어나며 지역 대부분이 인간이 가장 살기 좋다는 해발 400~500m에 위치한다.

유명한 덕유산과 대덕산 그리고 흥덕산 등 1000m 이상의 높은 산들이 주능선을 이룬 이 아름다운 고장, 무주군 무주면 읍내리 891번지가 이종익 회장의 출생지이다.

이종익 회장은 해방의 기쁨이 채 가시지 않은 음력 1947년 4월 22일, 정해년에 벽진 이씨(碧珍 李氏) 34세손으로 태어났다. 5형제 중 셋째였다. 어머니는 돼지 한 마리가 품으로 들어오는 돼지꿈을 태몽으로 꾼 후 낳은 아들이라 나중에 크게 성공할 것이라 기대했다고 한다.

이종익 가문(家門)은 고려 초 벽진장군 이후 1000년 동안 고려 및 조선의 훌륭한 인물을 연이어 배출한 벽진 이씨 집안이었다. 대장군공파(大

將軍公派)의 감사공파(監司公派)에 속했다.

28세 조비(祖妣)가 경제적 기반을 마련하고 30세 주선공이 홍산현감을 지낸 후 '홍산 집안'이라 불리게 됐다고 한다. 홍산 집안은 '청백'과 '검소'를 가풍으로 부모공경, 형제우애 등 삼강오륜이 그대로 이어지며 법도와 예의를 중시했다.

이런 가문의 후한 인심과 인덕으로 홍산 집안 34세손으로 자부심을 가지고 성장한 이종익 회장은 어려서부터 가문에 얽힌 이야기를 어른들에게 자주 듣곤 했다. 그의 조부는 44세 젊은 나이에 돌아가셨다. 혼자 몸이 된 할머니는 가문이 쇠퇴할까 봐 걱정이 많았다고 한다. 그래서 외아들인 이종익 회장의 부친 이정기에게 "너는 중학교만 마치고 결혼해 아버지로부터 물려받은 유산을 잘 관리하며 살도록 하라"고 간곡히 부탁했다고 한다.

외지에서 다른 일 하지 말고 고향을 지키며 가문을 이어달라는 요청이었던 것이다. 부친은 할머니의 요청에 순종해 서울에서 경복고보를 졸업하고 고향으로 바로 내려와 무주군청 공무원으로 지내며 홀어머니를 모셨다. 어디를 가나 부잣집 도련님 풍모를 지녔다는 부친은 매우 인자하고 점잖았다고 한다. 이런 부분은 이종익 회상의 형제 모두에게 유전되어 있는 것이기도 하다.

이종익 회장의 부친은 항상 책을 가까이 해 해박한 지식을 갖추고 글도 잘 쓰셨다. 서울에 출장을 다녀오면 가방이 항상 두툼했다. "책을 많이 읽어야 훌륭한 사람이 될 수 있다"는 말을 자녀들에게 늘 하면서 가방을 열었다. 그 안에는 기다리는 과자 대신 만화책과 학원잡지, 동화집 등 책이 가득 들어 있었다.

이종익의 회장은 형, 동생과 함께 대청마루에 배를 깔고 누워 책을 읽으며 책에서 펼쳐지는 상상의 나래에 마음껏 심취했다. 아버지는 말 없이 책 읽는 아이들의 머리를 쓰다듬어주곤 했는데 이종익 회장의 집은 동네 도서관이라 해도 될 정도로 책이 많아 모든 아이들의 부러움을 샀다.

조부는 지역의 유지였다. 그래서 이종익 회장의 부친은 많은 전답을 물려받았다. 그런데 이것을 유지하기 힘든 시대적 상황을 맞이했다. 일본 식민지 시절엔 공출이라는 명목하에 땅을 탈취 당하고 해방이 되어서는 토지개혁으로 헐값에 전답을 모두 수용 당해야 했다. 특히 6·25 전쟁 와중에는 폭격에 집마저 불타버리는 등 가세는 급속하게 기울었다.

여기에 설상가상으로 종익의 아버지는 부하직원 비리 사건시 상관으로서 책임을 지겠다며 직책을 그만두었다. 큰아들이 대학 졸업반이고 막내가 초등학교 2학년이었다. 아버지는 막막한 앞날이 걱정이었겠지만 오히려 아내에게 "당신 고생만 시켰으니 앞으로 세계 일주를 시켜주겠다"고 장담하며 영어회화를 시작할 정도로 유머와 낭만이 있는 분이셨다.

기울어진 집안 형편 속에서도 아버지는 '조상 없는 자손은 없다'는 확고한 신념으로 집안을 잘 이끌었다. 집안의 장손으로 일 년에 아홉 번의 제사와 설과 보름 그리고 추석과 동지 등의 차례를 빠짐없이 지냈다. 하루가 멀다 하고 이어지는 제사였다.

그러면서 홍산 가문의 기둥으로 일가친척 간의 영화를 살리려고 온 힘을 기울이고 노력했는데 이종익 회장은 이런 아버지의 영향을 많이 받아 후일 가문을 세우고 전통을 지키는 일에 최우선 순위를 두었다고 할 수 있다. 보고 자란 것이 결국 가장 좋은 교육이 된 것이다.

누구에게나 어머니는 아련한 마음의 고향 같은 존재다. 이종익 회장에게도 예외는 아니었다. 종갓집 장손에게 시집온 모친은 꽃다운 나이에 혼자 되신 시할머님과 시어머님 층층시하 시집 어른 속에서 시집살이를 하며 손이 귀한 집안에 아들만 다섯을 내리 낳았다.

부잣집 딸로 귀하게 자란 어머니는 큰집 종부로서 맡겨진 일에 최선을 다했다. 능숙한 처신으로 많은 식솔들을 대하고 항상 부지런하셨다. 또한 집안을 평온하게 다스릴 뿐만 아니라 마음이 따뜻해 손님을 정성 껏 대접하기로도 소문이 났다. 찾아온 손님은 결코 그냥 보내는 법이 없었다.

특히 어머니의 음식 솜씨는 온 동네가 알아줄 정도로 뛰어났다. 같은 재료라도 남보다 맛있게 만들었는데 상에 반찬을 차려놓으면 보기에 정결하고 음식에 품위가 있었다.

소년 이종익은 어머니가 음식을 만들 때면 음식이 얼른 다 되길 기다리며 자꾸 주위를 기웃거리곤 했다. 그리고 어머니의 솜씨를 자랑하려고 친구들을 수시로 데려와 음식을 해달라고 떼를 썼다. 이럴 때마다 어머니는 넉넉지 않은 살림에도 정성스레 음식을 만들어 친구들을 먹였고 이종익 회장의 어깨를 으쓱하게 만들었다.

"어머니는 저희 자식 교육에 많은 정성을 기울이셨어요. 교육열은 유난했습니다. 맹모삼천지교(孟母三遷之敎)란 말이 무색할 정도로 열정으로 우리들을 키우셨지요. 그것은 우리 형제들을 명문고에 모두 입학시키고 두 아들을 서울대에 보낸 것만 보더라도 잘 알 수 있습니다."

이 말은 언젠가 이종익 회장이 자녀 교육 이야기를 나누다 지인에게 해준 말이다.

그의 부모님은 모두 가문과 예의를 중시하며 책을 가까이 하는 학문적 분위기에서 자녀들을 길렀다. 또 소설책도 읽히고 자녀들을 영화관도 곧잘 데려가 문화적이고 감성적인 교육도 접하게 해준, 시대적으로 앞서가는 분들이셨다. 언젠가 이종익 회장은 어머니 손을 잡고 간 영화관에서 어머니가 영화의 한 장면에 감동을 받아 옷고름으로 눈물을 훔치던 장면을 잊을 수 없었다고 한다. 그의 풍부한 감성과 삶의 여유는 부모님이 주신 선물인 셈이다.

여기에다 고고한 선비 정신과 의연한 생활방식이 몸에 배어 결코 모자람이나 넘침이 없는, 절제 속에서 온유와 섬김을 실천하고 일가친척의 화목에 집중할 수 있었던 것으로 보인다. 즉 부친에게서 청빈한 기업가 정신과 모두가 함께 어울려 살아가는 삶의 가치를 배우고, 넉넉히 만들어 아낌없이 베푸는 어머니에게서 나누고 섬기는 아름다운 마음을 물려받았던 것이라고 할 수 있다. 그리고 이 정신과 마음은 이제 아내와 두 딸과 친지, 이웃에게 흘러 지금도 계속 이어지고 있다.

아름다운 고장 무주,
그의 어린 시절이 숨어 있습니다

　　　　　　　　이종익 회장은 회사일로 힘이 들 때나 어
려운 일이 생기면 창밖을 바라보며 조용히 고향을 생각하곤 했다. 그러
면 언제나 입가에 흐뭇한 미소가 피어올랐다. 그의 기억 속엔 온 가족이
모여 살던 무주의 마당 넓은 집이 먼저 가물가물 떠오른다. 부모님에 대
한 효도나 형제간의 우애는 더할 것도 없고 집안 어른들에 대한 공경심
과 종형제 간의 우애도 돈독했던 아름다운 시절이었다.

　이종익 회장의 집은 333평 대지에 여러 채의 집을 짓고 모든 가족들이
함께 살았다. 큰 대문으로 성큼 들어서면 사랑채에는 직은댁 우승 조부
님이 살고 계셨다. 다시 안으로 들어오면 한 울 안에 큼지막한 대문이 2
개 있었다. 한 대문을 들어선 집에는 증조할머니와 할머니를 모시고 그
의 부모님이 가족과 함께 살았다. 다른 대문 쪽은 증조부님 가족들이
살았고 행랑채에는 머슴 가족들이 살았다. 그야말로 대가족이었다.

　늘 할머니는 안채에 요조숙녀처럼 얌전히 앉아 계셨다. 뽀얀 피부에 고
귀한 품위가 넘치는 할머니는 대소가 친족들을 잘 다독여 집안 분위기

를 늘 화목하게 이끌었던 안방 주인이셨다.

그와 형들은 안방에 가서 곧잘 할머니와 윷과 골패를 가지고 놀았다. 이유는 두 가지였다. 할머니는 아이들이 노는 것을 보다 가끔 고운 비단주머니에 보관하고 있던 쌈짓돈을 꺼내 나눠서 주었다. 또 어디에서 나왔는지 모르지만 곶감과 엿 등 간식이 불쑥불쑥 꺼내 놀던 아이들을 기쁘게 했다.

당시는 모두가 어렵던 시절이었지만 이종익 회장의 집안은 모든 것이 풍족했다. 먹을 것을 쌓아둔 광에는 곡식과 마른 생선, 각종 과일 등 먹을 것이 넘쳤다. 겨울밤 안방 화로에는 타다 남은 재 속에 항상 군밤이 묻혀 있었다. 제사 때가 되면 그의 모친은 잰걸음으로 마당과 부엌을 오가며 누구든 잘 먹을 수 있도록 음식을 넉넉하고 푸짐하게 장만했다. 제사 당일이 되면 넓은 대청에 무려 20명에 가까운 친척들이 도포자락을 휘날리며 모였다. 마당에서는 행랑집 식솔들이 떡메를 치고 전을 부쳤다. 커다란 가마솥에 밥을 짓고 모락모락 김이 나는 국을 끓였다. 전 지지는 고소한 기름 냄새가 온 마당에 진동했다.

이종익 회장의 어린 시절 기억 속 제사는 늘 잔칫날 같은 분위기였다. 이처럼 대가족이 함께 모여 사는 이 집에선 어른아이 할 것 없이 밤늦게까지 모여 즐겁게 놀았다. 아저씨들이 윷놀이를 하면 그 옆에 바싹 붙어 앉아 패쓰는 것을 유심히 지켜보았다. 놀이가 한창 무르익어가면 사람들의 마음도 점점 달아올라 목소리가 커지기 시작했다. 내기가 걸렸기 때문이다.

"윷이요!"

"잡았다! 잡았어!"

아저씨들의 커다란 음성이 온 집 안을 울릴 즈음이면 이종익 회장의 어머니가 어김없이 메밀묵이나 김치해장국 등 정성껏 준비한 야참을 들고 나타났다. 출출하던 참에 때맞춘 어머니의 맛있는 음식은 긴 겨울밤을 든든하게 만들어주었고, 모든 친척들은 계속 웃음꽃을 피울 수 있었다. 사랑과 웃음이 넘치는 시간이었다.

또 다른 대문으로 들어가면 작은집이었다. 거기엔 각종 레코드판이 가득 쌓인 비밀의 방이 있었다. 천식으로 고생하시던 큰아저씨가 사는 곳이었다. 기타 솜씨가 일품이어서 아저씨 발치에서 기타 연주를 듣곤 했다. 그리고 이종익 회장은 자신도 빨리 커서 저 악기를 배워야겠다는 다짐을 하곤 했다. 둘째아저씨는 바이올린과 만돌린을 즐기셨다. 작은집은 늘 아이들의 재롱이 끊이질 않았고 음악 소리가 넘쳐났다. 모두가 예술가적 기질이 농후했는데 이런 요소는 나중에 이종익 회장에게도 점점 개발이 되었던 부분이다.

겨울에는 툇마루 나무 박스 안에 홍시를 넉넉하게 쌓아놓았다. 겨울밤에 먹던 살짝 얼은 홍시의 맛은 늘 잊을 수 없을 정도로 시원하고 달콤했다. 또한 화로에 숯불을 담아놓고 대청에 모여 앉아 고구마를 구워 먹으며 할머니의 옛날이야기를 듣는 것도 긴 겨울밤을 보내는 또 다른 즐거움이었다.

어른들도 큰 방에 모여 밤늦도록 이야기를 나누며 놀았다. 그러면 아저씨들은 아이들을 모아놓고 귀신과 도깨비 이야기를 자주 들려주었다. 이야기를 듣다 보면 무서워 오줌이 마려웠지만 변소는 마당 끝에 있었고 캄캄한 마당을 가로질러 가려니 조금 전 들었던 도깨비가 불쑥 튀어나올 것만 같았다. 몸을 부르르 떨며 참으려 애쓰면 아저씨들은, "사내

녀석이 뭐가 무섭다고" 하면서 이종익 회장과 형제들 그리고 사촌들을 놀려댔다. 결국 자는 형을 깨워 변소에 다녀오면서도 아저씨들만 보면 무서운 얘기를 해달라고 졸졸 따라다녔던 그였다.

무더운 여름에는 매일 동네 냇가로 달려가 헤엄을 쳤다. 무주 남대천은 물이 맑고 풍부했다. 남자 형제들은 헤엄치다 시시해지면 냇가에서 물고기를 잡았다. 어항 놓을 자리에 돌을 치우고 강바닥을 잘 정리했다. 돌로 둑을 쌓고, 깻묵과 된장을 섞어 미끼로 사용했다.

보통은 작은 피라미 물고기가 잡혔으나 가끔은 매우 큼직한 민물고기가 잡힐 때도 있었다. 그러면 집으로 돌아가는 형과 그는 기세가 등등했다. 매운탕거리를 가져왔다고 어머니의 칭찬을 받기 때문이었다.

여귀 풀을 이용해 물고기를 잡기도 했다. 물풀이 우거진 곳으로 가서 여귀 풀을 돌에 짓이겨 물에 풀어놓으면 물고기가 잠시 기절해 물 위에 둥둥 떠올랐다. 그러면 손으로 수월하게 잡을 수 있었다. 학교가 끝나고 나면 친구나 형제들과 이처럼 자연에서 어울려 놀았다.

이종익 회장은 아버지와 같이 낚시를 할 때가 더 즐거웠다. 쉬리를 잡아 그 자리에서 손질하여 초장을 찍어 먹을 수 있었다. 그때 형제들은 회맛도 몰랐지만 아버지와 같이 고기잡이를 하러 가는 날만 손꼽아 기다렸다.

무주는 이종익 회장에게 대자연의 아름다움과 가족의 우애와 사랑 그리고 어른을 공경하고 어떻게 효도해야 하는지를 가르쳐준 생생한 교육장인 셈이었다. 그에게 무주 고향집은 추억을 넘어 낭만이고 훈훈한 사랑이자 아련한 향수이기도 했다.

1953년 무렵. 무주 남대천 강둑에서, 아름다운 자연환경 속에서 대가족이 함께 살던 무주 시절. 뒷줄 좌로부터 아버님, 어머님, 큰형님 이종태, 정태석, 앞줄 좌로부터 이종익 회장, 이종석, 김흥수, 송연호이다.

청백과 검소를 가풍으로 전통을 지키며 사셨던 이종익 회장의 아버님과 어머님.

우리는 째부리고만 싶던
까까머리들이 만든 일송회입니다

　　　　　　　　　　이종익 회장은 1954년에 무주초등학교
에 입학했으나 한 해를 넘기자마자 갑자기 큰 변화가 다가왔다. 친구
들이 많은 무주를 떠나 전주풍남초등학교로 전학을 가야 했던 것이다.
당시 무주와 전주는 시골과 도시라고 할 만큼 모든 것이 전혀 다른 환
경이었다.

　정든 무주를 떠나야 했던 이유는 아버지가 무주군청에서 전북도청으
로 발령을 받았기 때문이다. 아버지는 이종익 회장의 손을 잡고 초등학
교 교문을 들어섰다. 그에게 운동장은 끝이 보이지 않을 정도로 크고
넓었다. 그는 호기심과 긴장감으로 운동장을 쭈욱 둘러보았다.

　그때 이종익 회장은 깜짝 놀라고 말았다. 넓은 운동장 왼편에 큰 건물
이 눈에 들어왔던 것이다. 그런데 3층의 교실 창문마다 그를 쳐다보는
아이들의 까만 머리가 다닥다닥 붙어 있었다. 그는 눈을 동그랗게 뜨고
아버지를 올려다보았다. 아버지는 웃으며 어깨를 두세 번 토닥여주었
다. 그가 놀란 건 전학 온 촌뜨기를 보려고 머리를 내민 아이들 때문만

은 아니었다.

무주에 살면서 단 한 번도 본 적 없는 3층 학교건물 때문이었다. 건물 안에 계단이 있다는 걸 알지 못했던 이종익 회장은 아이들을 보며 '사다리도 없는데 아이들은 저 높은 곳을 도대체 어떻게 올라갔을까'라는 의문이 들었다. 이것이 너무나 놀랍고 또 궁금했다.

이종익 회장의 전학은 행복했던 무주의 유년 시절과의 결별이자 전주에서 펼쳐질 새롭고 낯선 세계에 발을 들여놓는, 흥미로운 기억의 시작이기도 했다. 그러나 그는 특유의 친화력으로 친구들과 쉽게 친해졌고 시골뜨기라고 놀림을 받을 새도 없이 친구 사이에서 인기가 높아졌다. 공부도 잘하고 운동도 잘해 친구들이 주변에 절로 모여들었다.

이런 이종익 회장의 친화력은 명문 전주북중학교에 진학해서도 조금도 달라지지 않았다. 중학생이 되면서 그는 교복으로 멋을 부리기 시작했다. 단정하고 빳빳하게 다려진 교복을 입고 싶었지만 지금처럼 전기다리미가 있는 것도 아니어서 다림질 한번 하려면 여간 번거로운 게 아니었다. 그는 연구하다 스스로 교복을 빳빳하게 다린 것처럼 입는 방법을 알아냈다. 잠자리에 들기 전, 이불 아래에다 물을 뿌려 신문지 안에 잘 펴 넣은 교복 바지를 조심스럽게 밀어넣었다. 그리고 그 아래 깔린 교복이 움직이지 않게 조심을 하며 누워서 잤다. 아침에 일어나면 가장 먼저 이불 밑에 있는 교복을 꺼내 보았다. 날은 빳빳이 섰는지, 어디 구겨진 데는 없는지 일일이 확인을 한 후에야 세수를 하기 위해 방을 나섰다.

이렇게 멋을 내서일까. 그는 중학교 시절에 '째발이'라는 별명까지 얻었다. '째부린다'는 말은 '멋을 부린다'는 말의 전라도 사투리로 아이들 사이에서도 이종익 회장의 옷이나 스타일에 신경 쓰는 모습이 유난히 눈에 띄었던 모양이다.

그 당시 학생들은 대부분 교복을 맞추기도 힘든 형편이어서 물려 입은 교복은 빛이 바래고 허름한 허리띠를 매고 다녔다. 그러나 이 회장은 비록 해진 교복 바지일지라도 날을 세우고 모자의 각을 잡아 최대한 멋을 냈다. 친구들은 그런 그를 향해 "째나네"라고 엄지손가락을 치켜세워 주면 그는 그저 하루 종일 기분이 좋았다. 이 회장의 집은 어린 시절부터 청백(淸白)과 검소(儉素)라는 가풍에 따라 검소하게 살았다. 모든 형제들은 거의 형의 옷을 물려받아 입었다. 혹은 아버지의 헌 옷을 이용해 어머니가 바지나 윗옷을 만들어주기도 했다. 그 당시는 이처럼 형의 옷을 물려 입거나 부모님의 옷을 수선해 입는 것이 당연했다.

그러나 그는 형이 물려준 옷을 입고 싶지 않아 으레 심통을 내며 입지 않으려고 했다. 오래 입어 흐들흐들해진 옷으로는 친구들 앞에서 째내기가 어렵다고 여긴 탓이다. 그래서 헌 옷을 입지 않겠다며 새 옷을 사달라고 조르면 어머니는 "너는 참 유별난 아이다" 하면서도 새 옷을 사주곤 했다.

이종익 회장은 어른이 되어서도 자신만의 패션 스타일을 고수하는 건 여전했다. 옷을 많이 사는 것은 아니었지만 그날 모임의 분위기에 따라 넥타이를 바꾸고 양복 색을 골라 자신을 드러낼 정도의 패션센스는 늘 유지했다.

주중에는 양복을 입었지만 주말에는 로퍼나 샌들도 신고 벨트도 캐주얼하게 하여 조금은 가벼운 주말 패션을 완성했다. 그러다 보니 어느 자리에 가든지 옷 잘 입는다는 칭찬을 들을 때가 많았다.

지인들은 가끔 "이 회장은 그렇게 바쁜데 언제 백화점 가서 그런 옷들을 고르는 거야?"라며 농담조로 물어보았다. 사실 그가 옷을 사기 위해 백화점에 가는 경우는 거의 없었다. 그의 기호에 맞춰 아내가 열심히 옷을 사다 날랐고 간혹 디자인이 어울리지 않거나 사이즈가 맞지 않으면 다시 가서 바꿔오는 수고도 모두 아내 몫이었다. 삼익유가공의 직원들과 거래업체 사람들은 그가 스타일리시한 감각을 유지하는 패셔니스트임에는 틀림이 없다며 모두 동감하곤 했다.

1960년대 이종익 회장이 전주북중을 다니던 시절, 그는 전주 시내를 한눈에 조망하기 위해 자주 기린봉에 오르곤 했다. 기린봉은 높은 산은 아니지만 완산 8경 중 제1경으로 꼽히는 멋진 곳이다. 기린이 여의주, 즉 달을 토해내는 듯한 풍광을 가졌다 하여 기린토월이라고 불리기도 했다. 친구들과 함께 기린봉을 자주 찾았던 그는 어느 여름날, 친구들을 또 불러 모았다. 군인들이 치는 커다란 텐트를 메고 어머니가 챙겨주신 쌀과 반찬 그리고 솥단지를 머리에 인 채 본인이 앞장섰다. 그와 친구들은 울긋불긋 가을이 내려앉은 산길을 거침없이 달려 기린봉 꼭대기까지 한달음에 올라갔다. 숨이 턱까지 차올라도 그 누구도 힘들다고 불평하지 않았다.

기린봉 근처에 텐트를 치고 거기서 밥을 해먹고 나니 금세 사방이 이두워졌다. 저녁이 되면 산 속은 갑자기 쌀쌀해지고 추워진다. 조금 전까지 웃고 떠들던 친구들은 추위를 피해 불을 피워 놓은 곳으로 모여들었다. 바람이 심했지만 모닥불을 피워 아늑했다.

그와 친구들은 우정이나 정의, 국가에 대한 자신들의 생각을 자연스럽게 이야기했다. 진로나 꿈에 대한 고민도 서슴없이 털어놓았다.

"종익아, 너는 대학에서 뭘 전공하려고 하니?"

"난 정치학과에 지망하려고 한다."

"왜?"

"어렸을 때부터 국회의장이 되는 게 꿈이었어. 그리고 그 꿈은 지금도 변함이 없어. 나는 정치로 이 힘든 세상을 바꿀 수 있다고 생각해. 민주주의가 제대로 실현되고, 모두가 잘살고 정의로운 세상을 만들 수 있다고 여긴다. 창현아, 너는?"

"나는 역사가 좋아. 재밌기도 하고. 그래서 나는 사학과에 진학하고 싶다. 철재는?"

"나는 장학금도 주고 기숙사도 무료로 제공되는 해군사관학교에 가면 어떨까 생각 중이야."

이종익 회장과 친구들은 미래에 대해 이야기를 나누며 각자 원하는 직업에 대해 조언했다. 기린봉을 택해 야영 장비를 이고 지고 올라간 것은 그들이 가지고 있는 청소년기의 낭만과 째부리는 마음뿐만은 아니었다. 그들은 이런 시간을 통해 조금 더 가까워지고, 소년에서 청년으로 영글어가고 있었다.

그와 함께 기린봉에 오르내리던 이 친구들은 풍남초등학교 시절부터 50년이 넘도록 우정을 유지하고 있는 친목모임 '일송회'로 이어졌다. 이 일송회는 전주북중 시절 '중바위'라는 서클을 만들면서 시작됐다. 신주를 녹여 배지를 만들어 증표로 삼으며 그 당시 중학생들이 따라하기 힘든 멋을 내곤 했다. 전주고에 올라가면서 'FIRE'로 이름을 바꾸어 질풍노도의 시기를 이어가며 탄탄한 우정을 나눈 친구들이었다.

이들이 어른이 된 후에는 전주고의 상징인 소나무 송(松)자를 넣어 '일송회'라는 이름으로 모임 이름을 바꿨다. 그 후에도 변함없는 우정을 유지하며 전주고등학교를 사랑하고 사회적 소임을 다하는 모범적인 모임으로 지속되었다.

그리고 서울에서 기반을 잡은 7명의 친구들과 전주에 터를 잡은 3명의 친구들이 지금까지 50년이 넘는 우정을 '일송회'를 통해 유지한 것은 참으로 보기 드문 일이 아닐 수 없다.

재수(再修)로 인생을 배우고
정치가의 꿈을 꾸었습니다

1963년에 전주북중을 졸업한 이종익 회장은 치열한 입시 경쟁을 뚫고 명문 전주고등학교에 합격했다. 전주고는 당시 호남의 인재들이 모두 모여들던 곳으로, 그 학교에 다닌다는 것만으로도 재학생들의 자부심이 대단했다. 그는 중학교 시절 운동을 하느라 공부를 소홀히 해 부모님 속을 무던히 태웠는데 전주고에 거뜬하게 합격하자 아버지와 어머니는 여간 기뻐하지 않았다.

초등학교 시절부터 운동 신경이 남달라 거의 모든 구기 종목과 운동에 재능을 보였던 이종익 회장은 키만 더 컸으면 감독들에 의해 운동선수로 스카우트가 되었을 정도로 가능성이 아주 높았다.

명문고에 들어온 이종익 회장은 이제 물고기가 물을 만난 듯 그동안 입시 때문에 억눌렀던 운동을 마음껏 하기 시작했다. 이종익 회장은 거의 매일 해가 질 때까지 운동을 했다. 농구, 축구, 배구 등 운동을 하느라 캄캄해져야 땀에 잔뜩 절어 집에 들어오곤 했다.

이종익 회장의 어머니는 그가 두 형들처럼 공부를 열심히 해 서울대학교에 가기를 원하셨다. 하지만 운동을 매우 좋아했던 그를 보며 늘 속이 상했다. 운동을 하더라도 해가 지기 전까지는 들어올 것을 어머니와 반드시 약속했는데 운동을 하다 보면 어느새 어두워져 있기 일쑤여서 약속을 지키지 못하는 경우가 더 많았다.

한번은 어느 저녁 역시 어두컴컴해져서 집으로 들어섰는데 어머니가 회초리를 들고 엄한 표정으로 기다리고 있었다고 한다. 그리고 단호한 목소리로 말씀하셨다.

"네가 아무리 운동을 좋아해도 대학이 먼저고 그 다음이 운동이다. 나하고 한 약속을 그렇게 쉽게 어긴단 말이냐."

그리고 회초리를 들어 그의 종아리를 사정없이 내리쳤다. 어머니는 이 회장이 공부에만 집중하길 원했으나 사실 당시 그는 축농증을 심하게 앓고 있어 공부에 집중하기 어려웠던 건강상의 문제도 있었다.

공부를 잘하고 아주 모범적인 형들과는 달리 운동을 좋아하고 활동적인 성격 덕분에 이종익 회장은 전주고에서 인기가 아주 많았다. 축구나 핸드볼을 할 때면 서로 같은 편을 하려고 했고, 쉬는 시간엔 그의 근처에는 친구들이 늘 줄을 이었다. 그것은 이종익 회장이 공부와 입시 준비에 지친 친구들을 위해 웃음거리를 연구해 즐겁게 만들어주는 특출한 재주가 있었기 때문이다. 쉬는 시간이면 이웃 반에서 그를 만나러 일부러 찾아오는 친구들이 있을 정도였다.

친한 친구들 중에는 본가가 전주가 아닌 탓에 하숙을 하거나 자취를 하며 공부하는 친구들이 더러 있었다. 이 회장은 이 친구들을 자주 집으로 데려왔다. 주로 라면만 먹는 친구들에게 맛있는 밥을 먹게 해주고 싶은 따뜻한 마음이 있었던 것이다. 반면 어머니의 특별한 음식 솜씨를 맛

보여 으쓱해지고픈 마음도 있었다.

이종익 회장은 배포가 큰 만큼 친구들을 한 번에 십여 명씩 데리고 오기도 했다. 그 정도면 인상을 찌푸릴 만도 하지만 인심 좋은 그의 어머니는 어려워진 집안 형편임에도 친구들이 배불리 먹도록 탕수육에 갈비찜 등 한 상을 푸짐하게 차려주었다. 돌아서면 배고프다는 고등학생들, 객지에 나와 하숙하는 친구들에겐 이 날이 생일날이나 다름없었다. 수십 년이 지난 지금까지 친구들은 그의 어머니를 잊지 못하며 고마워했다. 언제 가도 반겨주고 음식이 맛있게 해주던 고마운 분으로 기억하고 있는 것이다.

운동에 빠져 학과 성적이 신통치 못했던 이종익 회장은 결국 원했던 서울의 대학 입시에 실패했고 재수를 하게 되었다. 당시에는 재수가 큰 흠이 아니었다.

이종익 회장은 서울 고종사촌 형님의 집에 주거지를 정하고 입시학원에 다니며 다시 공부를 시작했다. 고등학교 시절 미진했던 공부를 보충하려면 전력을 다해야 했는데 실패를 하고 나니 그제야 정신이 번쩍 들었던 것이다. 그 동안 왜 그렇게 공부를 등한시했는지 후회가 밀려들었지만 이미 기차는 지나간 뒤였다. 그는 '이대로 무너질 수 없다!'라는 마음으로 주먹을 불끈 쥐었다.

공부에 최선을 다하겠다는 결의를 다지기 위해 머리를 박박 깎았다. 그리고 손등을 담뱃불로 지지기도 했다. 혹시라도 마음이 나태해지면 이 흉터를 보며 마음을 추스르기 위해서였다. 그의 친구들은 그 흉터를 보더니 깜짝 놀랐다. "네게 이런 면이 있는지 몰랐다. 참 지독한 놈"이라며 혀를 내둘렀다.

공부에 박차를 가하던 무렵 종익의 고종사촌 형의 친구인 손영주라는 이를 만나게 되었다. 당시 건국대 총학생회장이었던 그는 이른 나이임에도 명동에서 국회의원 출마를 준비하고 있었다. 정치에 관심이 많았던 이종익 회장은 그에게 진로를 상의했다.

그는 이종익 회장에게 "정치에 뜻이 있다면, 건국대 정치외교학과에 와서 건국대 학생회장을 하는 것이 정치 입문에 유리하다"는 충고를 해주었다. 자신과 같은 진로를 선택할 것을 권유한 것이다.

이 회장은 몇 날 며칠을 뒤척이며 고민하다 결국 그의 조언을 받아들여 건국대 정치외교학과에 입학하기로 진로를 수정했다. 명문대 입시를 준비하다가 정치를 하기 위해 대학을 바꿨으니 남들보다 우수한 성적으로 건국대 정치외교학과에 당당히 합격할 수 있었다.

1967년 이종익 회장은 대학에 들어가자마자 새로운 친구들을 사귀며 캠퍼스의 낭만에 쉽게 젖어들었다. 본래 활달한 성격과 리더십, 유머가 넘치고 남을 배려해주는 성격으로 금방 많은 친구들을 사귀게 되었고, 친구들은 그와 대화하는 것을 언제나 즐겁게 여겼다. 청운의 꿈을 안고 젊음을 불태우던 흭창 시절에는 학교 앞 서술집의 막걸리 한잔과 창경궁에 피어 있는 벚꽃을 보며 대학 생활을 즐겁게 보냈다. 또 이종익 회장은 국제연합한국학생협회(UNSA) 활동에서 학생회장을 하며 정치의 꿈을 키웠다. UN의 날이면 시민회관(현 세종문화회관)에서 서툴고 빈약한 영어 솜씨로 외국인들을 안내하기도 했다. 모의국회에 참여하러 가면서 "인생은 짧고 굵게"라고 외치곤 하던 시절이었다.

이종익 회장과 대학 생활을 함께 했던 한 동창의 이야기를 통해 그의 학생 시절을 어렴풋이 들여다볼 수 있다.

"종익은 정치를 하기 위해 차근차근 꿈을 실천하는 첫 단계로 정치외교학과에 입학했죠. 그와의 대학 생활은 참 즐겁고 활기찼습니다. 그 친구는 자연스럽고 푸근하게 사람을 휘어잡을 수 있는 특별한 기술이 있었어요. 사람을 너그럽게 포용하고 관리할 줄 아는, 한마디로 인간미가 넘쳤어요. 누구와도 잘 어울리는 화술과 적극적인 마인드를 키워 나갔는데 정치인으로 갖추어야 할 기본적인 것은 다 갖추어 그 친구의 포부대로 멋진 정치인이 될 줄 알았어요."

이종익 회장이 대학을 다니던 70년대 초는 군부 독재 시절이었다. 당시의 정치 환경과 주변 상황을 보면서 그는 진정 옳고 그른 것이 무엇인가에 대해 많은 생각을 하게 되었다.

그리고 과연 정치가 자신이 희망하고 비전을 가졌던 바른 사회, 공의로운 사회를 만드는 데 일조할 수 있을 것인가에 깊은 회의를 가지지 않을 수 없었다. 정치인들의 행태 속에서 자신만 의롭게 갈 수 있는 환경이 되지 못한다는 것이 너무나 확연하게 보였다. 굳건하고 강한 의지를 가지고 행하면 어렵지 않을 것이라는 자신감도 있었지만 시간이 흐르면서 이 부분 역시 쉽지 않다는 결론에 이르렀다. 후일 그는 당시의 심정을 이렇게 회고했다.

"군부 독재정권 하의 정치 상황은 제게 많은 고민을 안겨주었습니다. 옳지 못한 일에 목소리를 내는 것이 정의라 생각했어요. 독재에 반대하며 각 대학마다 번지던 학생시위에 앞장서서 관여했습니다. 러닝셔츠에 머리를 질끈 동여 매고 시위에 앞장섰는데 이렇게 하면 민주주의의 정신을 지켜낼 수 있을 거라 처음엔 믿었습니다. 그러나 그것은 상상했던 것보다 훨씬 어려운 일이라는 걸 시간이 흐르면서 더욱더 알게 되었습니다.

한마디로 내가 할 수 있는 한계를 경험한 것이죠."

이종익 회장이 정치에 다른 생각을 하게 된 결정적인 사건은 유신헌법안에 대한 국민투표였다. 1972년 10월 27일, 대통령은 비상계엄령을 선포하고 국회와 정당을 해산하고 대학교 휴교령까지 내렸다. 며칠 후에는 유신헌법안이라 하여 헌법개정안을 제출했으며 그 개헌안에 대한 국민의 의사를 묻는 투표를 실시했다. 참으로 일방적이고 강압적인 조치였다. 국민의 판단을 흐리게 하는 행동이 아닐 수 없었다.

이종익 회장은 길을 걷다가 기권 없는 민주주의의 주권 행사를 부르짖는 이동방송 차의 한 여자 아나운서의 낭낭한 목소리를 들었다. 부당한 방법으로 인권을 탄압하고 유신헌법안을 통과시키려는 독재정권에 대한 분노에 몸이 떨렸다. 국민투표가 행해지는 날 밤, 그는 잠을 이루지 못하며 글을 써내려가기 시작했다.

「비상계엄령의 선포로 새로운 헌법에 대한 반대 의사를 표명하면 유언비어 유포 죄로 3년씩의 동일한 단심 죄의 판결을 받는다. 신문, 라디오, TV 등의 모든 매스컴이 한 사람을 영웅시하고 이 헌법안의 내용을 모두 찬성토록 하고 있으니 이럴 바엔 무엇 하러 국민투표를 한단 말인가? (중략)

나는 정치외교학과에 매력을 느꼈고 정치인의 꿈을 안고 지금도 다니고 있다. 그런데 이 꿈은 그저 어린 날의 꿈으로 끝내야 할 것 같다. 모든 정치와 주변의 흘러가는 모든 것들에 대해 회의를 품게 되었다. 특히 정치에 대해선 더 이상 흥미를 잃고 말았다.」

이종익 회장은 유신헌법을 불법적으로 통과시키려는 독재정권의 행태를 목도하며 속으로 피눈물을 흘렸다. 그리고 세상을 바꾸고 아름다운 세상을 만들어가고 싶다는 포부가 야심과 욕망에만 눈이 어둔 현재의 정치판에서는 도저히 이룰 수 없다는 한계와 절망을 느꼈다.

그는 눈물을 머금고 정치학도로서의 꿈을 접었다. 어린 시절부터 자신의 가슴을 떨리게 만들었던 국회의장의 꿈을 기억 속에서 과감하게 지우기 시작했다.

"그래. 정치는 아니다. 아니라고 여길 때 접는 것이 가장 빠른 길이라고 했다. 졸업 후 세상에 나가 정치에 입문했다가 이 사실을 깨달았으면 얼마나 많은 시간을 허비했을까. 그나마 다행이다."

이종익 회장의 강점은 맺고 끊는 것이 확실하다는 것이었다. 그의 마음속에 남아 있던 정치의 꿈은 이때를 계기로 여지없이 지워졌다. 마치 잘 지워지는 지우개로 연필의 낙서를 지워버리듯.

전주고 재학 시절의 째부림, 흰 바지에 선그라스로 한껏 멋을 내고 동기들과 한 컷.

1965년 전주고등학교의 이종익 회장.

1960년 대전에서 중학교 1학년 여름방학 때, 멋 부리기를 좋아해 '째발이'라는 별명으로 불렸던 중학생 시절이다.

영원한 반려자,
이영옥과 만나고 결혼했습니다

긴 인생길에서 배우자를 잘 만나면 우리
의 인생은 이미 반을 성공한 것과 같다고 말한다. 부부를 서로 반려자
(伴侶者)라고 부르는 이치와 같다고 할 수 있다. 이런 점에서 이종익 회
장과 아내 이영옥 여사와의 만남과 결혼 그리고 오랜 부부생활은 무엇
하나 흠이 보이지 않는 서로에게 최고의 남편이자 아내였다.

두 사람이 처음 만난 건 이종익 회장이 군대에서 막 제대를 했을 무렵이
었다. 건국대에서 친하게 지내던 그의 친구들과 이영옥 여사의 친구들이
그룹 미팅을 하며 여럿이 몰려다니던 때였다. 당시 이영옥 여사는 얌전하
고 조용한 성격으로 유난히 큰 눈에 세련된 옷맵시를 하고 있어 이종익
회장의 눈길을 사로잡기에 충분했다.

이영옥 여사에게 영숙이라는 단짝 친구가 있었다. 예쁘고 세련된 외모
로 친구들 사이에서도 인기가 많았던 동기였다. 그런데 일이 되려고 했는
지 그녀의 집이 이 회장의 고모네 집 근처인 누하동이었다. 당시 그 집을
제 집처럼 드나들던 이 회장은 집이 같은 방향인 영숙과 자연스레 가까

워졌고 친구인 이영옥 여사까지 셋이 곧잘 어울렸던 것이다. 그때만 해도 그녀들은 이 회장을 친구 이상으로 여기지 않아 따로 미팅을 하러 다니기도 했다. 그러던 어느 날, 이종익 회장은 눈여겨보았던 이영옥 여사를 향해 본격적인 구애를 했다. 그리고 이성교제의 뜻을 피력했고 이런 적극적인 태도에 이 여사도 조금씩 마음의 문이 열리기 시작했다. 다음은 이영옥 여사의 당시 상황 이야기다.

"조금씩 가까워져 교제를 시작했는데 우린 주로 화요일에 데이트를 했어요. 전 화요일에만 만나자고 하는 종익 씨가 이상하다고 여겨져 왜 늘 화요일만 고집하느냐고 물었죠. 그런데 그의 대답이 걸작이었어요. 화요일(火曜日)은 불길이 활활 타오르는 정열적인 날이라 젊은 연인들이 데이트하기에 좋은 날이라고 아주 능청스럽게 대답하는 것이었어요. 그렇게 무슨 상황이든 재치 있게 말하는 그가 싫지 않았어요."

두 사람은 토요일에도 가끔 만났다. 당시에 이영옥 여사는 직장 생활을 했고 토요일에도 근무를 했던 시절이라 일이 늦으면 약속 시간보다 한 시간 정도 늦을 때가 있었다.

"어머, 아직도 기다리고 있었어요?"

이영옥 여사는 다방에 들어서며 눈을 동그랗게 떴다. 설마 하는 마음에 약속 장소로 갔지만 이미 가고 없을 것이라고 생각했던 것이다. 하지만 조용히 기다려준 그가 고마웠다. 미안해하는 이영옥 여사를 이종익 회장은 오히려 괜찮다며 미소를 지었다.

"바빠서 늦겠지 생각했어요. 다음에도 기다릴 테니 너무 바빠 서둘러 오지 않아도 돼요. 서두르다가 다칠라."

그 후로도 이영옥 여사는 가끔 늦게 나타났는데 이 회장은 언제나 기다렸다. 늦게 와도 투정은커녕 염려를 해주는 이런 남자, 마음이 태평양처럼 넓은 남자에게 이영옥 여사는 점점 마음이 자석처럼 이끌리기 시작했다. 당시는 일명 '재건 데이트'란 것이 있었다. 열심히 일하는 재건대를 빗대어 만든 용어인데 즉 무작정 걸으면서 데이트를 하는 방식이었다.

그때의 젊은이들은 만나고 싶고 같이 있고 싶은데 주머니 사정이 넉넉하지 않으니 흔한 다방조차 찻값이 없어 들어가지 못했다. 그래서 돈을 들이지 않고 걸으면서 하는 데이트를 재건 데이트라는 나름 낭만적인 이름을 붙였던 것이다.

이 회장의 형편도 마찬가지여서 둘이 만나면 식사를 하고 손을 잡고 무작정 걸었다. 둘은 주로 종로에서 만나 안국동을 거쳐 삼청동까지 걸었다. 이영옥 여사는 노오란 은행잎으로 덮인 가을에, 삼청동 총리공관을 지나 청와대 앞으로 가는 길을 가장 좋아했다. 이종익 회장은 이 여사의 작고 여린 손을 자신의 주머니 속에 넣고 걸어가는 것을 좋아했다.

"아니, 주머니 속에 웬 담배꽁초랑 땅콩 껍질!"

이 여사는 눈을 흘겼지만 손을 빼지는 않았다. 이종익 회장은 만날 때마다 그녀를 위해 쓴 편지와 시를 읽어주며 그녀의 환심을 사기 위해 최대한의 노력을 아끼지 않았다. 감성적인 성격의 두 사람은 영화를 자주보았다. 이영옥 여사는 어두운 영화관에서 밖으로 나올 때의 밝고 환한느낌을 좋아했다. 영화 「러브 스토리(Love story)」의 대화 중 "사랑은 후회하지 않는 것이다"란 말에 공감하며 두 사람은 손을 꼭 잡으며 행복해했다.

이렇게 데이트를 즐기던 두 사람은 어느새 앞날을 약속하는 사이로 발전했고, 드디어 이종익 회장이 결혼을 해달라는 프러포즈에 수줍게 고개를 끄떡인 이영옥 여사는 1976년 9월 13일, 서울 명동 세종호텔에서 성대하게 결혼식을 올렸다. 남편 이종익이 아내 이영옥을 배우자로 맞아 백년가약을 맺은 것이다.

사려 깊고 마음이 넓은 여자를 아내로 맞이한 건 그에게 큰 행운이었지만 당시 이 회장은 안정된 직업을 갖지 못한 상태라 아내에게 매우 미안했다. 일단 아내가 다니는 직장 근처에 셋집을 얻어 신혼생활을 시작했다. 아내는 비록 셋집이지만 번듯한 2층 양옥이라 좋다며 아무렇지 않은 척을 했다. 이 회장의 자존심이 상하지 않도록 배려한 것이다.

아내의 마음 씀씀이가 참으로 고마웠던 이종익 회장은 평생토록 아내에게 최선을 다하는 남편이 되기로 다짐하고 또 다짐했다. 한때 경제적으로 어려워 인천 주안의 아파트에서 출퇴근을 했던 적이 있었다. 두 사람은 전철 안에서 숱한 문학 작품을 이야기하고 시를 외우면서 전철 데이트를 즐겼다. 사람들이 많아 밀리고 밀려 목걸이가 끊어지기도 하고, 다음 정거장에 내려야 하는 일이 다반사였지만 두 사람은 그저 행복했다.

사람들은 후일 이 회장의 아내 사랑이 유난하다고 말하는데 다 이런 연유가 있었음을 아는 사람이 별로 없다. 두 사람의 오랜 사랑과 신뢰 그리고 믿음이 두텁게 쌓이고 쌓인 것이다. 그래서 후일 이종익 회장과 부부 모임에 함께 참석하고 돌아간 아내들은 하나같이 남편에게 바가지를 긁곤 했다.

"당신도 이 회장님 좀 닮아봐. 그분이 아내에게 하시는 것 반만이라도 내게 해주면 정말 소원이 없겠네."

아내들에게 이 말을 들은 남편들이 한목소리로 이 회장에게 불평을 하곤 했다.

이종익 회장은 사람들 앞에서나 집에서나 한결같이 아내에게 애정을 표현하는 것을 주저하지 않았다. 휴대전화에 아내를 '이쁜 당신'이라 저장해두고 담배 끊으라고 잔소리를 할 때만 빼곤 늘 예쁜 아내, 최고의 아내였다고 어디에서건 서슴없이 말했다.

다음은 이 회장이 사석에서 직접 밝혔던 아내 사랑에 대한 이야기다.

"제가 팔불출이란 소리까지 들으며 아내에게 헌신하고 애정을 쏟았던 건 제 아내가 내조자로서 참 훌륭했기 때문이죠. 여러 가지 부족한 형편에도 한마디 불평 없이 절 잘 따라와주었고 무엇보다 셋째 며느리로 어머니를 끝까지 잘 모신 것이 고맙게 여겨졌기 때문입니다. 제가 아무리 어머니를 모시고 싶고 효도하고 싶어도 아내가 같은 마음으로 협조해주지 않으면 힘든 일이기에 이 점이 두고두고 고마웠던 것입니다. 또한 제가 바빠 신경을 많이 못 쓰는 사이에 샘이, 봄이 두 딸을 힘들게 키우면서 아이들에게 최선을 다해준 고마움도 큽니다. 그래서 전 아내 사랑을 제가 사는 동안 평생에 걸쳐 최대한 갚아주고 싶은 거예요."

참으로 가슴 뭉클한 이종익 회장의 말이 아닐 수 없다.

1976년 9월 13일 세종호텔에서 이종익 회장과 아내 이영옥 여사가 결혼했다.

1983년 겨울 어느 날, 샘이와 봄이 두 딸과 함께 하는 시간은 언제나 행복했다.

두 딸이 태어난 순간
샘물처럼 봄날처럼, 딸바보가 되었습니다

　　　　　　　　이종익 회장은 결혼한 이듬해인 1977년 큰
딸을 얻었다. 아내는 한겨울에 아이를 낳으러 동네 산부인과에 입원했
다. 부른 배를 한 아내 곁에는 시어머니가 한걸음에 달려와 자리를 지켜
주었다.

　큰 가방을 안고 온 시어머니는 그 안에 새로 태어날 손주에게 입힐 배
냇저고리와 싸개, 기저귀를 뽀얗게 미리 준비해두셨다가 갖고 오셨다.
분만실에 들어간 아내를 위해 그는 기도하는 마음으로, 산모는 무사하
게 아이를 낳고 아이는 우렁차게 태어나기를 마음 졸이며 기다렸다. 그
때 그의 두 손에는 십 원짜리 동전이 한가득 쥐어져 있었다. 이윽고 의사
와 간호사들의 발자국 소리, 침대 미는 소리가 들렸다. 한참이나 지난
후 애가 탔던 이종익 회장에게 간호사가 기쁜 소식을 알렸다.

　"건강한 공주님이네요!"

　그 소식을 듣자마자 그는 근처 공중전화로 빠르게 달려갔다.

　"공주님이에요, 공주님, 딸이랍니다!"

그는 기쁨에 넘쳐 친척들과 친구들에게 딸이 태어났다고 큰 목소리로 소식을 알렸다. 주위의 시선은 아랑곳하지 않았다. 이 회장의 어머니는 그런 아들의 모습에 어이없는 웃음을 지었지만 그는 손에 든 동전이 다 없어질 때까지 딸을 얻은 기쁨을 주변과 나누길 멈추지 않았다.

이종익 회장은 큰딸의 이름을 '이샘이'라고 지었다. 어머니는 "첫 손녀이니 '원' 자 항렬을 따라 짓자. 아름다울 미(美)자를 따서 '이미원'이라고 지으면 어떨까?"라고 하셨다. 그러나 그의 생각은 달랐다. 우선 '샘이'라는 특이한 한글 이름이 마음에 들었다. 머지않아 글로벌 시대가 되는데 외국인들이 부르기 편한 것까지 고려한다면 '샘이'가 좋겠다고 어머니에게 말씀드렸다. 샘물에서 샘이 솟아나 많은 사람들의 목마름을 적셔주는 것처럼 세상에서 필요하고 중요한 아이가 되라는 의미도 담았다.

그는 4년 후에 작은딸을 얻게 된다. 그리고 그 이름을 이번엔 '이봄이'라고 짓는다. 만물이 소생하는 봄날처럼 살라는 의미였다. 그래서 집 안에 '샘물 같은 생활, 봄볕 같은 마음'이라는 글을 한지에 써서 표구한 뒤 걸어두었다. 두 딸이 샘물처럼 항상 새로움이 솟고, 만물이 소생하는 설레는 봄처럼 살기를 바라는 마음을 이름에다 담아 그것을 항상 기억하려는 생각이었다.

그의 두 딸 사랑은 남달랐다. 요즘 이야기하는 딸바보 이상이었다. 자신이 일하는 목적, 사람이 살아가는 이유 1순위가 가족이라고 생각하며 살았던 그였다. 유가공협회 재직 시절 회사에 반차를 내고 딸의 입학식에 아내와 참석하는 그에게 상사들은 "야! 너만 자식 있냐? 마누라만 가면 되지 뭘 너까지 가냐?"며 비아냥거렸지만 전혀 개의치 않았다.

이 후로 두 딸의 입학식이나 졸업식은 한 번도 빠짐없이 참석했던 이종익 회장이었다. 가족들이 외국에 나갈 때나 돌아올 때엔 반드시 공항에 마중을 나가는 것을 원칙으로 삼았다. 사업을 활발히 할 때에도 결혼기념일이나 아내와 어머니 그리고 아이들의 생일은 잊지 않고 일찍 들어와 반드시 챙겨주었다. 가능한 아이들과 시간을 자주 보내며 자녀들이 무엇에 관심이 있어 하는지 또 사사로운 것들에도 관심과 애정을 갖고 조언과 격려를 아끼지 않았다. 큰딸 샘이는 어린 시절 아빠만 옆에 있으면 숙제를 할 때도 전혀 걱정이 없었다고 한다.

"아빠, 우리나라에서 한라산이 제일 높아?"

"백두산은 2744m, 한라산 1947m, 지리산은 1916m. 그러니까 백두산이 제일 높은 산이야."

막힘없이 대답해주는 아버지는 마치 백과사전 같은 분이었다고 큰딸은 기억한다. 이종익 회장은 딸들에게 학교 숙제 아닌 사소한 질문에도 항상 친절히 원하는 부분을 정확하게 답변해주었다.

본인도 잘 모르는 것이 있으면 함께 백과사전을 찾아 답을 주고 그 주제로 토론하기를 즐겼다. 명절 때 가족들이 모이면 백과사전이나 사회과부도를 가지고 게임을 했다. 그의 옆에는 늘 큼지막한 백과사전이 있었다. 그래서 딸들은 모르는 것이 있으면 항상 아버지께 여쭤보았다. 아버지는 모르는 것이 없다는 생각에 학창 시절 내내 언제나 든든했다고 딸들은 말한다. 이종익 회장은 아버지로서 딸들이 알아야 할 지식만 가르쳐준 것이 아니었다. 무언가 결정해야 할 일들이 있을 땐 어김없이 의논하도록 이끌었다. 딸의 질문에 그는 충분히 깊게 생각하고 항상 자신에게 행복한 답을 내려주었다고 큰딸은 회고한다. 딸들은 아버지의 판단을 믿고 따랐으며 여러 인생의 갈림길에서 중요한 문제를 놓고 결정해야 할 때마다 바른 조언으로 현명한 선택을 할 수 있었다고 한다.

"신중하게 선택하고 또 선택했으면 집중해라"고 조언하며 대안을 제시하지만 결국 마지막은 각자가 결정을 하도록 했다. 결코 자신의 판단을 무리하게 강요하는 법이 없었다. 딸들이 성인이 된 후에는 돈에 대한 경제관념을 가르쳤다. '돈은 버는 것보다 쓰는 것이 더 중요하다'는 걸 스스로 체득하도록 도왔다. 큰딸 샘이 20세가 되는 것에 맞춰 체크카드와 가족신용카드를 선물하고 알아서 사용하게 했다. 이것은 작은딸도 마찬가지였다. 계좌에 목돈을 턱 넣어주고 어디에 얼마를 썼는지 일일이 묻지 않았다. 자율적으로 경제교육을 시킨 것이다. 스스로 용돈을 관리하고 절약해서 쓰는 습관을 갖도록 한 셈이다.

작은딸은 미국으로 공부하러 갔을 때 자신의 계좌에 들어 있는 돈을 생활비에 맞춰 규모 있게 쓰려고 많은 노력을 했다고 한다. 이렇게 자녀들에게 스스로 책임을 느끼도록 했지만 실상은 입출금 내역을 꼼꼼하게 확인했던 이종익 회장이었다.

다행히도 두 딸들은 자신에게 주어진 돈을 규모 있고 알뜰하게 사용하고 있었다. 그는 자녀들에게 "돈을 버는 것은 기술이요 쓰는 것은 예술"이란 말을 자주 했다.

사람은 돈을 잘 쓰는 것이 인생의 큰 자산임을 누누이 가르쳤다. 그리고 두 딸에게 자신이 해온 것처럼 "베풀어야 돌아온다, 사회에 환원하는 것을 아까워 말라"고 입버릇처럼 말했다. 말로만이 아닌 행동으로 자녀교육을 시킨 이종익 회장이야말로 진정 가족을 사랑하는 샘물 같은 사람, 따사로운 봄날 같은 사람이라고 할 수 있었다.

사회의 첫발,
유가공협회 신입사원이 되었습니다

결혼도 했고 첫딸도 얻은 이종익 회장은 직장을 구하려 했지만 당시만 해도 한국 경제가 일어서기 전이어서 취직이 쉽지 않았다. 그렇다고 놀기만 할 수 없어 군대에 함께 복무했던 선임이 하고 있는 서울 청계천 베어링 가게에서 잠시 일을 봐주기도 했다. 그리고 뭔가 해볼 만한 사업이 없을까 안테나를 세우고 이리저리 찾아다녔다.

그러나 어떤 사업이든 결국 밑천이 필요했다. 제대로 된 사업일수록 돈이 많이 들어 당장은 어려운 일이라 판단했다. 어린 나이에 경험 없이 대들었다가 낭패를 볼 수 있다는 생각에 차분히 직장 생활부터 시작하기로 마음을 다졌다.

그러던 중 지인의 소개로 서울역 건너편 세브란스빌딩 근처에 있는 농림부 산하 한국유가공협회에 취직을 하게 되었다. 당시 유업계에서는 유당이나 훼이 파우더 등의 원료를 전량 외국에서 수입해다 사용했다. 유가공협회는 각 업체에 수입 쿼터를 주는 수입 추천 기관이어서 업체에서 유당을 수입하려면 유가공협회의 승인을 받아야 했다.

이종익 회장은 그곳에서 기획을 담당하며 수입 허가 도장을 찍어주는 일을 담당했다. 이 회장이 유가공협회에 입사했던 1979년 당시 우리나라는 낙농 기반이 없는 낙농 후진국이었다. 서울우유 200㎖가 하루에 고작 30만 개 정도만 팔리던 때였다. 현재는 보통 하루 800만 개, 많이 팔리는 날은 1000만 개까지 팔리니 당시 우리나라 우유 소비 수준이 어땠는지 짐작할 수 있다.

이런 형편이었기에 정부는 우유 가격을 유가공협회 팀이 농림부와 의논해서 결정하도록 해서 유업체를 보호하고 낙농 산업이 잘 발전할 수 있도록 제도적 보완장치를 만들어주었던 것이다. 당시에 유업체의 과장과 부장들이 유관 업체들과 우유 가격 협상을 끝내고 농림부 담당자와 토론을 통해 가격을 결정하는데 이것은 간단한 일이 아니었다. 정부청사 근처에 여관을 잡아놓고 밤샘 작업을 할 때도 많았다.

자연히 술자리 기회가 많았는데 이종익 회장은 당시만 해도 술을 한 잔도 입에 대지 못할 때였다. 술을 제대로 배우기 전이었던 것이다. 그러다 보니 술을 마시지 않고 이런 역할을 해내는 게 쉬운 일이 아니었다. 하지만 이 회장은 업체 간 업체와 농림부 간에 의사소통이 활발히 이루어지도록 가교 역할을 하는 데 나름 최선을 다했다.

1982년 프로야구가 출범하면서 야구 붐이 크게 일었다. 유업계에도 야구를 좋아하는 사람들이 참 많았다. 스포츠라면 자다가도 벌떡 일어나는 그도 그런 사람 중 하나였다.

그는 서울우유, 매일유업, 한국야쿠르트 등 유업체들이 야구 팀을 가지고 있다는 점에 주목해 유업체 대항 야구대회를 정기적으로 열면 어떨까 하는 생각이 스치고 지나갔다. 유가공협회 회원사끼리 야구대회를 만들어 시합을 하면 업체 간 친목을 도모할 수 있다고 판단한 것이다.

그가 처음 야구대회를 연다고 제안했을 때는 협회에서 바로 반대를 했다. 그것은 예산도 없고 일할 사람도 없다는 이유 때문이었다. 그러나 이종익 회장은 이 모든 것을 혼자 다 하겠다며 강력하게 밀어붙였다. 협회 친목에 도움이 되고 스스로도 즐거우니 어떤 어려움도 감수할 수 있다고 자신했던 것이다.

일단 야구대회를 광고하면서 시작을 했다. 그런데 야구라는 운동이 장비 때문에 돈도 많이 들고 시합하는 장소를 구하기도 쉽지 않아 어려움이 많았다. 회사 일을 마치면 여기저기 시합할 만한 장소를 찾아다니며 수소문을 하고 사정도 해야 했다.

고등학교 야구부가 있는 곳이라면 어김없이 찾아가 연습이 없는 주말에 야구장을 좀 쓰게 해달라고 부탁하고 다녔다. 토요일 시합에 나가려면 퇴근을 조금 앞당겨야 했는데 "주말인데 또 야구장 가냐?"는 상사의 핀잔을 듣기도 했다. 일이 바쁜데 나가는 그가 못마땅했던 것이다.

그러나 야구대회에서 선수로 뛰는 사람들은 경기를 너무 재미있어 했다. 경기를 하다 보니 각 유업 사람들끼리 인간관계도 자연스럽게 돈독해졌다. 보통은 연구소에 있으면 연구소 사람끼리, 영업부면 영업부 사람하고만 관계를 가지는데 야구를 하면서 여러 분야의 사람들과 친해지니 일의 능률도 더 올랐다. 나중에는 회사에서도 야구부 직원들이 시합에 차질이 없도록 퇴근 시간을 당겨주는 등 여러 지원을 아끼지 않게 되었다.

같은 업계 팀이 모이다 보니 라이벌 의식을 가진 회사끼리는 눈에 보이지 않는 신경전도 펼쳤다. 가장 많은 직원을 가진 서울우유 팀의 야구 실력이 월등했다고 이명신(당시 서울우유) 대표는 회상했다.

그런데 어느 날 매일유업이 서울우유와의 경기에서 놀라운 기량을 발휘하며 대승을 거두었다. 경기를 참관했던 모든 사람들이 어리둥절할 지경이었다. 그 이유가 재미있었다. 매일 서울우유 팀에 지기만 했던 매일유업 팀이 공주공장에 다니고 있던 공주고 야구부 출신 선수들을 대거 스카우트를 해 시합에 데리고 나왔던 것이다. 아마추어들이 젊은 선수 출신들을 상대할 수 없다는 것은 너무나 당연했다.

얼마나 이기고 싶고 설욕하고 싶었기에 이렇게 재미있는 일을 빚어냈는가 생각되지만 그 만큼 진지하고 열정적으로 야구대회에 임했다는 증거이기도 했다. 행사를 주관하는 유가공협회는 오히려 야구 팀이 없었다. 직원 수가 적어 팀도 없는데 여기저기 쫓아다니면서 고생한다고 그를 가엾게 여기는 선배들도 많았다.

그러나 이종익 회장이 야구대회를 만들고 불철주야 뛰어다녔던 것은 선수로 뛰기 위해서가 아니라 야구라는 스포츠로 하나가 되어 서로 즐기고 화합하기 위한 장을 마련하고 싶었기 때문이었다. 이종익 회장은 소속 팀이 없는 덕분에 주로 시합에서 심판을 보았다. 야구 규칙을 숙지하고 "스트라이크"를 외쳐보면서 공정한 심판을 볼 수 있게 밤을 새워 공부도 했다.

한번은 한국야쿠르트와 서울우유가 시합을 할 때였다. 이날도 이종익 회장은 심판을 보기 위해 프로텍터를 갖춰 입고 마스크까지 한 후 포수 뒤에 섰다. 타자가 친 볼이 둔탁한 소리를 내며 땅에 불규칙 바운드를 만들었다. 공은 심한 흙먼지를 내며 하얀 선 밖으로 나갔다. 두 번째 볼

이 들어오자 타자는 방망이를 힘차게 휘둘렀다. 볼은 방망이를 살짝 스치더니 심판을 보고 있던 그의 왼쪽 어깨로 거침없이 날아왔다. 그의 표정이 고통스러워 보이자 안보길(당시 서울우유) 투수가 달려와 "괜찮아요?" 하고 물었다.

그가 아프다고 주저앉으면 경기가 계속되기 어려운 형편이었다. 그는 어깨를 털면서 괜찮다고 고개를 끄덕였다. 시간이 지날수록 어깨가 더 무거워지는지 오른손이 자꾸 어깨로 올라갔다. 시합을 마치고 저녁까지 다 먹고 헤어진 후 병원을 찾아가니 쇄골이 부러진 상태였다.

아내는 "그것도 모르고 끝까지 심판을 본 거냐, 그렇게까지 참고 있을 상황이 아닌데 정신력으로 버틴 거냐"며 혀를 끌끌 찼다. 치료를 받으면서도 그날 있었던 경기를 신나게 설명하는 그를 보고 아내는 기가 막힌지 더 이상 말을 잇지 못했다. 이종익 회장은 야구 게임을 하는 업체 선수들보다 나이가 어린 편이지만 모든 업체 사람들과 관계를 돈독히 하며 관련 일이라면 무엇이든 앞장서 일처리를 부지런하고 신속하게 했다.

그러다 보니 각 업체의 내부 사정이나 애로점 등을 격의 없는 대화 속에서 듣게 되었다. 당시 대부분의 업체들이 치즈를 가공한 후 남는 부산물 처리에 골치를 썩고 있었다. 우유 가공량은 점점 늘어나는데 부산물을 처리할 마땅한 곳이 없다는 것을 알고 이를 사업 아이템으로 삼으면 좋겠다고 생각했다.

마침 유가공협회에서 승진할 차례가 되었는데 이종익 회장은 여기에서 누락이 되었다. 평판도 좋고 일도 잘하는 그가 승진하지 못한 것은 누가 보아도 이해가 되지 않는 일이었다. 그는 이것이 오히려 좋은 기회라는 판단을 했다. 이제 자신의 일을 해보자고 결심하던 차에 충분한 명

분도 되기 때문이었다.

　항상 큰 뜻을 품고 신념과 의지만 있으면 대성한다고 생각했고, 무
(無)에서 시작했는데 무슨 걱정이 있겠냐고 스스로를 다독였다. 더 늦기
전에 사업을 해야겠다고 마음먹고 1984년 10월, 협회에 사직서를 제출
했다. 직장 생활을 한 지 5년, 이 회장은 이 정도 시간이면 사회를 알 수
있었던 충분한 기간이라고 여겼다. 그리고 심호흡을 크게 한번 했다.

　"자, 이제 새로운 출발이다."

책상 하나에 의자 하나,
삼익(三益)은 이렇게 탄생했습니다

이종익 회장은 사업을 시작해야겠다고
생각하고 사표를 던졌지만 사업의 꿈을 현실로 만드는 것은 결코 쉬운
일이 아니었다. 그러나 이 회장은 당장은 어려워도 시간이 지나면 성공할
수 있으리라는 확신을 갖고 스스로에게 다짐하고 또 다짐했다.

시작은 작을 수밖에 없었다. 1984년 서울 신사동에 있는 지인의 사무
실 한편에 책상 하나에 의자 하나를 놓고 '삼익비즈니스'란 회사 이름을
내걸고 창업했다.

세 가지 이익을 준다는 뜻의 삼익(三益)은 사회와 국가와 인류에 건강
과 발전을 선사하고 또 기여하자는 의미를 담았다. 삼익비즈니스는 3년
후 삼익유가공이란 이름으로 바뀌며 법인으로 전환하게 된다.

이종익 회장의 사업 아이템은 틈새시장을 노린 것으로 치즈를 가공한
후 나오는 부산물을 잘 처리해 이것을 제품으로 생산하는 것이었다. 국
내 식품업체의 분무건조기를 임대하여 첫 임가공사업을 시작한 것이다.

한국의 치즈산업이 '86 아시안 게임'과 '88 서울올림픽'을 앞두고 급성

장한 이면에는 부산물인 유청액 처리가 큰 문제로 대두되고 있었다. 제품을 생산하고 나오는 유청액을 처리해야 하는데 이를 받아주는 곳이 별로 없었기 때문이다.

이종익 회장은 한국유가공협회 근무 당시 이 유청 분말 수입 추천 업무를 담당했던 전문가여서 당시 해태유업(현 동원F&B)의 유청 처리와 함께 서울우유협동조합 유청 처리를 자임하고 나섰다. 유청을 독점 인수하던 시절, 자체 공장은 없고 유청은 많이 나오니 원료가 처치 곤란해졌다. 유청은 부패하면 악취가 심하게 나서 아무 데나 버릴 수도 없어서 직원들이 애를 먹었다.

이종익 회장은 유청 분말 대량 생산에 적합한 시설을 직접 도입하고자 했다. 대부분 식품업체의 분무건조기는 주로 커피크리머나 모조분유를 생산하기 위하여 설계된 것으로 유청 처리에는 적합하지 않았다. 이태리나 독일의 유명 기계를 수입해오면 되지만 이를 살 형편이 안 됐다. 중고 기계가 나온 것이 있으면 찾아가 인수해 자료를 찾아가며 설치를 했다. 깨끗이 닦아서 조립하고 맞지 않는 부분은 깎아가면서 수많은 시행착오를 거쳐 자신의 손으로 식섭 유청 처리 기계를 만들어냈다.

그 결과 이종익 회장은 우리나라 최초로 유청 분말을 만들어냈다. 처리하지 못해 아깝게 버려져야 했던 식품을 재가공해 분말로 만든 것은 우리나라 식품업 발전에도 크게 기여하는 일이었다. 영양이 풍부한 부산물을 시장성 있는 식품으로 재탄생시킨 것이다.

그러나 이 유청 분말에 대한 인식이 없던 식품업체들은 영양가(단백질)가 높은 이 분말을 식품 재료로 사용하려고 하지 않았다. 지금이야 많은 곳에 이용되고 있지만 이때는 제품 개발이 이뤄지기 전이라 더욱 그랬다. 그래서 이종익 회장은 제품을 생산하는 한편으론 유청 분말을 식품에 사용하도록 권유하고 널리 홍보하는 데도 많은 애를 써야 했다.

공장이 없던 초창기 시절에는 임가공할 수 있는 업체 선정 및 제품화까지 많은 시행착오가 있었지만 거듭된 연구로 결실을 맺게 되었다. 이런 결실은 사실 유가공협회에서 근무하며 맺었던 인맥들의 자문과 도움으로 이루어졌다. 그동안 교제하며 알게 된 많은 이들이 이종익 회장의 사업에 도움을 아끼지 않았던 것이다.

이종익 회장은 이때 도움을 받은 분들의 감사함을 늘 잊지 않았다. 그래서 고마움을 기억하고 여기에 우정을 다지고자 '청맥회'란 모임을 결성해 주도하기도 했다.

제품을 만들기 위해 임가공을 하다 보니 제품의 품질과 생산에 차질이 오기 시작했다. 결국 자체 생산공장이 절실하다는 생각이 들었다. 공장 부지로 본사와 가까운 경기도 이천, 오산 등을 고려해보았지만 전북 김제 봉황 농공단지에 공장을 건립하기로 했다. 고향에 제조 시설을 세워 지역 사회에 이바지하고자 하는 애향심이 발동한 것이다.

공장 건립은 자금이 많이 필요했고 은행 대출이 있어야만 가능했다. 그러나 당시는 은행 문턱이 몹시 높았다. 연대 보증이 없으면 대출을 받을 수가 없었고 또한 대출을 받기 위해 많은 서류를 준비해야만 했다.

이종익 회장은 싼 이자로 돈을 빌릴 수 있는 방법을 알아보려 동분서주했다. 낮에는 시중은행, 저녁에는 농림수산부 사람들을 만나고 그 외 거래처 손님 접대 등 하루를 24시간이 아닌 48시간으로 쪼개어 앞만 보고 달렸다. 접대를 하기 위해 저녁을 두 번씩 먹거나 술자리에 늦게까지 앉아 있어야 하는 것은 예사였다.

급전 500만 원을 마련하기 위해 친척에게 어음차용을 부탁했다가 단숨에 거절당했을 때는 앞이 캄캄했다. 무주에 있는 선산을 팔아 사업 자금에 대볼까 생각할 정도로 공장 건립 과정은 가시밭길의 연속일 정도로 힘들었다.

그러던 중 기회는 마치 기적처럼 찾아왔다. 공장을 세운 직후였다. 큰 규모의 김제공장에서 대량으로 제품이 생산되다 보니 한편에 계속 생산된 유청 분말이 산더미처럼 쌓였다. 이를 빨리 현금으로 돌려놓지 못하면 공장이 어려워질 뿐만 아니라 유청 분말 유효 기간이 있어 시간이 갈수록 질도 눈에 띄게 떨어질 게 불을 보듯 뻔했다.

그러나 예상과 달리 생산해놓은 이 많은 양의 유청 분말을 가져가겠다는 곳이 없었다. 실의에 차 있던 나날이 계속되던 중 갑자기 기회는 찾아왔다. 그해 여름, 100년 만의 무더위가 한반도를 찾아왔다. 35도가 넘는 폭염이 연일 이어졌다.

사람들은 더위를 이기기 위해 빙과를 많이 찾았는데 이중에서도 멜론의 부드러운 맛을 재현한 빙그레 '메로나'가 날개 돋힌 듯 팔려나갔다. 이 메로나에는 삼익유가공이 만든 전지분과 혼합전지분이 재료로 들어갔다. 쌓여 있던 유청 분말이 매일 실려 나가고 또 생산하기도 바빴다.

이렇게 시장에서 메로나가 대히트를 치자 삼익유가공도 덩달아 바빠졌다. 또 다른 빙과 '더위사냥'에도 삼익유가공이 만든 프림 골드가 들어가는데 이 한 품목에 무려 커피 프림 1000톤이 팔려나갔다. 그런 품목이 하나 걸리면 요즘 말 그대로 대박이 났다.

차경선 전무는 공장 가동 2년 차인 1994년도를 이렇게 추억했다. 매일 11톤 차가 공장 마당에 줄지어 있어서 즐거운 비명을 질렀다고 한다. 당시 직원들은 사장님 앞에서 "아우 더워!"라는 말조차 하지 못했다고 한다. 삼익유가공은 일 년 동안 메로나 한 품목만으로 무려 25억 원 어치의 원료를 팔았다. 그 덕분에 한 해 동안 공장 건립을 위해 빌렸던 모든 은행의 대출금을 다 갚을 수 있었다. 너무 바빠 휴가조차 반납하고 열심히 일한 직원들에게는 연말 보너스를 두둑하게 지급했다.

이종익 회장이 시작한 삼익유가공의 성공은 한국 유가공 시장의 새로운 이정표를 세우며 대한민국 안에서 건실한 중소기업으로 우뚝 자리매김하는 순간이기도 했다.

제 인생에서
불가능이라는 단어는 지웠습니다

　　　　　　　　삼익유가공을 키우고 안정적인 궤도에
올려놓기까지 이종익 회장은 정말 열심히 노력했다. 그러나 사업이란 노
력이나 열심만으로 안 되는 부분이 더 많았다. 상황이나 여건이 받쳐주
지 않으면 노력도 정성도 물거품처럼 사라지는 것이 냉혹한 사업의 세계
였다. 더구나 사업 초창기엔 힘든 일이 더 많을 수밖에 없었다. 인적 물
적 자원은 한계가 있고 마음이 답답했지만 젊은 열정으로 어려운 상황
을 이겨나갔다.

"사람이 하는 일인데 부딪쳐서 안 되는 일은 없을 것이다. 뭐든 최선을
다해보자."

열정적으로 달려들면 결국 끝이 보이고 해답이 나왔다. 영업을 하다 보
면 가장 어려운 일이 실무자들의 마음을 사는 것이었다. 특히 거래를 해
달라고 요청을 해도 무시하거나 부정적으로 나올 때는 다음 접근을 어
떻게 해야 할지 조심스러웠다.

이종익 회장은 실무자 위의 키맨이 누구인지 조심스럽게 알아내 집으로

직접 찾아가기도 했다. 몸으로 부딪치는 정공요법을 주로 쓴 것이다. 얼굴을 맞대고 회사를 소개하고 제품을 써볼 것을 요청했다. 한국인은 정(情) 문화이기에 정으로 호소하는 것이 의외로 잘 먹히곤 했다. 지금이야 거리가 먼 이야기가 될 수 있지만 이종익 회장이 회사를 설립한 초기만 해도 이런 방법이 제법 통했다.

어느 날 회사의 사활이 걸린 중요한 오더를 꼭 따야 할 일이 있었다. 이 회사에 필요한 원료를 삼익이 꼭 납품해야만 막혀 있는 자금을 풀 수 있는 긴급한 상황이었다. 그런데 삼익 직원이 구매 실무자와 아무리 이야기를 해도 잘 풀리지 않아 답답한 상황만 이어졌다. 삼익 직원은 그 업체에서 삼익과 거래를 할 의사를 별로 보이지 않는다는 보고를 했다. 다른 곳에서 주문을 하려는 것 같았다. 이 회장은 퇴근 시간에 맞춰 무작정 이 회사 임원의 주소를 받아 집으로 찾아갔다. 초인종을 눌렀는데 아직 귀가 전이었다. 모르는 상태에서 집에서 기다리겠다고 할 수도 없고 무작정 문 앞에서 기다리기 시작했다.

이 회장은 밤을 새더라도 만나서 사정을 해볼 요량이었다. 그런데 임원은 12시가 넘고 새벽 1시가 되어도 돌아오지 않았다. 그러나 그는 포기하지 않고 문 앞에서 기다렸고 새벽 2시가 돼서야 잔뜩 취한 모습으로 택시에서 내리는 임원을 만날 수 있었다.

그 사람은 안면이 있는 이 회장을 보더니 깜짝 놀랐다. 이 시간까지 문 앞에서 자신을 기다릴 사람이 있으리라곤 몰랐을 것이 당연했다. 그는 "오늘은 내가 술에 너무 취했으니 그냥 가시고 낼 회사로 오시오"라며 집으로 쑥 들어가버렸다. 이 회장은 불평 한마디 없이 "예. 알겠습니다"라고 뒤에서 정중히 인사를 하고 돌아섰다.

눈도장이라도 찍었으니 반은 성공한 셈이라고 스스로 생각했다. 다음 날 양복을 말끔히 차려입고 약속 받은 대로 회사로 찾아갔다. 그도 이 회장이 밤늦도록 기다린 것을 알았기에 정성이 갸륵하다고 여겼는지 친절하게 맞아주었다. 그는 솔직하게 사정을 말하고 도움을 구했다.

"전무님. 이번에 만든 가공분을 팔지 못하면 저희 회사는 그냥 죽습니다. 좀 도와주세요. 은혜 잊지 않겠습니다."

집 앞에서 오랜 시간 기다렸고 간절하게 도움을 부탁하는 이종익 회장에 그도 감복했는지 그토록 듣고 싶었던 답변이 쉽게 돌아왔다.

"기왕에 구매할 건데 이렇게 끈질긴 사람한테 사줘야지 누구한테 사겠습니까?"

일은 한달음에 성사되었고 그제야 이 회장은 스르르 긴장이 풀리는 것을 몸으로 느낄 수 있었다. 밤새운 피로가 그때서야 몰아쳐왔다.

"실무자가 부정적인 태도를 보일 땐 실무자보다는 상사의 문제일 경우가 많습니다. 그때는 상사와 문제를 풀어야지요. 그러면 의외로 일이 술술 잘 풀렸습니다. 저는 직원들에게 어디를 눌러야 문이 열리는지 중요한 키맨(Key Man)을 찾아 공략하라고 가르쳤습니다. 무슨 일이든 일만 번 간구하면 이루어진다는 신념으로 끝까지 포기하지 않으면 결코 안 되는 일이 없습니다. 불가능은 없습니다."

이 말은 이 회장이 아래 직원들에게 자주 했던 말이다.

장사가 참 잘된다는 유명음식점을 찾아가보면 주인이 음식 맛을 책임지는 주방장일 경우가 많다. 그것은 주방장이 주인이기에 변함없이 자리를 지키면서 찾아온 손님에게 꾸준히 맛있는 음식을 제공해주기 때문이다. 만약 주방장이 주인이 아니라면 주인이 주방장 눈치를 보든가 아니면 주방장이 주인의 눈치를 보며 전전긍긍 비위를 맞추다가 음식의 맛이 변하는 것을 심심찮게 볼 수 있다. 반찬 한 젓가락만 먹어봐도 맛의 차이를 아는 것이 손님인 것이다.

이렇기에 이종익 회장도 유가공 사업을 하면서 보다 전문적인 지식이 필요하다는 것을 절감했다. 오너 자신이 유가공을 잘 알아야 한다고 판단한 것이다. 정치외교학을 전공해 이런 분야 공부를 전혀 해본 적이 없었던 그였다.

그러나 회사를 더 발전시키는 데 한계를 느끼는 절박감도 있었다. 또 축산물 가공 분야에 종사하는 인맥이 더 필요함을 절실하게 느껴 1996년 건국대학교 농축대학의 대학원 과정에서 공부를 시작하는 만학도가 되었다.

뒤늦게 주경야독하는 처지였지만 원래 학문적 탐구력이 강하고 공부에도 취미가 있었던 이 회장은 일단 시작하면 대충이란 것이 없었다. 맡겨진 과제와 강의를 빠짐없이 준비하고 이수했으며 모범학생으로 대학원 석사 과정을 마쳤다.

회사는 회사대로 운영하면서 식품공학 석사 과정을 마치고 나니 뿌듯했다. 그리고 이왕 내친 김에 박사 과정까지 공부하기로 했다. 그래서 유가공 분야로 2004년 8월, 57세의 나이에 농학박사 학위를 취득했다.

이종익 회장은 공부를 해보니 '학문에는 끝이 없다'는 말을 실감할 수 있었다고 한다. 관련 분야의 학문을 배우고 또 배우니 사업에 도움이 되는 부분이 정말 많았다.

그리고 사업의 전문성을 키우기 위해서 서울대학교 식품영양산업 CEO 과정도 수료하는 등 자기 개발에도 끊임없이 투자했다. 늘 공부하고 새

로운 것을 찾아나서는 데 1등이었던 이종익 회장의 서가엔 지금도 전문
서적이 책장 하나를 넘치게 차지하고 있다.

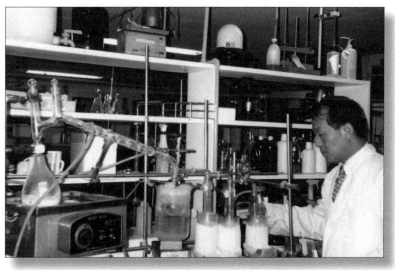

1993년 (주)삼익유가공 김제공장 연구실에서 이종익 회장의 모습.

유산균을 이용한 발효유 시대를
열게 되었습니다

유산균은 우유 등에 들어 있는 당을 발
효하여 젖산을 생성하는 세균이다. 우리 몸을 건강하게 도와주는 발효
균으로 장 건강에 도움이 되는 것으로 잘 알려져 있다. 유산균 원액은
유제품(乳製品, 요구르트, 치즈 등)과 김치류 및 양조식품(청주, 된장,
간장 등) 제조에 주로 이용한다. 유산균은 장 내에서 잡균을 방지해 정
장제(整腸劑)로도 이용되는 중요한 세균인 셈이다.

90년대 초였다. 당시 해태에 있던 L과장이 삼익유가공으로 오게 되면
서 이종익 회장은 처음으로 이 유산균주에 관심을 가지게 됐다. 당시 한
국야쿠르트는 덴마크의 크리스챤 한센에서 유산균을 받아 발효유를
만들고 있었다.

맛도 있고 장 건강에 도움을 준다는 달콤한 맛의 야쿠르트는 작은
플라스틱 병에 담겨 인기리에 팔려나갔고, 이 회장은 이 발효유 시장이
앞으로 점점 더 커질 것이라는 시장성을 내다보았다.

첫 시작은 L과장으로부터 미국 유산균주 회사에서 일하던 김형수 박

사를 소개받는 것으로 출발했다. 이 회장은 먼저 이 김형수 박사와 손을 잡았다. 김 박사가 미국에 컬처시스템(Culture Systems)이라는 회사를 설립, 유산균 종균을 만들면 이 회장이 삼익유가공을 통해 국내에 이 종균을 공급하기로 했던 것이다.

드디어 1991년 삼익유가공이 미국의 컬처시스템 사의 종균을 취급하면서부터 한국에서도 유산균 종균이 생산되기 시작했다. 그리고 당시 가장 많은 양의 종균을 수입하던 한국야쿠르트와 접촉하여 비싼 수입 종균 대신 삼익유가공이 생산한 종균으로 사용해줄 것을 타진했고 이는 점차 시장성을 높여가는 데 큰 힘이 됐다.

그동안 덴마크의 크리스챤 한센의 수입 종균을 쓰던 회사들도 삼익유가공 종균을 사용해보니 큰 차이가 없다는 것을 알고 전량 삼익 제품을 사용하는 결정을 내린 것이다.

특히 이종익 회장은 유산균이 장 내에 어떻게 작용하며 건강에 이로운지 홍보하는 것이 생산자는 물론 소비자에게 중요하다고 판단했다. 그래서 국내 주요 거래업체의 개발 담당자에게 미국에서 개최되는 유산균 세미나나 유세품을 비롯한 건강기능 식품전시회에 연수 기회를 무료로 제공해주었다.

당시에는 미국에 쉽게 갈 수 없었던 시절이라 삼익유가공이 제공해주는 연수 프로그램은 평범한 회사원들에겐 엄청난 인기였다. 이 회장은 큰 예산을 들여 연수를 제공하는 또 다른 이유가 유업체 직원들이 미국의 선진 기술과 정보를 습득해 국내 유가공업체 전체가 더 크게 성장해보자는 원대한 뜻도 담겨 있었다.

국내 유가공 시장이 커지면 그와 관련된 회사들이 모두 잘된다는 큰 그림을 그렸던 것이다. 즉 작은 파이를 나눠 먹지 말고 파이를 제일 크게 만들어 각 자에게 배당되는 파이가 많아지게 하자는 심오한 생각이 있었던 것이다. 이 삼익유가공의 연수 프로그램은 유업체에 보낼 직원을 회사가 직접 선발해주도록 했는데 미국에 가게 된 직원들은 큰 기쁨을 감추지 않았다.

삼익의 공장도 잘 돌아가고 회사도 나름대로 자리를 잡아가고 있던 때였다. 세상사가 그렇듯 어떤 일이든 항상 순풍만을 탈 수는 없는 법이다. 날씨가 좋을 때도 있지만 비바람이 치고 거센 바람이 불 때도 있는 것이다.

사업은 반드시 위기가 오고 그것을 지혜롭게 헤쳐 나가야 했다. 이 어려움을 이겨내지 못하면 결국 도태되는 것이 업계의 현실이었다. 사업은 마치 서바이벌 게임과 같았다. 승승장구하던 삼익에서 창업 후 가장 큰 어려움이 다가왔다. 1996년 삼익과 큰 거래처였던 한양제과가 최종 부도를 내고 만 것이다.

워낙 큰 액수의 미수 자금이 있어 당장 경영에 어려움이 닥쳐왔다. 설상가상이란 말처럼 1997년에는 IMF 금융 위기가 한국을 덮쳤다. 은행 이자는 하늘처럼 높아져만 가는데 거래처에서 받은 어음 할인도 잘 해주지 않아서 이리 뛰고 저리 뛰는 상황이 연일 이어졌다.

이 회장은 어렵고 힘들고 고통스러워도 이것을 직원들에게 하소연하거나 화를 내거나 분통을 터뜨리는 법이 결코 없었다. 누가 보더라도 아무런 일이 없는 것처럼 평온했다. 현실을 담담하게 받아들이고 지혜를 모아 최선을 다해 해결책을 찾아냈다.

오히려 직원들을 다독이고 차분히 대처하자면서 문제 해결을 위한 회의를 하곤 했다. 자금 부분에서 어려움은 계속 있었지만 또 다른 곳에서 해결하면서 어려운 매듭을 하나씩 하나씩 풀어갈 수 있었다. 그러면서도 삼익적외선이라는 가정용 사우나 사업을 새로 부평에서 시작했고 송탄에 부지를 매입해서 공장을 준공하기도 했다. 그러나 결국 폐업하는 등 부침이 있었다.

그래도 많은 사람들을 고통에 몰아넣었던 IMF가 도움을 준 것도 있었다. 그전엔 거래가 모두 어음으로 이뤄졌는데 워낙 IMF 때 많은 회사들이 파산하다 보니 어음 시스템이 허물어지고 모두가 현금으로 거래하는 상황이 된 것이다. 그러다 보니 삼익도 현금 결제를 받아 자금 처리를 빨리빨리 할 수 있었고, 숨통이 트이며 회사가 다시 자리를 잡아가기 시작했던 것이다.

다행스럽게도 이런 어려움 속에서도 회사의 실적은 점점 상승하였고 IMF가 끝나갈 즈음 자금의 여유가 생겼다. 그 돈을 회사에 투자하고 싶었다. 그래서 좀 더 큰 빌딩으로 옮기고 싶어 방배동, 서초동, 대치동 등 여러 곳을 찾아다녔다. 드디어 대치동 빌딩을 매입하면서 신사동 시설이 마무리됐다.

강남의 중심인 대치동 신사옥에서는 직원이 늘고 업무가 바빠지면서 신사동처럼 가족적인 분위기는 없었다. 그러나 늘 직원을 배려하고 수시로 나눠주는 이 회장의 특별 보너스 때문에 직원들은 아주 행복해했다. 회사가 점점 성장해가면 그만큼 수고했으니 그 몫을 서로 나누고 격려해주자는 것이 이 회장의 경영 신조였던 것이다.

2007년 어느 날, 회사 규모가 커져서인지 갑작스런 세무 조사를 받았다. 그런데 세무서 직원들조차 서류를 점검하고 직원들에게 이것저것 물어보면서 "공무원으로서 정말 이종익 회장님을 존경한다"고 말할 정도였다. 고향에 대한 애향심도 많은 것 같고 보통 조사를 받으면 회장님들은 바쁘다면서 빠지고 나타나지 않는데 직접 조사에 성실하게 임하는 모습에 감동을 받았다고 했다. 20일 동안 세무 조사가 이어졌지만 크게 문제가 된 부분은 없었다.

공장도 잘 돌아가고 회사도 꾸준히 성장해나가 자금에 숨통이 트일 즈음 '다이랑'이라는 회사가 또 부도를 냈다. 이때에 지급 받지 못한 대금은 15억 원으로 창업 이래 거래처가 낸 최고 액수의 부도였다.

이 회장은 미리 잡혀 있던 약속을 모두 취소하고 아침 일찍 출근해 다이랑 상황을 보고 받았다. 영업부 직원들, 공장 직원들과 다 함께 마산에 있는 다이랑 공장을 오르내렸다. 그는 이 상황에서도 직원들 앞에서 의연하려 애를 썼다. 잘 해결될 거라고 격려하며 사태 수습에 나섰다.

하지만 뒤돌아서면 회사의 앞날이 걱정되어, 옥상에 올라가서 줄담배를 피웠다. 앉아서도 피우다가 서서 피우다가 하면서 발 밑에서 열심히 일하고 있는 수많은 직원들의 식솔들을 생각했다. 경영자로서 무거운 책임감 앞에서 고독해지지 않을 수 없었다. 주어진 상황에 최선을 다하면서 다행히 어려운 상황을 잘 헤쳐 나갔다. 손해는 컸지만 이것을 이겨낼 수 있는 맷집 있는 회사가 된 것에 감사했다.

이듬해 삼익은 남양유업 임가공을 하면서 회사는 다시 본연의 자리를 잡을 수 있었다. 이 회장은 후일 "한 해 어려움을 주면 그 다음에는 꼭 헤쳐 나갈 수 있는 힘을 준다. 전화위복의 기회는 늘 온다"는 진리를 주변에 말하곤 했다.

삼익유가공은 수차례의 파고를 겪으면서도 더욱 탄탄해지고 여물어졌다. 회사의 매출과 규모는 점점 더 커졌고 삼익은 국내 유가공업체의 대표적 선두주자가 되었다.

1993년 (주)삼익유가공
김제공장 완공 후의
이종익 회장.

멋쟁이라고 부르고 싶은
분이었습니다

"회사 차 기름은 금요일 저녁에 넉넉히 넣어."

이종익 회장이 작은 목소리로 넌지시 건네는 이 말에 영업부 직원들은 잠시 어리둥절했다.

"티 안 나게 금요일쯤 기름을 충분히 넣고 주말에 쓰란 말이야."

다시 한 번 말을 하는 이 회장의 속뜻을 알아차린 직원들이 흐뭇한 미소를 지었다. 금요일 기름을 넉넉히 넣어 토요일과 일요일에 회사 차지만 집에서 마음껏 쓰라는 일종의 묵인을 표현한 것이다. 이 회장은 영업부 외 다른 직원들 사기도 중요했기 때문에 티 나지 않도록 농담 삼아 얘기했던 것이다. 요즘 운행일지까지 쓰며 사적으로는 회사 차를 쓰지 못하는 분위기와는 너무 대조적인 이야기다.

삼익유가공에 입사한 영업부 직원들에겐 회사에서 처음부터 차를 내주었다. 영업하는 데 불편함이 없게 해 업무 능률을 올리기 위해서였다. 그런 면에서 영업부 직원들은 다른 부서의 직원들로부터 은근한 부러움을 샀다. 원칙적으로 회사 업무를 보는 데 사용하는 차였지만 주말에 개인적으로 쓰는 주유비까지 회사 돈으로 처리해주기 때문이었다.

따라서 영업부 직원들은 신이 났다. 일을 할 때는 물론 주말에도 차를 타고 여기저기 다녔고 금요일 저녁 주유소를 찾아가 기름을 가득 넣는 영업부 직원들은 당연히 이 회장에 대한 감사함이 솟았다.

삼익유가공이 내세울 수 있는 가장 큰 자랑은 중소기업임에도 30년 동안 단 한 번도 직원 월급날을 어기지 않았다는 점이다. 회사가 안정되어 월급을 꼬박꼬박 주는 것은 당연한데 회사 초기에는 월급날이 돌아오면 월급 줄 돈이 없어 고민이 이만저만이 아니었다.

이 회장은 종종 고스톱을 해서 월급 줄 돈을 번다고 농담을 했지만 그 정도로 한 달 한 달 버티기가 힘들었다. 직원들 월급날이 돌아오는 것이 무서울 정도였다. 언제던가, 월급날은 25일인데 26일에 돌아오는 어음이 있었다. 회사 재무를 담당하고 있던 차경선 전무는 혼자서 애를 태우다가 이 회장에게 "하루만 월급을 미루어 지급하겠습니다"라고 입을 뗐다. 하루만 미루면 해결되는 일이니 당연히 허락할 줄 알았는데 전혀 다른 대답이 돌아왔다.

"미루면 어떡합니까? 직원들 한 날 내내 일하는 게 월급날 때문인데. 직원들은 그렇다 치고 집에서는 오늘 월급 받아오면 그 돈으로 내일 쓸 일을 생각하고 있을 텐데 차질을 주면 안 됩니다. 적금을 깨서라도 주세요."

차 전무는 당황했지만 회장님이라면 능히 그러실 분이라는 생각에 서둘러 은행으로 달려갔다고 한다. 그 일이 있은 후 자금 사정이 좋지 않아도 직원들 월급은 대출을 받아서라도 주도록 애를 썼다. 삼익의 전통은 그렇게 세워져 지금까지도 단 한 번도 직원 월급이 밀린 적이 없다.

거래업체에 지급하는 돈도 마찬가지였다. 어디서나 마찬가지지만 영업한 뒤에 수금이 제때 이뤄지는 경우는 드물다. 한두 번쯤 허탕을 치는 것은 예삿일로 받아들여야 한다. "언제 가면 돼요? 결제 넣었어요?"라고 확인하고 가도 "아직 결제가 나지 않았습니다"라며 허탕 치기 일쑤였다.

하지만 이 회장은 달랐다.

"우리 삼익은 25~30일 사이엔 전화를 하지 않고 와도 바로 결제해줄 수 있도록 준비하십시다."

중소기업의 자금 사정의 어려움을 익히 아는 이 회장은 이렇게 남의 회사까지 배려했다. 그러니 거래처에선 상당히 반기고 고마움을 표시했다. 그런데 이런 부분이 대외적으로 삼익의 신용도를 높여 신뢰를 주고 회사를 커지게 하는 요인이 됐다. 외부에서 "삼익은 작은 회사지만 신용만큼은 최고다"라고 생각해주었던 것이다. 사실 작은 것으로 더 큰 것을 얻었으니 이는 이 회장의 경영 노하우이기도 했다.

이 회장은 거래처 손님들과 특별한 약속이 없을 땐 항상 직원들과 함께 점심 식사를 했다. 그때 메뉴 선택은 자신이 하지 않고 직원들 몫으로 돌렸다. 가격에 구애받지 말고 무조건 맛있는 걸로 정하라고 주문했다. 직원들이 눈치 보느라 꾸물거리면 평소 먹어보지 못한 음식을 선택해 주문해주었다.

다 같이 회식하는 날에는 이 회장은 일식집으로 가자고 하는 경우가 많았다. 영업부 사원들과는 달리 내근하는 여직원들은 비싼 횟집에서 코스로 식사할 일이 많지 않았기 때문이다. 여직원들은 이 회장이 사주는 회를 맛있게 먹곤 했는데, 후일 이 회장이 돌아가시고 나서 회를 별로 좋아하지 않았다는 걸 뒤늦게 알게 되어 죄송함으로 눈물을 펑펑 흘렸다고 한다. 횟집에서 이것저것 시켜주며 많이 먹으라고 했던 이 회장의 따뜻함을 20년이나 지난 뒤에 알게 되었기 때문이다.

이 회장은 진심으로 직원들을 자신의 가족처럼 아끼고 사랑했다. 직원들이 맛있게 먹는 모습을 지켜보며 기뻐했고 무엇이든 사주고 싶어했다. 더운 여름날 외출했다 들어오면 "덥지!" 하면서 아이스크림이나 수박을 내밀었다. 예정에 없던 김장 수당이 갑자기 나오기도 해서 월급 외에 보너스를 받는 직원들은 사기가 충만했다.

이종익 회장은 '사람이 재산이다'라는 가치관을 가지고 한 번 맺은 인연을 소중히 생각했다. 삼익유가공은 한 번 들어오면 나가는 직원이 거의 없었다. 창립할 때부터 퇴직할 때까지 삼익과 함께 했던 차경선 전무는 말할 것도 없고, 김진 상무도 대학을 졸업하고 지금까지, 백선희 팀장도 처녀 시절에 입사해서 여전히 일하고 있다.

심지어 운전기사도 20년 넘게 회장님을 모시다가 퇴직한 후 다시 경비 일을 보며 삼익과의 끈을 이어가고 있다. 삼익에서 20년 근속은 흔한 일이다. 그래서 입사한 지 10년이 지나도 진급이 잘되지 않는다는 우스갯소리가 나올 정도다. 직원들은 언제나 "우리 사장님은 멋있어!"라는 말을 서슴지 않았다.

평소 그가 '돈을 버는 것은 기술이고, 쓰는 것은 예술이다'라는 삶의 가치관에 따라 직원들에게 멋지게 베풀었기 때문이다. 직원 누구에게 물어도 '엄지 척'이 되었던 사람, 그가 바로 이종익 회장이었다.

1992년 11월 8일 (주)삼익유가공 김제공장 건설 현장. 왼쪽부터 안보길, 이종익, 이정호, 김남철, 이철재.

2004년 11월 22일 (주)삼익유가공 20주년을 기념해 전 직원과 함께 사진을 찍었다.

당신을 두고 떠나기 싫었습니다,
마지막으로 한 번 더 보고……

       정신적으로나 육체적으로 아무 탈 없이
건강하게 살 수 있으면 얼마나 좋을까? 이종익 회장은 2015년 병원에서
폐암이라는 청천벽력 같은 진단을 받았다. 성공한 사업가로서, 화목한
집안의 가장으로서 축복 받은 시기를 이제 막 보내고 있는데 너무나 안
타깝고 고통스러웠지만 그것은 엄연한 현실이었다.

  이제 이 회장에겐 육체적 고통과 죽음의 공포와 싸우는 시간, 인생을
보는 또 다른 눈을 가져야 할 시간이 다가온 것이다. 이 회장은 이 사실
도 차분하게 받아들였다. 내면의 고통은 엄청나게 컸겠지만 표현을 하
지 않았다.

  "금요일에 항암을 시작할 수 있도록 준비해두겠습니다."

  의사의 말을 기억하며 항암 치료를 위해 삼성병원으로 향하는 이 회장
의 발걸음은 참으로 무거웠다. 그의 머릿속에는 미뤄서는 안 되는, 급하
게 처리할 문제들이 계속 떠올랐다. 12월 9일 회사 창립기념일에 맞춰 공
장 리모델링 작업을 진행 중이었다. 이 회장 대신 전면에 나서서 일을 처

리하는 이봄이 대표가 있어 다행이었다. 경영 지도를 많이 못했는데도 생각보다 잘해주고 있어 참 다행이라는 생각이 들었다.

하지만 한편으로는 딸에게 커다란 짐을 맡긴 것 같아 안타까운 심정이 들기도 했다. 여기에 자신의 병으로 인해 사랑하는 가족들이 겪어야 하는 마음의 소용돌이를 어떻게 덜어줄 것인가 골몰했다.

다시 건강해질 것이라 마음속으로 되뇌어보았지만 커지는 암세포들을 얼마나 잡아낼 것인가 장담하기 힘든 상태였다. 이 회장은 이후 7차례에 걸친 항암 치료를 힘든 내색 없이 잘 받았다. 암세포가 줄어들고 있다는 반가운 소식도 들었다. 이 회장은 물론 가족들도 크게 기뻐했다. 모두 하나가 되어 건강을 회복하기 위해 힘쓰고 기도한 보람이 느껴졌다. 희망을 가져도 좋을 것 같았다.

그러나 그것도 잠시였다. 7차 항암 치료가 끝나고 나서부터는 몸이 눈에 띄게 나빠지기 시작하였다. 몸이 이 힘든 과정을 이겨내기엔 너무 쇠약해진 것이었을까……

하루 6시간 동안 항암 치료를 받는 남편을 간호하며 힘들게 지내던 어느 날, 잠자리에서 이 여사는 자신도 모르게 별안간 엉덩방아를 찧었다. 침대에서 떨어지긴 처음이었다. 남편이 깰까 걱정하며 자신은 아랑곳하지 않고 다시 올라와 잠을 청했다. 아침에 이종익 회장에게 지난 밤 일을 이야기하니, 이 회장도 쿵 소리를 들었다고 한다. 아내가 누워 잠을 청하기에는 비좁지 않은 침대인데 별일이다 싶었다고 한다. 흐릿한 꿈속의 기억을 떠올리자면 누군가가 자신을 밀어낸 듯했다. 아마도 계속 이어지는 힘든 병 간호의 일과 중의 일어난 사건으로 기억하지만 그 꿈의 의미는 이제야 어렴풋이 알 것 같다고 한다.

이 무렵 이 회장은 병 간호로 인해 축 처진 아내의 어깨와 등을 보며 나지막한 목소리로 말하곤 했다.

"여보. 고개를 들고 생기 있게 걸어요. 난 곧 건강해질 거요."

이 회장은 아내의 힘들어하는 모습을 보는 것이 가슴이 아팠던 게다. 혹 머지않아 홀로 남을 아내가 마음에 걸렸는지도 모른다. 이 여사는 지금도 그때 그 음성이 생각날 때마다 울컥 슬퍼진다고 한다.

가을치고는 쌀쌀한 바람이 불던 10월 어느 날이었다. 이 회장은 바람이 차가우니 마스크를 쓰라는 아내의 잔소리에도 스카프로 잠깐씩 입을 막을 뿐, 차가운 바람에 몸을 맡겼다. 잠깐이지만 시원해서 좋았다. 그러나 그것이 화근이었던 걸까. 곧 동작이 둔해지고 식욕이 떨어지면서 CT 결과가 안 좋게 나왔다.

10월 마지막 날이 되자 언제나 부부동반으로 가던 결혼식도, 청맥회 모임도 아내 혼자 보냈다. 이 회장은 기력을 빼앗겨 하루하루 버텨내면서 정신없이 움직이며 많은 일을 해내던 시간들을 떠올렸다. 시간이라는 물리적 개념이 누구에게나 균일하게 적용되는 게 아니라는 것이 느껴지기 시작했다. 그럴수록 흐르는 시간을 붙잡고 싶어졌다.

호흡곤란과 어깨통증이 그를 괴롭혔다. 잠을 제대로 자지 못할 정도였다. 그 와중에도 병실의 시곗바늘이 제멋대로 움직이는 것이 보였다. 회진을 돌던 의사가 이 회장에게 물었다.

"어디가 제일 불편하세요?"

"저 시계, 시간 좀 제대로 맞춰줘요."

이 회장은 벽을 가리켰다. 진통제를 맞아 의식은 흐릿해졌지만 벽에 걸린 시계만큼은 또렷하게 보였다. 이 회장은 침대에 누워서도 시간을 체크하고 바깥 날씨에도 큰 관심을 보였다. 휴대전화에 팝업 창을 띄워 놓고 자신의 하루 일과를 날마다 체크해왔다. 그러니 벽에 걸린 시계의 시간이 제멋대로인 게 여간 신경이 쓰이는 게 아니었다. 통증 때문에 흘리는 땀보다도 시간이 맞지 않는 시계가 마음에 거슬렸다. 의사는 그의 철저하고 꼼꼼한 성격에 놀란 눈치였다.

병실에 누워서도, 딸로부터 회사 일을 보고 받아 챙겨야 하는 사항들을 확인했다. 그러나 누워서 할 수 없는 일이 하나 있었다. 아내가 정기검진을 받으러 삼성의료원에 가는 날인데도 함께 동행할 수 없었다.

겁 많은 아내를 곁에서 안심시켜주고 토닥여주어야 하는데 그러지 못하고 홀로 보내야 하는 처지가 안타까웠다. 휠체어를 타고 딸과 병원을 산책하면서도 아내가 걱정되었다. 끝까지 사랑하고 돌봐주고 싶었는데 자신이 없어졌다. 자신이 떠난 뒤에 홀로 남겨질 아내 얼굴이 자꾸 떠올랐다. 그날 저녁부터 이 회장은 급격히 상태가 안 좋아지기 시작했다.

11월에 들면서 찬바람이 불고 이 회장의 병세는 눈에 띄게 달라졌다. 병실을 찾은 의사들이 가족들과 자신에 대해 의논하는 소리가 희미하게 들리면 "나한테도 설명하라"며 자신의 상태에 대해 정확하게 알고 싶어했다. 의사들에게 많은 질문을 해서 힘들게 했지만 의사들은 친절하게 최선을 다해 대답해주었다.

이 회장은 자신에게 남아 있는 시간을 가늠해보았다. 신약이 나왔다던데 그 약을 써볼 수는 있는 걸까. 언제까지 기다릴 수 있을까. 두 달 아니면 세 달? 결국 웃을 수 있을까?

이 회장은 자신의 휴대전화에 저장되어 있는 1,000명이 넘는 사람들을 한 명 한 명 떠올리며 얼마나 더 살 수 있을지 헤아려보았다. 병원에 누워서도 언제나처럼 모든 것을 스스로 결정했다.

「인공호흡기, 심폐소생술, 기관 삽관 등 일체의 연명 치료는 하지 말고 올해를 넘기지 마라.
건대병원에서 나의 장례식을 치르고 부의금은 받지 마라.」

차마 죽음에 대해 입에 담기 어려운 상황에서 이 회장은 남겨진 가족들이 힘겨워할 일들에 대해 깔끔하게 자신의 의사를 전달했다. 그리고 가족들이 병실에서 쪽잠을 자는 시간 동안에도 병상에 등을 기대고 누워 홀로 잠을 이루지 못했다. 정신이 혼미해지고 주위가 깜깜한 가운데 병실의 시간은 참 더디게 흘렀다. 자신의 의사를 정확하게 표현하지 못하는 다음을 회상하는 그날 밤은 더욱 그러했다.
하루 빨리 병상에서 일어나기를 바라는 가족들의 마음과는 달리 이 회장의 상태는 점점 나빠졌다. 혼수상태에 빠져 있을 때가 많았다. 간혹 정신이 들면 이 회장은 자신의 의사를 전달하려 애를 썼다.
주치의가 지나가면 주치의를 불러달라고 손짓을 하고 호흡기를 빼달라는 듯한 수신호를 보냈다. 필기도구를 주었더니 1자 한 획을 쓰고 손을 떨어뜨렸다. 한 번만 호흡기를 빼달라는 뜻 같았다. 하고 싶은 말이 있는 듯했다. 가족들은 중환자실에 있던 이 회장을 병실로 옮기기를 원하였지만 병원 방침에 따라 이루지 못하였다. 잠시 정신이 돌아오면 가족들과 눈을 맞추고 손을 내밀었다.
"당신을 두고 떠나기 싫네."
아내는 억장이 미어졌지만 이 회장은 미소까지 띠며 아내를 달랬다. 중환자실에 있으면서도 하우현성당에서 구해온 기적의 패를 쳐다보며 마지막까지 삶의 의지를 놓지 않았다.

이 회장은 큰딸 목소리에 미소를 짓고 작은딸 목소리에 귀를 기울이고 아내 목소리에 눈을 크게 뜨며 마지막까지 의식을 잃지 않으려 애썼다. 또렷한 정신으로 가족 하나하나에게 온화하고 따뜻한 표정으로 인사했다. 그리고 모든 사람이 잠들어 있을 시간, 새벽의 상큼함을 좋아하는 이 회장은 아내와 두 딸 내외, 동생 내외의 배웅을 받으며 영원히 눈을 감았다.

가족과 친지의 오열 속에 이어진 장례에는 숱한 사람들이 찾아와 애통해하며 고인과의 특별한 사연을 기억하며 눈물을 훔쳤다. 조문객은 끝도 없이 이어졌다. 장례 기간은 고인의 귀한 선행과 헌신, 나눔의 삶이 하나둘 다시 알려지는 시간이기도 했다. 빈소에 차려진 고인의 영정은 국화꽃 장식에 파묻혀 포근한 미소를 짓고 있었다. 그것은 마치 모든 사람들에게 이렇게 말하는 듯했다.

"내 가는 길에 이렇게 찾아와주어 고맙소. 내 인생은 당신들로 인해 행복했다오. 모두들 잘들 사시오. 그리고 또 다른 세상에서 다시 만납시다."

당신들을 만나 행복했습니다

다음 생에도 다시 만나고 싶습니다

내가 남에게 베푼 것은 물에 새기고
내가 남으로부터 받은 은혜는 돌에 새기라

2

당신을 그리워합니다,
그리고…… 다음에도

'사람이 재산이다'라는 가치관을 가지고 한 번 맺은 인연을 소중히 생각했던 여송 이종 익 회장은 돈을 버는 것은 기술이고 쓰는 것은 예술이라는 삶의 가치관에 따라 멋지게 베 풀고 사셨습니다. 하늘의 재목으로 쓰려고 남들보다 일찍 가신 분을 깊이 애도합니다.

아버님은 이렇게 말씀하셨습니다,
산더미 위에 돌 하나 더 얹어라

1987년 12월에 정식 법인회사로 시작된 삼익유가공은 2015년 12월 이종익 회장이 작고하기까지 크고 작은 변화 속에서도 지속적으로 성장했다. 그리고 중소기업으로서 자리매김했다. 이 회장은 자신이 재임한 지난 30여 년간 자체 품질 테스트 및 대기업의 원료 품질 조건에 맞춰 안전하고 깨끗한 최상의 품질을 고집했다. 삼익 제품은 믿을 수 있고 정확하며 정성을 다해 만들었다는 평이 나오도록 늘 신경을 썼다.

그 결과 삼익은 제품의 우수성을 인정받아 2015년 HACCP 인증을 획득하였고, 고부가가치 제품 개발을 위해 R&D(연구개발) 투자에 적극적이다.

"이렇게 되기까지는 누구보다 아버님 이종익 회장님의 혜안과 공로가 컸습니다. 아버님은 지역 경제 활성화 차원에서 1993년 전라북도 김제에 건조분무기(Spray-dryer)와 혼합기(Mixer) 시설을 갖춘 유가공 공장을 설립하셨지요. 이것을 시작으로 국내 최초로 유청 분말을 생산하는 개척자적인 일을 하셨습니다. 저희는 유장 분말, 프리미엄 전지, 가공 전지분, 가공 탈지분, 가공 유크림, 분말 유크림, 프림 및 커피크리머, 땅콩 전지분 등을 생산하고 있습니다. 이 제품들은 제과 제빵, 빙과류, 조미 식품, 카레, 스프류, 다류, 아이스크림, 초콜릿, 믹스커피 등 다양한 식음료와 건강 보조 식품 등에 사용되고 있습니다."

가업을 이어 현재 경영을 맡고 있는 이봄이 대표는 1991년부터 국내 유가공 업계에 세계 최고 품질의 유산균주를 제공해 유산균 음료 및 발효유 제품의 품질을 높여 제품의 다양화에 큰 기여를 한 분이 바로 아버님이라고 덧붙여 설명했다. 이 회장은 단지 회사의 대표로서 경영관리만 한 것이 아니었다. 관련 업계의 인재들을 끌어들이고 관련 연구에도 지원을 아끼지 않았다.

정외과 출신인 본인이 뒤늦게 석사와 박사 과정을 밟으며 직접 유가공 분야 전문지식을 습득하고 이 분야 연구와 지원에도 앞장섰다. 그의 연구 논문은 국제 학술지 및 국내 전국 규모의 학술지에 다수 발표되었으며 한국축산식품학회 기술상과 국제학술발표대회 최우수논문상도 수상했다.

삼익은 왕성한 기업 활동으로 통상산업부장관 무역진흥부문, 산업부장관 상공업발전부문 표창과 한국축산식품학회 공로상도 수상했다. 이익만 추구한 것이 아니라 주변을 둘러보며 관련 업체들과 동반 성장을 지원하며 달려왔기 때문이다.

이종익 회장이 갑작스럽게 유명을 달리 했지만 이에 반해 삼익유가공은 흔들림이 없었다. 이 회장은 이미 자신의 은퇴 시기를 고려해 장기적인 안목에 따라 가업 승계를 미리 진행하고 있었기 때문이다.

자신에게 변고가 생길 것을 예상하고 준비해온 것은 아니지만, 작은 딸 이봄이 씨를 가업 승계 대상자로 정해 오랜 시간 준비하고 단계적으로 실행해왔던 것을 알 수 있다. 그리고 이 회장이 세상을 떠나기 전 이미 작은딸 이봄이 씨가 공식 대표이사로 취임해 원활하게 회사를 이끌어가고 있었다. 이 회장은 이 모습을 흐뭇하게 생각하며 수시로 조언과 경영 지도를 아끼지 않았다.

사실 경영자의 갑작스런 부재는 기업에 큰 치명타가 되는 것이 일반적이다. 그러므로 기업은 충분한 시간을 두고 후계자를 키워야 하며 승계 계획을 미리미리 갖춰놓아야 한다는 것이 일반적인 생각이다. 하지만 상당수 중소기업 경영자들은 부담스런 세금 문제와 가업 승계를 바라보는 사회의 좋지 않은 시선을 의식해 쉽게 이 가업 승계를 시도하지 못하는 실정이다.

선진국은 우리나라에 비해 4대, 5대까지 이어지며 대를 잇는 장수기업들이 많다. 정부의 지원뿐만 아니라 여론의 인식도 가업 승계에 대해 긍정적인 편이기 때문이다.

이종익 회장은 중소기업의 원활한 가업 승계에 대해 긍정적인 생각을 늘 가지고 있었다. 이를 염두에 두었을 때, 큰딸은 결혼해서 미국에 살고 있었다. 자연스럽게 작은딸 봄이 씨에게 경영 수업을 받게 했다.

당시 봄이 씨는 어린아이를 둔 엄마로서, 한 가정의 아내 역할에 삼익유가공을 승계할 경영 수업까지 눈코 뜰 새 없이 바쁘게 지냈다.

이 회장은 봄이 씨에게도 학문을 중시하라고 조언을 해 회사 업무와 관련된 학문인 고려대학교 생명공학과 박사 과정에 입학하도록 했다. 주변에서는 이 회장에게 너도나도 한마디씩 했다.

"딸이 할 일이 너무 많은 거 아니야? 일도 해야 하는데 공부까지 해야 하나?"

이 회장은 여기에 대답 없이 웃기만 했다. 그러면서 이봄이 대표에게 이렇게 말했다.

"일은 원래 산더미 같을 때, 더 가속도를 얻고 추진력을 받는 거야. 산더미 위에 돌멩이 하나 더 얹는 것은 어렵지 않다. 너는 다 할 수 있어. 하나하나 차근차근 우선순위를 정해라."

2세 경영인으로 어린 나이에 기업을 맡는 터라 고민이 많았던 이봄이 대표는 아버지의 조언과 격려에 마음을 다지고 더욱 굳건해질 수 있었다. 산더미 위에 돌멩이 하나 얹는 마음으로 눈앞에 쌓인 일들을 차근차근 처리해 나갔다. 선친의 이 말은 언제나 업무를 처리하면서 든든한 힘이 되어주었다.

맨손으로 시작해 삼익유가공을 건실한 강소기업으로 만든 이종익 회장은 기업의 사회적 책임을 누구보다 앞장서서 실천했다. 삼익이라는 회사 이름에 국가와 사회와 인류를 위하는 기업이라는 창업 정신을 담아 직원들에게 따뜻하게 베풀면시 국민 건강을 위해 노력했다.

이 회장이 탄탄히 다져놓고 이제 딸이 가업을 잇고 있는 삼익유가공의 현재와 미래는 아주 희망적이다. 삼익유가공 제품은 B2B(기업 간 거래) 방식이라 일반인들에게는 잘 알려져 있지는 않지만, 그동안 제조한 유가공 소비제품들은 이름만 대면 모르는 사람이 없을 정도로 필수적인 원료다.

삼익유가공의 유청 분말은 서울우유, 한국야쿠르트, 푸르밀, 오뚜기, 동원, 롯데제과, 빙그레, 청우식품, 서울에프앤비 등 크고 작은 식품 기업에 공급되고 있다.

또한 미국의 컬처시스템 사와 다니스코(Danisco)에서 첨단공법으로 생산된 유산균주를 수입하여 발효 기술을 기반으로 한 식품 산업에 적용 가능한 제품을 개발해 공급하고 있다.

컴퓨터에서 '인텔(intel)' 사의 부품이 없어서는 안 될 핵심부품인 것과 같다. 삼익유가공도 분말 식품 분야에서 전문성으로 독보적인 지위를 확보해 현재 국내 분말시장의 리더로 우뚝 서 있다. 삼익유가공은 한 해 약 250억 원의 매출을 올리며 독자적 영역을 구축한 탄탄한 강소기업으로 성장했다. 삼익유가공 대표를 비롯한 모든 직원은 창업 정신인 국가와 사회와 인류를 위하는 삼익(三益) 자세를 기억하며 일한다.

삼익은 여러 생산 제품으로 국민 건강을 책임지는 역할을 다하고 발생되는 기업 이익은 사회에 환원해야 한다는 정신을 기업의 가치로 삼아 실천해왔다. 삼익유가공의 로고를 보면 사람 인(人)을 모티브로 하여 고객 만족을 위해 열심히 일하는 임직원의 모습이자 유기적으로 연결된 세 잎은 '고객의 행복', '기업의 행복', '나눔 상생의 행복'의 조화를 통한 무한한 행복을 실현하는 비전을 담고 있다.

삼익유가공이 앞으로 펼칠 미래는 더욱 밝다. 삼익유가공은 협력사와의 파트너십을 더욱 견고히 하고, 국제 경쟁력이 있는 신제품을 개발, 새로운 시장 구축 등 더 큰 세계로 나아갈 준비를 하고 있다. 삼익유가공은 최근 B2B에 국한된 수익 모델을 B2C(기업 대 소비자)로 확대시키기 위해 연구 개발에 나서고 있다. 이 같은 움직임은 이봄이 대표를 중심으로 한 새로운 도약이다.

이봄이 대표는 새로운 프로바이오틱스(Probiotics) 관련 제품 개발에 매진하고 있으며 조만간 시장에 선보일 예정이다.

"삼익유가공을 통해 나누고 베풀며 모두가 다 잘사는 아름다운 사회를 만들고자 했던 아버지 뜻을 이어가고자 합니다."

이봄이 대표의 다짐과 함께 삼익유가공의 모든 임직원은 이종익 회장의 창업 정신을 이어받아 크게 웅비할 것이다.

'어울림한마당'
전주고 동창회의 새로운 역사를 썼습니다

누구에게나 삶의 흔적이 있다. 모두 학
창 시절을 거치고 사회에 나와 각자의 몫을 하면서 옛 기억들을 되돌아
보는 것이 인생의 한 단면이기도 하다. 이런 점에서 사회에 나와서도 가
장 친하게 지내는 동창이 고등학교 동창이 아닌가 싶다. 초등학교까지
는 인성이 형성되기 전이고 대학에 들어오면 서로 나이 차이들이 있어 깊
은 우정을 쌓기 힘들다.

그러나 중학교와 고등학교 시절, 우르르 몰려다니며 놀던 3년간의 우
정은 사회에 나와서도 지속되는 경우가 많다. 이종익 회장은 2010년 재
경 전주고·북중 총동창회 13대 회장으로 선출됐다. 이 동창회가 비약적
인 발전을 하고 단단한 네트워킹을 다지게 된 건 기업인 출신의 두 사람
덕분이다.

한 사람은 조정남(37회, 전 SK그룹 부회장)이고 또 한 사람이 바로 이
종익(43회) 회장이다. 두 사람은 사재를 털고 동창들이 쉽게 모임에 참
여하도록 동기부여를 해 지금과 같은 동문회 기틀을 만들었다. 이때까

지의 동창회장과는 다른, 새로운 차원의 회장상을 보여주었기 때문이다. 이 회장은 동창회 활성화를 위해 자신의 스케줄 중 적지 않은 시간을 사용했다. 한동안 점심, 저녁 시간은 모든 기별 모임을 챙기는 데 썼다.

까마득한 후배들 모임이라도 행사 스케줄이 미리 잡히면 그 자리에 참석하는 건 물론 개회에서 폐회까지 함께 해 동문 간의 우애와 모교 사랑을 몸소 실천하는 데 모범을 보였다.

선배에게는 조언을 듣고 후배와 상의하며 헌신적으로 일하는 이 회장을 보며 후배들도 학교 행사에 적극 참여하게 되었다고 말한다. 이 회장은 회장이 되면서 우선 전주고 홈페이지를 개설하고 웹진을 발행했다.

이 회장은 전주고 동문회를 아날로그 동문회에서 디지털 동문회로 바꾼 주인공이다. 매주 회원 동정이나 활동 상황을 올리니 해외에 있는 동문들의 반응이 매우 좋았다. 동문들의 동정을 해외에서도 한눈에 알 수 있어서 참 고맙다며 웹진 업데이트를 기다리게 된다는 인사를 여기저기서 받았다.

2010년 3월 오픈한 동문 홈페이지는 일년 만에 100만 방문객 수를 기록했다. 그전인 1996년 졸업 30주년 기념 모교 방문 행사인 홈커밍데이 행사도 아주 반응이 뜨거웠다.

이 행사에는 서울 거주 동창생 160여 명, 전주 거주 동창생 135명, 재외 거주 동창 11명 등 전체 43회 동창생 500명 중 절반 이상이 참여하는 대성공을 거두었다. 이 행사는 은사들을 모시고 1박 2일로 모임을 개최했는데 그동안의 모교 방문 행사 중 가장 알차게 진행됐다는 평이 나왔다. 이 모든 행사 준비에 이 회장이 앞장섰기 때문이었다.

이 회장이 회장 임기 중 한 일 중에 가장 의미 있는 일이라 할 수 있는 건 영호남 화합을 꾀하기 위해 경북고와 함께 '제1회 동서화합음악회'와 동문과 동문가족 4,000명이 모인 '제1회 어울림한마당'의 개최였다. 이 두 행사는 총동창회 역사에 길이 남을 행사로 전주고 총동창회에 새로운 이정표를 세웠다.

전주고 재경 총동창회 회장이 된 이 회장은 침체된 동문들의 기를 살리고 화합을 도모하기 위해 기수별로 있던 소규모 체육대회를 모아 모두가 참여하는 대대적인 체육대회를 계획했다. 당시 동문이 총장으로 있던 서울교육대학에 장소를 정하고 전라북도 14개 시, 군 향토 특산물 부스도 마련했다. 이 회장이 직접 시장이나 군수한테 일일이 전화해 협조를 부탁했다.

이 회장은 이 체육대회를 추진하면서 일부 임원과 대회 규모가 너무 크고 경품으로 내 건 승용차가 과하다는 부분에 의견 충돌이 있었다. 최용식(46회)은 이렇게 건의했다.

"선배님 매년 행사가 지속되는 걸 원하시면 이번 경품이나 출연진 경비를 줄이셔야 합니다. 앞으로 이렇게 계속 못하면 후임 회장이 무능하다는 소리를 듣습니다."

최용식은 이 얘기 말고도 여러 가지 사례를 들어가며 이 회장이 사비로 지출하는 것에 신중론을 폈다.

그래서 개런티가 비싼 연예인을 부르지 말고 자동차 경품도 없애자는 내부 의견이었다. 이번엔 이 회장이 많은 기부금을 내서 행사를 치르지만 다음번도 또 이런 경품을 내걸 수 없으니 규모를 축소하자는 것이었다.

"그게 문제라면 내가 계속 해서 내겠다"며 이 회장도 이 의견에 쉽게 물러서지 않았다. 그리고 후배에게 이렇게 말했다.

"이번이 동문들이 다 함께 모이는 첫 번째 행사고 학교 명예도 걸려 있으니 비용이 들더라도 입소문이 제대로 나면 좋겠어. 일단 행사를 하면 사람이 많이 모이고 동문들이 즐거워야 하니 양보해주게나. 여기에 드는 비용은 내가 다 부담할 테니."

이 회장은 이 어울림한마당을 위해 재정적인 지원만 한 게 아니었다. 수 개월 동안 조찬 모임을 하며 준비를 하고, 동창 명단을 확보해 일일이 전화를 하는 등 열과 성의를 다했다.

2011년 10월 8일, 서울교대 인조잔디구장 주변에는 수십 개의 하얀 텐트가 들어섰다. 하늘에 띄운 커다란 애드벌룬에 '제1회 재경 전주고·북중 어울림한마당'이라는 커다란 글씨가 그날의 행사를 알리고 있었다. 이 회장은 이른 아침부터 운동장에 나가 준비 상황을 일일이 점검하고 "오늘 재밌게 잘해보자!"며 스태프들의 등을 두드렸다.

이날 행사는 모든 재경 전주고와 북중 동문들이 모이는 의미 있는 자리였다. 원래 3,000명을 예상했으나 4,000여 명의 동문과 가족들이 모였다. 전주고 한 해 졸업생이 500여 명 정도인 것을 감안하면 엄청난 인원이 운집한 것이다. 1919년 개교 이래 가장 많은 인파가 몰린 동창회 행사였다.

준비한 기념품은 일찌감치 떨어지고 음식도 부족했지만 동문들은 한자리에 모여 즐거운 시간을 보내느라 여념이 없었다. 중앙에 마련된 널찍한 무대 위에서는 온갖 공연과 장기자랑이 끊임없이 펼쳐졌다.

운동장에서는 축구, 족구, 줄다리기, 팔씨름 등 동문 체육대회가 열렸다. 운동장에서 선수들이 뛰는 동안 기수 별로 마련된 텐트에서는 오랜만에 만난 동문과 선후배들이 반가운 인사를 나누었다. 간혹 얼굴조차 기억하지 못하는 동문도 있었지만 함께 술잔을 나누며 친구 간의 우정을 나누었다. 이날만큼은 옛날 가을 운동회처럼 마냥 즐겁고 행복한 모습들이었다.

준비한 전주 막걸리도 동이 나고 생맥주에 통닭도 다 떨어졌지만 성대한 잔치 분위기에 모두 다 즐겁고 행복해했다. 이날 이 회장이 내놓은 아반떼 승용차가 누구에게 갈까도 많은 사람들의 관심사였다.

이런 행사 준비는 치밀함과 추진력은 물론 엄청난 노력이 있어야만 가능한데 이 회장의 작은 체구 어디서 그런 에너지가 끊임없이 나오는지 행사 관계자들은 모두 혀를 내둘렀다.

동문이면 누구든 가리지 않고 또 누구 하나도 소홀함 없이 대했던 이 회장 덕분에 4,000명이 하나 되는 뜻깊은 자리였다. 그리고 이 행사는 '이종익 동창회장'의 이름을 전 동문들에게 확실히 각인시키는 계기도 되었다.

감동의 음악잔치, 동서화합음악회로
영호남이 하나가 되었습니다

요즈음 우리의 한류 열풍이 중국, 몽고, 일본 등 동북아시아를 뛰어넘어 서구 등지에도 퍼지고 있다. 인류 역사적으로 봐도 강대국이 약소국에 무력 침략으로 정벌한 후에 먼저 자국의 문화와 종교를 전파시킨 후 일정한 세월이 지나면 동화시켜 흡수 합병하여 자국 영토를 넓혀온 사례가 동서고문을 통하여 역사적으로 흔한 사례이다. 따라서 문화의 위력은 정말로 큰 힘을 발휘하고 있다.

그간 재경 동창회에서는 동문 간에 일체감과 동질성 형성 그리고 애교심 함양을 위해서 2005년부터 격 년마다 동문가족 음악회 행사를 열었다. 경북고 총동창회와 전주고 총동창회는 2000년부터 양 교 우의를 다지고, 동서 교류 차원에서 자매 결연을 맺고 매년 짝수인 해는 전주고 동창회에서, 홀수인 해는 경북고 동창회에서 초청하여 바둑과 골프 행사 등 친선 교류 행사를 전주와 대구에서 번갈아 가면서 매년 해오고 있었다. 영남과 호남을 대표하는 명문 고교가 한 자리에 모이는 이 행사는 참 보기가 좋았다. 그러나, 이 교류 행사는 양 교가 70~80여 명 선에서 참가한다고 하니 양 교 동창회원에 비해서 참석 인원이 적은 규모라고 할 수 있다. 이는 자매 결연 학교가 친선 교류 행사를 매년 해오고 있다는 사실을 알고 있는 양 교 동문회원들이 많지 않았기 때문이다. 특히 양 교 재경 회원들은 친교를 나눌 수 있는 기회가 없어 뭔가 양 교 재경 동문회에서 교류할 수 있는 발판을 마련해보자는 생각을 마음속에 갖게 되었다.

하지만 취지는 좋지만 이런 대규모의 행사를 실행한다는 것은 꽤 힘든 일이다. 소종섭 상임부회장은 도전 정신이 발동해 다음 날 이종익 회장을 찾아 이런 사항을 논의했다. 그랬더니 이 회장은 "용기를 잃지 말고 열심히 하면 될 것이다. 나 또한 도울 일이 있으면 열심히 돕겠다"라고 격려를 했다.

2004년 조정남(전 SK 부회장) 회장께서 전주고·북중 재경회장을 맡고 나서 동창회도 체계적으로 집합할 필요를 느끼고 운영위원 10여 명을 조직했다. 이 운영위원이 된 이 회장은 모든 회의와 활동에 적극적으로 참여했고 이 후 재경 동창회 수석부회장과 회장과 고문을 차례로 맡았다.

당시 총 동문회 차원에서 하는 행사가 전주와 대구에서 펼쳐지니 3만 명 이상 되는 서울 지역 동문들의 참여가 어려웠다. 전주고 측은 지역의 동문은 물론 서울에 있는 동문들과 그 가족까지도 폭넓게 참여할 수 있는 문화 행사를 경북고 측에 제안했다.

처음에는 경북고에서 소극적인 태도를 보였지만 당시 경북고 총동창회 회장이었던 전 대한적십자사 유종하(경북고 36회) 총재가 '양 교 우의 증진은 물론 동서 화합을 위한 초석이 마련될 수 있는 좋은 기회'라며 동기인 이강숙(경북고 36회) 한예종 총장과 음악회 전반에 대해 논의하여 음악회 준비가 순조롭게 진행됐다.

실무 작업 주최, 주관, 음악회 명칭 및 취지, 콘셉트, 연주 일정, 발기문 작성, 출연자 및 사회자 선정, 교향악단과 지휘자 선정, 티켓 금액 결정 및 배분, 행사 경비 부담 등에 대하여 양 교가 합의를 하고 결론을 도출해나갔다.

물론 간혹 사소한 일로 신경전을 벌이기도 했다. 어느 학교 이름을 앞에 넣을 것인가, 클래식으로 할 것인가, 대중음악으로 할 것인가, 양 교는 줄다리기를 하며 은근히 자존심 싸움을 벌였다. 그러다 결국 양쪽이 한 발씩 물러나면서 의견이 좁혀졌다.

경북고 출신 예술의전당의 사장 덕에 예술의전당을 대관하는 것도 원활하게 이루어졌다. 전주고 동문들 중에 예술적 재능과 능력을 가진 사람들이 많고, 경북고 동문들은 섭외 능력이 뛰어나 양 교가 힘을 합하니 멋진 음악회가 만들어진 것이다.

2011년 5월 1일 서울 양재동 예술의전당에서 '경북고-전주고 동서화합음악회'가 성대하게 열렸다. 전라북도와 경상북도를 대표하는 두 학교의 화합과 소통을 위해 마련된 자리에 3,000여 명의 양 교 동문과 동문가족들이 예술의전당 콘서트홀 3층을 가득 메웠다.

이날 출연진은 대부분 두 학교 출신이거나 동문가족이었다. 피아니스트 임종필, 첼리스트 양성원, 가수 신형원, 소프라노 송광선, 바이올리니스트 김남윤 씨 등 쟁쟁한 아티스트들이 2시간 동안 클래식과 가요로 무대를 채웠다. 박수 소리가 끊이질 않았다.

1시간 정도 연주를 마치고 가진 인터미션(intermission) 시간에는 객석에 섞여 앉은 동문과 동문가족들의 경상도와 전라도 사투리가 구수하게 들려왔다. 백발의 할아버지가 된 동문들도 즐겁고 할아버지 손을 잡고 온 어린아이들도 덩달아 신이 났다.

공연의 마지막은 양 교 교가 제창이었다. 백발의 선배는 물론 20대 후배까지 자리에서 일어나 주먹 쥔 손을 흔들며 교가를 부르기 시작하였다. 모두가 하나가 되어 노래를 불렀다.

'백두와 금강과 태백과 지리 억만 년 짙푸른 산 둘레 같이~'

'푸르른 낙동강물 감도는 벌에 그대여 모르는가 화랑의 넋을~'

열기가 더해져 노랫소리는 점점 커져서 콘서트홀에 가득 찼다. 눈가가 촉촉하게 젖어오는 사람도 보였고, 눈을 감은 채 목소리를 높여 부르는 사람도 있었다.

'뭉치고 다지어 높이 솟으리 오 전주고등학교 구원한 신념~'

'빛낼지라 이 나라 이 겨레 위해 무궁할 손 그 이름의 경고의 건아~'

교가 제창이 끝나자 사람들은 우렁찬 박수로 이날의 감동을 자축했다. 박수는 오랫동안 계속됐다.

음악회 행사가 끝난 후 로비에서 양 교 동문들의 뜨거운 포옹과 박수가 이어졌고 참석한 양 교 회장단은 서로 인사를 나누며 영호남의 화합을 얘기했다. 이 동서화합음악회를 기획하고 헌신한 사람이 다름 아닌 이종익 전주고 재경회장이었다. 이 회장은 호남 출신으로 영호남 화합에 관심이 많았다. 초등테니스대회를 개최할 때도 경상도 선수들을 전라도 지역에 초청해 융숭하게 대접했다.

어려서부터 전라도 지역에 대한 좋은 감정을 심어주면 아이들이 컸을 때는 편견 없이 서로 잘 지낼 수 있을 거라는 믿음으로 노력했다. 영남의 경북고와 호남의 전주고가 함께 동서화합음악회를 마련한 것도 같은 맥락에서였다.

한 번의 음악회로 전라도와 경상도 지역의 인식 변화가 생길 거라 기대하진 않았지만 어떤 정치적 구호나 외침보다 훨씬 강한 날갯짓이라는 걸 모두가 느꼈다. 소통과 화합의 첫 단추가 잘 꿰어진 것이다.

행사에 참여했던 사람들은 집으로 돌아가면서 이 행사를 처음 생각해내고 기획한 사람이 누구인지 참 잘한 일이라고 입에 침이 마르도록 칭찬을 아끼지 않았다.

이종익 회장은 '동서화합음악회'에 거금을 쾌척했기 때문에 주최 측에서 음악회 표지에 회사 광고를 실어주겠다는 제의를 했다고 한다. 하지만 이 회장은 "양 교 우의를 돈독하게 하기 위해서 지불한 것이니 양 교 교훈을 새긴 교훈탑을 표지로 삼으면 상당히 의미가 있겠네요"라며 그 제안을 정중하게 거절했다고 한다.

그래서 음악회 표지에는 양 교 교훈탑이 실렸다고 한다. 이렇게 이 회장은 어떤 일에서든 봉사는 하되 대가를 바라지 않았다. 그의 인품은 여기서도 또 한 빈 발휘된 것이다.

초등테니스의 역사가 된 사람,
그분은 이종익 회장님입니다

'한 사람이 참으로 보기 드문 인격을 갖고
있는가를 알기 위해서는 여러 해 동안 그의 행동을 관찰할 수 있는 행
운을 가져야만 한다. 그 사람의 행동이 온갖 이기주의에서 벗어나 있고,
그 행동을 이끌어 나가는 생각이 더없이 고결하며, 어떤 보상도 바라지
않고, 그런데도 이 세상에 뚜렷한 흔적을 남겼다면 우리는 틀림없이 잊
을 수 없는 한 인격을 만났다고 할 수 있다.'

장 지오노의 저서 『나무를 심은 사람』 서문에 나오는 글이다. 개인의
이익을 돌보지 않고 아무런 보상도 바라지 않은 채 세상을 위해 나무를
심은 고결한 인격을 지닌 한 노인의 이야기는, 이종익 한국초등테니스연
맹 회장을 떠오르게 한다고 협회 관계자들은 입을 모은다.

한국초등테니스연맹을 헌신적으로 이끌면서 사회적인 명예나 이익을
바라지 않고 19년이라는 긴 세월 동안 오직 테니스 꿈나무 육성에만 매
진해왔기 때문이다. 이 회장은 초등테니스의 역사가 되었고 보기 드문

인격을 가진 고결한 사람으로 테니스 인들에게 선명히 기억되고 있다.

이 회장이 처음 한국초등테니스연맹에 발을 들여놓은 것은 1997년 IMF 때였다. 1995년에 창설된 한국초등테니스연맹은 꿈나무 선수 발굴과 연맹 운영에 어려움을 겪고 있었다. 자금 부족 때문이었다.

거기에다가 IMF의 여파로 기존에 팀을 맡았던 단체장들이 줄줄이 포기하고 회장에 선뜻 나서는 사람이 없었다. 이 회장은 '기초 공사가 부실한 건물이 쉽게 무너지듯이 초등테니스가 튼튼하지 않고선 주니어와 시니어 테니스의 활성화를 기대할 수 없다'는 생각에 친구의 권유를 받아들여 한국초등테니스연맹 회장직을 수락했다.

처음에는 2년만 할 생각이었는데 어느새 19년이라는 긴 세월 동안 한국초등테니스연맹을 책임지며 초등테니스에 새로운 바람을 일으켰다. 이 회장이 한국초등테니스연맹에 취임해 가장 먼저 한 일은 '제1회 한국초등테니스연맹 회장기 대회'를 신설해 선수 육성에 박차를 가한 것이었다. 이듬해인 1998년 12월 한국 초등선수로는 최초로 세계에서 가장 큰 대회인 오렌지볼 국제주니어테니스대회 12세부에서 최동휘(탄방초) 선수가 세계를 제패해 한국초등테니스의 위상을 세계에 알렸다.

이 회장은 우수한 경쟁력을 갖추기 위해선 선수들이 경기 경험을 많이 가져야 한다고 생각했다. 어린 선수들이 학업에 빠지지 않고 실전 경험을 많이 쌓을 수 있도록 주말 리그를 활성화시켰다.

그리고 국제대회를 개최하고 외국 선수들을 초청, 선수들과 지도자들이 세계의 테니스 흐름을 공유하고 서로 우정을 나누는 기회를 가질 수 있도록 했다. 또 선수들의 국제대회 참석 경험을 갖도록 미국의 대회 파견을 본격적으로 추진했다. 미국 오렌지볼 대회에 참가하려면 11월 말에 출발하여 12월 크리스마스 전날에 귀국하는 일정이라 선수 한 명당 항공료를 포함 600만 원이 넘는 큰 비용이 들었다. 학부모들에게 부담이 되는 액수였다. 이 회장은 우수 선수들의 출전 경비를 연맹에서 전액 지원하는 시스템을 도입해 선수 부모들의 부담을 덜어주었다. 이종익 회장은 12월 24일 밤 귀국하는 선수단을 마중 나가기 위해 연말의 극심한 교통체증을 뚫고 매년 공항으로 향했다.

국제대회에 나가는 선수들을 연맹에서 전폭적으로 지원해주다 보니 공정하게 대회 출전 선수들을 선발하는 시스템이 필요했다. 이를 위해 랭킹제를 실시하자고 하자 처음엔 어린 초등학교 선수들에게 랭킹이 왜 필요하냐며 반대가 있었다.

그러나 이 회장은 특유의 친화력으로 관계자들을 설득해 랭킹제를 정착시켰다. 랭킹에 따라 공정하게 선수를 선발하니 해외의 대회에서 좋은 성적이 나왔다. 아메리칸컵이나 오렌지볼 같은 큰 대회에서 우승하는 선수들이 나오기 시작한 것이다. 한국주니어테니스의 르네상스 시대가 열린 것이다.

그러던 중 랭킹이나 선수 선발에 잡음이 들려왔다. 그러자 이 회장은 "모든 걸 투명하게 공개할 수 있는 홈페이지를 제작하라"고 지시했다. 이에 따라 2002년 한국초등테니스연맹 홈페이지를 개설해 선수들과 학부모에게 정보를 제공하고 운영에 한 점의 의혹이 일지 않도록 했다. 선수들에 대한 배려와 투명한 랭킹 관리 등을 볼 수 있는 홈페이지 개설은 한국초등테니스연맹 발전에 획기적인 전환점을 마련해주었다.

한국초등테니스연맹이 국제대회에서 좋은 성적을 내고 지속적으로 발전할 수 있었던 것은 이 회장의 아낌없는 지원 덕분이었다. 이 회장이 연맹 회장에 취임하고 얼마 되지 않았을 때의 일이다.

"아이들을 가르치는 데 제일 어려운 점이 무엇인가요?"

이 회장이 연맹 관계자에게 물었다.

"국내에 있는 테니스코트는 거의가 클레이 코트여서 외국의 케미컬 코트에 적응이 어렵습니다."

"아, 그래요? 알겠습니다."

이 회장은 곧바로 삼익유가공 김제공장 부지에 사비를 털어 라이트 시설을 갖춘 최신 케미컬 코트 2면을 조성했다. 그리고 한국초등테니스연맹 선수는 누구든지 아무 때나 와서 마음껏 연습을 할 수 있게 배려했다. 전국 초등테니스대회를 전북에서 수시로 치르게 된 것도 이 덕분이었다. 그리고 경상도 선수들을 이곳에 초청해 흡족하게 베풀며 전라도 인심을 보여주어 동서 화합의 소박한 꿈을 실천하기도 하였다.

연맹 초창기에는 필요 경비를 마련하기 위해 이 회장이 직접 사재를 출연했다. 이 회장은 지속 가능한 연맹 운영을 위해서는 지방자치단체 및 스포츠용품 기업들의 지속적인 투자가 절실하다는 것을 체감했다. 결국 이 회장은 양구, 김천, 순창, 제주 등 전국 긱지의 지방지치단체와 윌슨, 낫소 등 테니스용품 기업의 투자를 유치해냈다. 이 덕분에 현재 한국초등테니스연맹은 투명하고 탄탄한 재정을 유지하는 연맹으로 손꼽힌다.

이종익 회장은 한국초등테니스연맹 홈페이지를 수시로 드나들었다. 아침에 출근해서 보고 퇴근하기 전에 또 들여다보았다. 대회가 열릴 때에는 수시로 들어가서 성적도 직접 확인하고 대회가 무사히 치러지길 기도하며 응원했다. 국제대회에 나가면 우리나라 선수들은 긴장을 많이 하고 승부에 지면 고개를 떨어뜨렸다. 이 회장은 그 점을 몹시 안타까워했다. 이 회장은 초등테니스 코치나 감독을 볼 때마다 이렇게 신신당부를 하였다.

"운동은 즐겁게 해야 합니다. 그런데 우리나라는 학교 체육이 성적을 내는 데만 집중하기 때문에 학생들이 승부에 집착해 즐기지를 못해요. 어린 선수들이 창의적인 생각을 가지고 즐겁게 운동할 수 있도록 선생님들이 더욱더 노력해주세요."

불모지였던 초등테니스를 정상 궤도에 올려놓고 19년이란 긴 세월 동안 헌신하고 노력해온 그에게 한 가지 꿈이 있다면 테니스 인들과 함께 단체로 비행기를 타고 그랜드슬램 결승에 가서 우리 선수를 응원하는 것이었다. 그리고 우승의 기쁨을 함께 나누는 것이었는데 이것을 이루지 못한 테니스계는 이를 너무나 안타깝게 여겼다. 한국 초등테니스계의 역사엔 이종익 회장 이름만큼은 영원히 기억되고 또 남을 것이다.

2014년 순창군에서 열린 국제대회 시상식. 이 회장은 한국초등테니스연맹에서 주관하는 테니스대회에는 빠지지 않고 참석했다.

착한 일을 하면 죽어도 살아 있는 것,
나쁜 일을 하면 살아도 죽은 것

　　　　　　　　　　　이종익 회장은 사단법인 화서학회 이사장
으로서 "국가 존망의 위기는 민족의 주체 정신으로부터 바로잡아야 한
다는 화서 이항로 선생의 말은 요즈음 그 어느 때보다 우리에게 절실히
요구되는 말이다"라고 하였다. 이 말은 화서 선생이 "정직(正直)은 내가
살고 우리가 사는 길이요, 사곡(邪曲)은 나와 우리가 모두 죽는 길이다"
라는 말씀으로 위정척사와 맥락을 같이 하는 것이다.

　조선 말기의 선비 화서 이항로 선생은 애군여부 우국여가(愛君如父 憂
國如家)를 역설하였는데, 이는 '애국과 호국의 정신'이다. 또한 위정척사
(衛正斥邪)를 주창하였다. 이는 '유교의 질서를 보존하고 외국 세력과
이질적인 문물의 침투를 배척한 논리 및 운동'으로 도학적 의리 사상이
다. 즉, "서구 제국주의의 침략으로부터 조국과 민족을 수호하자는 자
주, 자립, 자존, 자위의 자강의식의 발로이다. 그러므로 화서정신은 그
문하연원(門下淵源)들에 의해 배일상소운동, 항일의병투쟁, 독립운동,
상해임시정부로 이어지고, 대한민국 헌법 정신으로 계승되었다"고 보아

예사롭게 생각할 수 없는 일이다.

화서 선생의 학문과 사상을 연구하고 이를 계승하여 우리의 전통 사상을 발전시키고 나아가 민족의 정체성과 바른 역사관 정립에 노력하는 화서학회는 2001년 7월 14일 성균관 유림회관에서 창립하였다. 그리고 2006년 이종립 감사와 조종업 전 이사장의 권유를 받아들여 이종익 회장은 이사장으로서 2015년 12월 타계하기까지 10년 동안 화서학회를 지원하였다. 그가 화서학회를 지원한 데는 화서 선생이 벽진 이씨이기도 하지만 그를 존경하고 사모하는 마음이 컸기 때문이다.

역사 속에는 수많은 선비들이 있는데 그중 화서 이항로 선생은 철학과 사상과 교육에 있어서 정(正)과 사(邪)를 분명히 하는 지조 있는 선비였다. 화서 이항로 선생은 선각자로서 벼슬도 마다하고 나라가 망해가는 조짐을 예견하고 쓰러져가는 나라를 붙잡아 세우고 백성을 구원할 인재 양성에 몰두하였다. 그러면서도 나라가 부를 때에는 지체 없이 달려가 신하로서 올바른 방책을 건의하고 벼슬은 사양하였다. 그러므로 화서는 일생을 오로지 학문 연구와 후진 양성에만 전념한 조선 말기의 가장 저명한 사상가이자 교육자, 즉 시대를 이끌어간 대성리학자였다. 오늘날 우리나라의 현실도 화서 선생이 생존했을 당시와 유사하다. 그래서 이종익 회장은 화서사상을 계승하고 연구하고자 하였다. 당시 문화적 전통과 국권을 지키기 위한 방법론으로 제기되었던 전통적인 질서를 재정비하자는 실천운동처럼, 이종익 회장은 화서학회의 이사장으로서 민족의 정체성과 바른 역사관 정립을 위해서는 더욱 화서정신을 되새겨 난국을 헤쳐 나가야 한다고 생각하였다.

이종익 회장의 화서학회 지원은 참으로 열성적이었다. 아무도 선뜻 하려고 하지 않는 화서 이항로 선생 학술사업을 위해 다방면에서 심혈을 기울였다. 매년 2회의 국제학술대회를 개최하여 화서 선생의 정신 세계와 대외 인식을 통찰력 있게 조명하였다. 무엇보다 이종익 이사장의 가장 큰 업적 중의 하나는 한국독립운동기념비 건립이다.

2015년 용문산에 건립한 한국민족독립운동발상지비, 화서연원독립운동기념비, 양평의병기념비, 용문항일투쟁기념비, 화서 이항로 선생 어록비인 위정척사비와 애국우국비 그리고 기념비 등 7기의 비석은 화서학회가 이루어낸 역사적 사업이다. 건립에는 25개 문중이 참여하고 46개 사회단체가 동참하였으며, 481명이 물심양면으로 후원하여 모금된 1억 4천만여 원으로 건립되었다. 이렇게 전국 각처에서 동참하여 비석을 세웠지만 여기에 결정적 역할을 한 사람은 이종익 회장이며, 그는 기념비건립추진위원장으로서 노심초사하며 독립운동기념비가 세워지고 광복 70주년 행사를 치르기를 고대하였지만 병석에 있었기 때문에 기념비적인 행사의 완성을 보지 못했다.

'지금 최선을 다하고 항상 미래를 지향'하는 생각으로 사업과 사회 활동을 해온 이종익 회장은 화시학회가 호국정신을 선양하여 국가 백년대계를 위한 주춧돌을 놓아주기를 바라는 마음으로 기념비 건립을 뚝심 있게 추진해왔다(「선진한국」 2016 4월호 박현정 기자 참조).

가끔 주변인들은 왜 그리 골치 아픈 일을 하냐고 이 회장에게 물었다. 이 회장은 화서연원의 거목들이 나라를 살리고 목숨을 바치면서 민족을 위했기에 오늘의 우리가 있고 대한민국이 있다고 답하였다. 그리고 우리나라 청소년과 젊은이에게 국가 가치관과 정체성을 올바로 정립할 수 있는 기회를 주고 싶다고 했다. 그러기에 그는 화서 선생을 존숭하고 화서학회를 지원하는 것을 무엇보다 가치 있는 보람으로 여겼다.

　이 회장의 유족은 지금도 가족 나들이를 떠날 때면 양평으로 향한다. 이 회장은 생전에 주말이면 가족들과 화서 이항로 선생의 유적지 양평군 서종면 벽계마을을 한 바퀴 휘 돌아보는 것을 즐겼다. 아마도 여송 이종익은 화서학회 이사장으로서 활동했던 업적들을 보람차게 생각할 것이다.

2015년 경기도 양평군 용문산 기슭에 을미의병 봉기 120주년, 광복 70주년을 기념해 한국독립운동기념비를 세웠다. 이종익 회장은 화서학회 이사장으로서 한국독립운동기념비건립추진위원장을 맡아 항일 구국 정신을 후세에 영원히 전하고자 하였다.

아름다운 영향을 끼치면서
선행을 베푼 분이었습니다

카네기 같은 대부호들이 사람들로부터 존경을 받는 것은 그들이 거대한 부를 쌓았기 때문이 아니라 그 부를 좋은 일에 아낌없이 베풀었기 때문이다.

이종익 회장이 주변에서 두루 존경받고 그가 떠남을 많은 사람들이 아쉬워하고 애통해하는 것도 삼익유가공이라는 강소기업을 일구어서가 아니라 늘 삶에서 베푸는 삶을 실천했기 때문이다. 항상 주변의 모든 사람들에게 아름다운 영향을 끼치고 고마움을 느낄 정도로 선행을 많이 남겼기 때문이다.

이 회장의 물질관은 명확했다. 돈을 쓸 때는 기쁜 마음으로 넉넉하게 쓴다는 주의였다. 그가 맡은 크고 작은 모임이나 단체는 이루 헤아릴 수 없이 많았다. 화서학회이사장, 한국독립운동가기념비건립추진위원장, 한국축산식품학회, 한국유산균학회 등 수많은 공익 단체를 이끌었다.

이런 모든 단체나 친목 모임의 유지는 결국 운영비에 좌우되는 것이 자명하다. 그런데 이 회장은 자신이 몸담은 곳에서 재정이 필요하다고 하면 이를 아낌없이 지원하는 데 1등 선수였다. 너무나 쉽게 돈을 내는 통에 오히려 부탁하는 쪽이 당황할 정도였다.

모교인 전주고에 장학금을 기탁하고, 건국대에도 거액의 학교발전기금을 내놓으며 모교 사랑을 실천했다. 뿐만 아니라 한국초등테니스연맹 회장으로 19년 동안 있으면서 초창기엔 필요한 경비의 대부분을 이 회장이 충당해 불모지였던 우리나라 초등테니스 발전에 큰 공을 세웠다.

이 외에도 재정이 어려운 학회에는 기부금이나 학회지에 광고를 싣는 명목으로 꾸준하게 기부를 했고, 어려운 학생들을 위한 장학금도 수시로 소리 없이 내놓았다.

이 회장은 이렇게 대의를 위한 일에만 돈을 쓴 게 아니었다. 주변 사람들을 챙기는 일에도 유별났다. 옛날에 함께 일했던 직원이 회사로 찾아왔다. 반가운 마음에 마주 앉아 이야기를 나누다 보니 돈을 꾸어달라고 온 것이었다. 차 전무는 이 회장을 눈짓으로 불러냈다.

"우리 회사도 어려운 형편이니까 안 된다고 거절하세요."

"저 사람이 얼마나 어려우면 여기까지 찾아와 부탁을 하겠어요. 대출을 받아서라도 빌려주세요."

대출까지 받아서 해주라는 말에 차 전무는 속이 상했다. 회계를 맡고 있던 백선희 팀장은 회장님 지시여서 대출을 진행하긴 했지만 너무 하다 싶을 정도로 상대를 믿고 다 내어주는 이 회장에게 화가 났다. 그래서 회장님이 함께 식사하자고 할 때마다 요리조리 피해 다녔다고 한다. 회장님에게 화난 마음을 이렇게라도 표현하고 싶었다는 그녀는 "결국 한 푼도 받지 못해 차 전무님이 나한테 정말 화풀이를 많이 했어요"라고 전했다.

해태 연구개발실에 있으면서 이 회장과 인연을 맺어 청맥회로 끈끈한 우정을 이어오던 이정호(JHL코포레이션) 사장은 이종익 회장을 떠올리면서 하나의 추억을 끄집어냈다.

그는 당시 안양에 살고 있었는데 집을 옮겨야 했다. 이종익 회장은 당시 대치동에 살고 있었기 때문에 자신의 집 근처로 이사하라고 권했다. 그때나 지금이나 대치동은 전세 값이 무척 비쌌다. 그때의 이정호 사장에겐 거금을 마련하는 데에 시간적 여유가 부족했다. 그의 사정을 안 이 회장은 "대치동으로 들어오라"고 하면서 선뜻 거금을 내주었다.

나중에 들어보니 아내의 퇴직금으로 받은 돈을 망설임 없이 내놓은 것이었다. 그 덕분에 이정호 사장은 대치동의 한 아파트에서 전세로 살다가 나중에 옆 동의 집을 사서 이사했다. 그 돈 아니었으면 강남에 들어올 생각도 못하였을 거라는 이정호 사장은 자신도 넉넉지 않은 형편에서 거액의 돈을 믿고 꿔주는 이 회장의 인품에 깊은 감동을 받았다고 했다. 이 회장이 주변 사람들에게 베풀었던 미덕은 한두 건이 아니어서 이야기를 다 하려면 끝이 없다.

이 회장이 즐기는 취미 중 하나는 친구들과 모여 이야기하는 것이다. 손님을 반기니 그의 사무실엔 친구들의 발길이 끊이지 않았다. 이야기를 나누다가 식사를 하게 되면 밥값은 늘 이 회장이 계산했다. 보통 상대는 한두 번 대접을 받으면 이번엔 자신이 내려고 벼르는데 이것을 막는 데도 선수였다. 미리 돈을 내지 못하도록 온갖 방법을 다 썼던 것이다. 그것도 다른 사람들이 유쾌하게 그 제안을 받아들이도록 적당한 명분을 내세워 부담 없이 식사하도록 이끌었다. 예를 들면 이런 방법이었다.

"오늘 좋은 일이 있으니 내가 낼게!"

"오늘 너와 대화하면서 좋은 것을 깨달아 기뻐서 내가 낸다!"

"오늘은 축하하는 의미로 내가 낸다!"

함께 둘러앉은 친구들은 이 회장의 속마음을 알지만 그의 인품을 아는지라 유쾌하게 식사 자리를 즐길 수 있었다고 한다.

이 회장은 가족, 친지, 친구, 직원 어느 한 사람도 함부로 대하거나 소홀함이 없었다. 다른 사람의 어려움에 눈을 감지 않고 상대방의 입장에 서서 모든 것을 해결하려 애썼다. 사소한 행동만 보더라도 그의 인품이 그대로 드러났다. 특히 누군가를 도울 때는 자신이 먼저 생색을 내거나 입 밖으로 말하지 않았다. 하지만 그런 미담은 혜택을 입은 사람들의 입을 통해 전해지곤 했다.

이처럼 이 회장 주변에 사람들이 넘쳐나고 그를 마음속 깊이 존경하는 것은 그가 이렇게 아낌없이 베풀며 나누며 도우며 살았기 때문이다. 사람을 얻기 위해서는 조건 없이 베풀어야 한다는 것이 이종익 회장의 철칙이었다. 그런데 돈을 쓴다고 해서 모두 사람의 마음을 얻는 것은 아니다. 돈을 쓸 때 가장 중요한 것은 마음에서 우러나는 진심이다.

이 회장은 "돈을 버는 것은 기술, 쓰는 것은 예술이다"라고 버릇처럼 말하곤 했는데 돈을 쓸 때는 기쁜 마음으로 써야 상대도 기분이 좋아진다며 흔쾌하게 또 넉넉하게 썼다. 한 번도 돈을 낸다고 으스대거나 상대를 무시하지 않았다.

그는 돈을 제대로 쓰는 법을 아는 사람이었다. 돈을 잘 쓰는 사람이 결국에는 돈도 잘 번다는 사실을 사례로 증명해 보인 사람, 그가 바로 이종익 회장이었다.

전주고·북중 동창회장이신 이종익 님께

안녕하세요.
무주고등학교를 졸업하고 현재 서울대학교 간호학과에 재학 중인
임슬기입니다.

새내기로 입학해 어느새 2011년도 많이 흘러가버리고, 바람이
차게 느껴지는 계절이 다가오고 있습니다.
한 학기가 지나니 입학하기 전의 각오와 다짐이 생각납니다.
무엇이든 최선을 다하고, 열정을 갖고 생활하자는 결심이 흐트러지지 않게 다시
한 번 되새길 수 있었습니다.
항상 가정형편에 등록기간이 되니 큰 걱정이 앞섰습니다.
그때, 후원자님의 도움이 마치 한 줄기 빛 같았습니다.

정말 어려운 도움이 잊혀지지 않을 것 같습니다. 돈 걱정말고 학업에
집중하라는 것으로 알고, 모두가 만족할 결과를 내기 위해 노력하겠습니다.
정말로 이번 장학금을 제게 주신 건 제가 뛰어나기 때문이
아니라 많이 부족하니 앞으로 더 열심히 하라는 뜻이라고 생각합니다.
후원자님이 저를 이렇게 도와주신 것은 제게 세상의 아름다움과 배품을 가르쳐
주셨습니다. 그래 저도 후배들과 저의 사람보다 힘든 사람들을 돕고, 세상에
도움이 될수 있는 사람, 받은 만큼 베푸는 사람이 되고 싶습니다.
정말 다시 한 번 감사합니다.
2011년 건강하시고, 하시는 일에 행운이 함께 하길 진심으로
바랍니다.

임슬기 올림.

Blooming everyday
I feel the special emotion, every breathing moment.
It's because of you.

이종익 선배님께
안녕하세요.선배님?
선배님 덕택에 더욱 열심히 학교 생활을 하고 있는 후배 이유빈 인사드립니다.
먼저 사제 동시연락처께 잘 알지도 못한 이 못난 후배를 격려해 주시는 선배님께
굉장히 감사드린다고 말하고 싶습니다.
저보다 더 공부를 잘 하는 친구들도 있고, 저보다 더 공부를 열심히 하는 친구들
이 있는데도 저를 지원해 주시는 선배님을 생각하면 저는 항상 이제보다 지
금 이 순간, 그리고 그 누구보다 더 열심히 살아야겠다는 마음가짐으로 매순
간 임하고 있습니다. 또, 저의 꿈과 더욱 밝은 미래를 위해, 그리고 제가 진정 하고
싶은 일이 무엇이고 가장 잘 할 수 있는 일이 무엇인지에 대해 끝없이
고찰하고 있습니다. 그러한 면에서 아직 경험해보지도 않은 것에 대한 저
자신의 능력을 확신하는 것은 쉽지 않다는 것을 알기에 저는 꿈을 한 가지로
꾸고 그 꿈을 향해 달려가자는 주의가 아니라, 꿈을 많이 가질수록 선택의 폭을 넓
힐 수도 있다는 주의입니다. 만약 한 가지 꿈만을 향해 달려가다가 실패를 맛본다면
앞으로의 삶이 막막해 보일 가능성이 높을 것이라고 생각해 대비합니다. 또한
여러 방면으로 욕심이 많기 때문에, 그 중 모두를 할 수는 없겠지만 택은 넓
어요. 그렇게 택한 순간 순간 대공을 절대 나쁘지 않을 것입니다.
다시 한 번 저를 믿고 지원해 주시는 선배님께 감사드리고, 늦은 편지에 공경
히 죄송한 마음 담아 올립니다.

2015년 6월
선배님을 존경하는 후배 이유빈 올림

이종익 회장에게 장학금을
받은 학생들의 감사 편지. 이
회장은 동향의 후배들에게
남몰래 장학금을 후원했다.

어머니 곁에 있고 싶었습니다,
늙어서도 어리광을 부리고 싶었습니다

"내가 왜 어머니 집을 은마아파트에 얻었는 줄 알아?"

이 회장의 친척동생 영준(송영준)은 갑자기 꺼낸 이 회장의 말에 뭐라 대답해야 할지 몰라 잠시 망설였다. 술이 한잔 돌아 기분 좋게 취한 이 회장이 말문을 열었다.

"아침 일찍 두부장수가 흔드는 종소리에 두부 한 모를 사서 어머니께 가져다 드릴 때 그 두부가 식지 않을 거리가 우리 집에서 은마아파트 거리거든."

이 회장이 어머니를 모신 강남구 대치동 은마아파트는 이 회장이 살던 선경아파트에서 횡단보도만 바로 건너면 되는 지근거리였다. 어머니께서 연세가 들어감에 따라 기력도 약해지고 활동하기 불편해하시니 회사와 집 가까이 모시면 좋겠다고 생각해 은마아파트로 모셔왔다는 것이다.

"어릴 때 어머니는 나한테 두부 심부름을 종종 시키셨어. 이젠 두부 심부름을 할 일은 없겠지만 장성한 자식에게서 무주 시절 품안의 자식을 느껴보시라는 거지. 저녁 늦게 술을 한잔 하고 집으로 바로 가기 전에 어머께 들려 '어머니 저 오늘 술 한잔 했습니다'라고 어리광도 부리고 어머니가 타주시는 꿀차도 한잔 얻어먹으면 아주 좋아하시지."

이 회장의 효심이 유별난 건 알 만한 사람은 다 알고 있다. 그러나 어머니를 은마아파트에 모신 이면에 저렇게 깊은 효심이 숨어 있는 줄은 모르는 사람이 더 많았다.

이 회장은 사업이 바쁘게 돌아가는 와중에도 어머니를 위해 시간을 미리 빼놓는 걸 최우선으로 했다. 매주 화요일과 목요일은 어머니를 모시고 강남의 맛있는 식당을 순례하며 점심 식사를 함께 했다. 부산에서 사는 큰아들을 제외한 세 아들과 함께 점심 식사를 하고 이야기를 나누는 시간을 어머니는 가장 즐거워하고 또 기뻐하셨다.

이 점심 식사 자리는 어머니가 돌아가실 때까지 오랫동안 계속되었는데 어머니는 셋째아들 덕에 이런 호강을 누리고 있다고 주변이나 친지들에게 쉴 없이 자랑하셨다고 한다. 그러면 모두들 요즘 세상에 저런 아들이 어디 있느냐며 놀라움을 표시하는 것이 순서였다.

이 회장이 상가(喪家)에 다녀오면 어머니께서 물으셨다.

"망자의 연세가 어떻게 되시던가?"

어머니보다 젊다고 말씀을 드리면, "아이고, 나는 너무 오래 살았어. 빨리 죽어야 할 텐데"라고 하실 것이 분명하고 어머니보다 훨씬 높다고 말씀을 드리면 "오래 사셨구먼! 많이 아프시지는 않으셨고?"라고 하실 것이 분명했다. 그래서 그는 어머니보다 적은 연세인 것이 분명한데도 어머니보다 연세가 많으시다고 늘 대답했다. 어머니께서 괜한 신경을 쓰실까 봐 일부러 그렇게 대답한 것이다. 이런 그를 일컬어 '초등학교 교과서에 나옴직한 동화 같은 효심'이라고 이웃들이 말하기도 했다.

어느 날 이 회장은 갑자기 어머니가 아프다는 전화를 받았다고 한다. 서울아산병원의 의사로 일하는 손자와 함께 사시기 때문에 어머니 건강에 대해 큰 걱정 없이 지내고 있었는데 그날만은 불안하게 느껴졌다고 한다. 바로 아내와 함께 어머니 집에 급히 가보니 베란다엔 채 마르지 않은 뽀얀 빨래가 정갈하게 널려 있었다. 어머니는 허리가 아프다며 배를 쥔 상태로 그 아래 엎드려 계셨다.

병원에 입원하고 수술을 세 번이나 했지만 이 회장은 어머니가 곧 일어나실 줄 알았다고 한다. 중환자실에 계셨지만 아무 일도 없었다는 듯 일어나실 줄 알았다고 한다. 어머니가 퇴원하시면 양평에 마당 넓은 집을 하나 사서 꽃도 심고 마당도 가꾸며 함께 지내야겠다고 마음까지 먹은 상황이었다고 한다. 그러나 이 회장의 이런 마음과는 달리 결국 어머니는 돌아가셨다.

어머니를 잃은 이 회장의 상실감은 이루 다 말할 수 없었다. 어머니를 좀 더 잘해드리지 못한 것 같은 죄책감을 느꼈다. 매일 술을 마셔야 잠이 들고 줄담배를 피는 시절이 2년이나 이어졌다. 그렇게 좋아하던 노래방 출입도 그만두고 축제처럼 같이 즐기던 집안 행사도 당분간은 슬픔을 삭이는 것으로 대신했다. 미어터지는 슬픔에 그는 다음과 같이 장문의 글을 써서 이를 덜어내려 했다.

국화꽃 그대!

저는 어머니를 '국화꽃 그대!'라고 부르렵니다.
국화꽃 꽃말이 "나는 당신을 사랑합니다"이니까요.
다른 꽃말은 청순, 고결, 정조, 평화, 절개이기도 하지요.
꽃말 어느 하나도 우리 어머님의 살아오신 삶과 다르지 않은,
우리 어머님을 위한 단어들 같습니다.
청순하시고 고결하시고 성실하게 사셨으며 매사에 평화로움과
감사하는 마음으로 살아오신 그대이십니다.
 어머니!

 이 회장이 어머니를 잃은 아픈 마음을 추스르는 데는 몇 년이 더 흘러
야 했다

각별한 사이로
평생 우정을 나누었습니다

이종익 회장이 삼익유가공을 운영하며 축산물 가공 분야에 더 많은 지식과 인맥의 필요성을 느껴 건국대학교 농축대학 석사 과정에 진학하고 이어 박사까지 받은 이야기는 앞에서 밝힌 바 있다.

이 석사 과정 지도교수로 누구를 모셔야 하는지 당시 건국대 축산과 교수로 재직하던 친구, 육완방(전 건국대 축산대학 학장) 교수와 의논을 했다.

육 교수는 전주 풍남초등학교부터 북중, 전주고를 거쳐 건국대학교까지 학창 시절을 이 회장과 모두 함께 보낸 평생 친구였다. 초, 중, 고, 대학을 함께 다녔다는 건 참 특별한 인연이 아닐 수 없다. 육 교수와 이 회장은 학창 시절을 함께 보냈을 뿐만 아니라 그 후에도 평생토록 우정을 다지는 돈독한 사이였다. 육 교수는 초등학교 시절의 이 회장을 이렇게 회상했다.

"나는 초등학교 시절 머리에 소위 말하는 기계독이라는 피부병을 심하게 앓았어요. 병이 옮는다고 그 누구도 나와 같이 짝꿍을 하려 하지 않았고, 심지어 싸움도 걸지 않았지요. 나는 친구들과 잘 어울리지도 못하고 친구들이 뛰어노는 걸 부러워하며 지켜보기만 했지요. 그러던 어느 날 종익이 내 짝꿍이 되었어요. 무주에서 온 종익은 활달한 성격에 축구를 비롯 모든 운동을 잘하여 아이들의 부러움의 대상이었습니다. 그리고 다른 아이들과는 다르게 나를 싫어하지 않고 잘 대해주었어요. 이렇게 시작된 인연은 같은 대학, 같은 축산업의 길을 걸으며 특별한 인연으로 발전했습니다. 학과는 달랐지만 친구들 중 유일하게 초등학교부터 대학교까지 같은 학교를 다닌 정말 각별한 친구로, 또 내가 건국대에 재직할 당시 건대에서 박사 학위를 받은 인연으로 우리는 평생 우정을 나누었습니다."

육 교수는 이 회장에게 지도교수로 유제현 교수를 적극 추천했다. 학계에서 제일 연배인데다가 고향도 동향이고, 옛날에 유업계에도 계셨으니 이 회장이 공부하기에 알맞을 것이라고 권했다.

이 회장은 육 교수의 권유를 받아들여 유제현 교수 밑에서 본격적으로 공부를 시작했다. 그리고 석사에서 마칠 줄 알았던 이 회장의 공부는 계속되었다. 석사를 마치고 박사 과정에 들어서면서 더 열심히 공부했다.

당시 사업하는 사람들은 한 달에 한두 번 학교에 나와 교수에게 식사를 접대하며 형식적으로 학위를 따는 일이 많았다. 하지만 이 회장은 한 주도 빠지지 않고 열심히 학교에 나와 공부하는 모범생이었다.

"너 정도 되면 그렇게 안 해도 돼!"

육 교수가 농담처럼 한마디 던지자 이 회장은 이렇게 답했다고 한다.

"기왕 하는 거 열심히 해야지. 적당히 다닌다는 소리 듣기 싫네."

그러더니 늦은 나이임에도 열심히 공부해 발효종균인 쿠미스(Kumiss), 캐피어(Kefir)에 대한 논문을 써서 석사 학위와 박사 학위를 받았다. 특히 그의 캐피어에 관한 박사 학위 논문은 아직도 피인용 건수가 높은 논문으로 손꼽힌다.

이 회장은 학교에 올 때마다 꼬박꼬박 육 교수 방을 찾았다. 육 교수는 당시 축산학과 교수로 학생들을 가르치고 있었으니 신분으로만 놓고 본다면 엄연하게 사제지간이었다. 둘은 교수실에 마주 앉아 격의 없는 시간을 보냈다.

농림부 등 외부인사들과의 교분이 많았던 이 회장은 육 교수에게 그들과의 자리를 마련하거나 소개해주었고, 육 교수는 대학에서 교수들과 관계를 맺어주거나 석박사 학위 과정에 있어 여러 가지 문제들에 대하여 조언해주고 방향도 제시해주었다.

이 회장이 육 교수 방을 꼭 찾는 이유가 또 하나 있었다. 학교에서는 육 교수 방에서만 담배를 마음 놓고 피울 수 있기 때문이었다. 육 교수는 담배를 피우지 않았지만 애연가 친구를 위해 연구실에 재떨이를 갖다 놓았다. 그리고 자신이 연구실을 비울 때면 조교에게 "방문을 열어놓고 재떨이를 가져다 놔라" 하고 부탁하고 나갈 정도였다. 이 회장은 육 교수가 방에 있든 없든 연구실 소파에 앉아 편안하게 담배를 피우는 시간을 즐겼다.

박사 학위를 받고 나서는 육 교수의 주선으로 강의를 맡기도 했다. 배울 때와 가르칠 때는 다르다면서 강의 한 시간 하려고 4시간씩 준비하는 열성을 보였다. 강의를 할 때에도 육 교수의 방을 찾았다. 친구들은 매주 만나는 둘에게 그렇게 자주 만나면 무슨 할 얘기가 있냐고 궁금해했다.

"한 얘기 또 하고 또 하고 그러지 뭐. 특별한 얘긴 없어."

이 회장은 여러 면으로 육 교수에게 힘을 실어주는 친구였다. 육 교수가 건대 축산대학 학장 시절 거액의 학교발전기금을 쾌척했고, 육 교수가 회장으로 있던 동물장과학회 학회지엔 일 년간 광고를 실어주어 육 교수의 체면을 세워주었다.

또 육 교수가 학회나 모임에서 인사말을 할 땐 맨 앞자리에 앉아 응원해주는 의리도 보여주었다. 만나면 특별한 얘길 주고받진 않았지만 서로를 각별하게 대우하고 응원하는 아주 특별한 관계였다.

공자 말씀에 익자삼우(益者三友)라 하여 친구를 사귈 때는 곧고(友直), 믿음직하고(友諒), 견문이 많은 벗(友多聞)을 사귀라고 했다. 이 회장은 사람을 대할 때나 회사를 경영할 때 이 말씀을 마음에 새기고 살았다고 한다. 이 말씀은 삼익유가공의 모토이기도 하다.

스승과 제자 사이도 넓은 의미의 인간관계에서 본다면 익자삼우 예에서 벗어나지 않는다. 그런 의미에서 육 교수가 소개한 지도교수 유제현 교수도 이 회장에게 익자삼우에 가장 표본이 되는 사람이었다. 이 회장은 유제현 교수의 유가공연구실에서 수학했다. 유 교수는 건국대 축산대학을 졸업하고 일본 동북대학 대학원에서 유가공학 박사 학위를 취득한 후 29년간 건국대 축산대학 낙농학과에서 후진 양성에 힘썼다. 특히 한국유가공기술과학회장, 한국낙농회장 등 주요학회 회장을 역임하면서 한국 낙농산업과 유가공 산업 발전을 위해 한몫을 톡톡히 한 인재였다.

학문 연구에서나 인간관계에서 곧게 한길로만 나아간다는 것은 정말로 힘든 일인데 이 회장은 유 교수의 이런 곧은 성품을 마음 깊이 존경하였다.

또 유제현 교수는 만나는 모든 사람에게 믿음을 주고 이 회장처럼 친화력도 좋아 사람들이 끊이지 않았다. 결혼식 주례를 선 것만 해도 셀수 없을 정도였다. 뿐만 아니라 정치, 경제, 사회, 스포츠 등 분야를 가리지 않고 박학다식했다.

본인이 믿는 원불교는 말할 것도 없고 불교경전이나 성경말씀도 스님이나 목사들의 수준을 넘어섰고, 테니스와 야구, 골프 등 모든 스포츠 분야에 능하였다. 이 회장은 모든 일에 최선을 다하고 노력하는 삶의 자세를 유 교수로부터 배웠다고 말하곤 했다.

성격도 비슷하고 의기가 투합된 두 사람은 상부상조의 전형적인 모습을 보여주었다. 이 회장은 건국대 유가공연구실 회장직을 맡아 학회 발전에 힘쓰는 한편 유 교수를 물심양면으로 도왔다. 유 교수 역시 이 회장을 각별히 아꼈다. 사제지간이라기보다는 형과 동생 같은 따뜻한 관계였다.

이종익 회장은 유 교수가 세상을 뜨기 바로 전 날도 함께 식사를 했다. 청요리가 먹고 싶다는 유 교수의 말에 회사 아래층 희래등에서 언제나처럼 탕수육에 연태주 한잔 걸치며 유가공 연구실과 자녀들 이야기를 이어갔다. 거나하게 한잔 마시고 헤어지면서 "이 회장, 오늘 참 즐거웠어" 하는 말을 들었는데 갑작스런 비보를 듣고 이 회장은 할 말을 잃었다. 그 당시 이 회장은 엄청난 충격을 받았다고 한다. 그리고 눈물을 하염없이 흘렸다고 한다.

장례식 내내 빈소를 지켰던 이 회장은 유 교수 서재에 있던 책들을 모두 가지고 와 본인이 직접 고이 간직했다. 그리고 건국대 유가공연구실 모임 회원들과 유대 관계를 돈독히 유지하며 유 교수의 학문적 업적을 기리고 또 그 유지를 잇기 위해 함께 노력했다.

그런데 이번엔 이 회장이 안타깝게 세상을 떠나자 유연회(유가공연구실모임)에서는 고인을 추모하는 글들이 오갔다. 볼 때마다 따뜻하게 맞아주고 친절하게 안부를 물어주시던 분이었다는 글에서부터 고인께서 애쓰고 수고하셨던 일을 잊지 않고 기억하겠다는 내용이 빼곡히 들어 있었다. 10여 년 전, 유제현 교수의 별세 소식을 접했을 때와 같은 심정이라는 글도 올라와 있었다. 이들은 하나같이 오랜 시간 유가공연구실과 관계를 유지하며 학회 발전에 힘썼던 고인의 노고에 감사하고, 고인의 따뜻한 인품을 기억했다.

"아버님의 기일을 음력으로 기억하실는지요? 아니면 그대로 양력으로 기억하실는지요? 제 아버지가 돌아가셨 때 이종익 회장님께서 저에게 물어봤던 걸 그대로 똑같이 여쭤봅니다."

유제현 교수의 아들 병주 씨는 이종익 회장의 장례식에 참석해 이 회장이 자신들에게 했던 섯과 똑같이 유족들을 위로하였다.

"어머님이 예전에 아프셨던 걸로 알고 있어요. 더군다나 사랑하는 사람이 떠나면 남겨진 사람의 몸과 마음은 추스를 여유조차 없는 것 같습니다. 큰 집에 혼자 계시지 않게 옆에서 잘 돌봐드리고, 늘 바쁘게 지내실 수 있도록 많이 모시고 다닌다면 좋지 않을까 싶습니다."

자상하게 남겨진 가족을 걱정해주고 그 후에도 지속적으로 샘이와 봄이 씨와 이메일을 주고받았다. 이 회장의 차녀 봄이 씨와 유 교수의 차남 병주 씨는 SNS를 통하여 서로를 위로하는 사이가 되었다. 이 회장과 유 교수는 세상을 떠났지만 자녀에게 좋은 인연을 선물해주었던 것이다.

이종익 회장의 서재 한편에는 유 교수와 유 교수 인연으로 알게 된 일본의 사이토 교수와 함께 찍은 사진 한 장이 있다. 이 회장은 유 교수가 돌아가신 해를 추억하며 본인도 그 연배에 유 교수를 따라가지 않을까 말하곤 했는데 놀랍게도 이 회장이 떠난 그 해가 유 교수와 동년배였다.

이종익 회장이 따르고 존경했던 유 교수. 그가 지어준 여송(汝松)이라는 호를 매우 자랑스러워하여 여송으로 불리기를 좋아했던 이종익 회장. 두 사람은 가고 없지만 그들이 남긴 사랑의 씨앗들은 곳곳에서 열매를 맺고 있다.

정도(正道)가 아니면 걷지를 않았습니다, 중심을 잡고 유연하게 살았습니다

이종익 회장 집무실에 들어가면 한쪽 벽에 걸린 커다란 액자 하나가 눈에 띈다. 맹자가 꼽은 군자삼락 가운데 두 번째 즐거움으로, 위로 보나 아래로나 부끄럽지 않게 사는 게 인생의 두 번째 즐거움이라는 뜻이다.

仰不愧於天 (앙불괴어천)
俯不怍於人 (부부작어인)

보통 사람은 알아도 좀처럼 실천하기 힘든 덕목이다. 과연 우리 주변에 하늘과 땅에 부끄럽지 않게 사는 사람이 얼마나 있을까? 자기 자신은 그렇게 살았다고 이야기할지 모르지만 주변 사람들도 그렇게 인정하는 건 정말 어려운 일이다. 더군다나 그 사람이 기업인일 때는 더욱더 그렇다. 그런데 사람들은 이구동성으로 이종익 회장은 그런 삶을 살았다고 증언하길 주저하지 않는다.

이 회장은 사업가로서 크게 성공하였고 돈도 많이 벌었다. 그는 자신이 번 돈을 혼자만을 위해 쓰지 않고 수많은 공익 단체를 이끌며 대의에 필요한 재정을 아낌없이 지원한 것은 이미 널리 알려져 있다.

이 회장은 사회, 국가, 인류의 발전을 위한다는 삼익의 창업 철학과 투철한 봉사정신으로 많은 단체를 후원하며 헌신했다. 하룻밤 새에 몇 천만 원씩 부동산 가격이 폭등하던 시절, 강남이 부동산 붐으로 한창 들썩일 때도 이 회장은 부동산에 눈을 돌리지 않았다. 주변에서 부동산 투자를 권할 때도 일언지하에 막았다. 정도가 아니면 걷지 않는 대쪽 같은 성품 때문이다.

"부동산으로 돈을 버는 것은 투기지 건강한 사업이 아니네. 난 열심히 일하고 그 일한 만큼 대가를 받는 사업가로 만족하네."

정도(正道)가 아니면 걷지 않는다는 그의 소신과 신념은 건물에 드나들 때도 나타났다. 이 회장은 집을 드나들 때 늘 정문 로비만 이용했다. 편하기 위해서는 뒷문이나 쪽문을 이용할 수도 있고 지하 주차장을 이용하면 엘리베이터로 더 수월하게 집 안으로 들어갈 수도 있었다.

그러나 이 회장은 칼바람이 부는 겨울에도 언제나 정문을 이용했다. 더러 아내가 불평을 해도 굽히지 않았다. 회사 경영에서도 이 원칙은 그대로 적용됐다. 편법을 동원하지 않고 '정도 경영'을 고집한 것이다. 편법은 통할 때도 있지만 잘못하면 생각지 못한 일을 당할 수도 있다. 그러나 정도는 다르다. 이 회장은, 정도는 언제나 통한다는 확고한 신념을 가지고 있었다.

그는 온화한 사람이었다. 주변의 평이 그러하다. 한 사람도 함부로 대하거나 소홀함 없이 어려움에 눈을 감지 않고 한결같은 마음으로 대하였다. 그러나 문제에 봉착했을 땐 꺾을 수 없는 고집을 내세우기도 하였다. 그것은 원칙에 대한 그의 소신 때문이었다. 흔들리려는 마음을 다잡기 위해서 그는 집무실 옆에 이 문구를 걸어놓고 마음의 갈등이 생길 때마다 원칙대로 가고자 했다.

그렇다고 이 회장이 자기 생각만 고집하는 사람은 아니었다. 다른 사람들의 이야기를 두루 듣고 세상 흐름 속에서 중용과 균형을 찾아내고자 노력하였다. 그는 김대중 전 대통령이 1997년 대선을 앞두고 한 말을 가슴에 담았다.

"사람을 대할 때 온통 마음을 열고 그를 받아들여야 한다. 그리고 나를 아낌없이 그에게 주어야 한다. 온 몸으로 받고 주어야 하며 그와 하나가 되어야 한다. 그의 결함이나 계략을 눈감아주어야 한다는 말이 아니다. 그것을 능히 보면서 온 몸으로 대하여 주고받으라는 말이다. 군자는 화이부동(和而不同)하다."

생각이 다른 사람과도 넓게 어울리되 중심은 잃지 않는 경지를 공자는 『논어』에서 '화이부동(和而不同)'이라 했다. 이 회장은 이쪽 아니면 저쪽으로 쏠리기 쉬운 세상에서 모든 상황에 유연하게 대처하면서도 중심을 잃지 않는 군자의 묵직한 기개를 좋아했다. 그는 화이부동의 정신 속에 모두가 함께 잘사는 세상을 만드는 힘이 있다고 굳게 믿었다.

윤동주 시인을 좋아하고 '죽는 날까지 하늘을 우러러 한 점 부끄럼이 없기를' 바랐던 그는 행동이나 양심에 있어서 아무 부끄러울 것 없이 살았다. 하늘을 우러러, 땅을 굽어 부끄러움이 없다면 우리 삶이 얼마나 아름다울까? 평생을 화이부동 하면서 윤동주의 서시를 외우며 시를 쓰는 마음으로 회사를 이끈 기업가, 그가 바로 아름다운 이름 이종익이다.

삶에서 가장 사랑하는 사람은
어머니, 아내 그리고 두 딸입니다

이 회장은 여성에게 각별히 친절했다. 종부로서 문중을 잘 이끌며 끝까지 품위를 지켰던 어머니와 이 회장이 하는 일을 말 없이 지지하고 믿음과 신뢰로 뒷바라지를 해준 아내에게도 본인이 할 수 있는 최선으로 효도하고 또 보살폈다.

이 가운데 두 딸은 친절하고 멋진 여성으로 성장해 아내로서, 엄마로서, 회사를 이끄는 수장으로서 자랑스럽게 일하고 있다. 이 네 여성은 이 회장이 세상에서 가장 사랑하는 여자들이었다.

한번은 이종익 회장의 친구인 홍한수 씨와 그의 아내가 아들의 결혼 문제로 이런저런 이야기를 나눈 적이 있었다고 한다. 대부분 결혼 문제라고 하면 예산이라고 생각하기 쉽지만 이 부부의 고민은 다른 곳에 있었다. 주례를 누구에게 부탁하느냐로 다툰 것이다.

"지도교수님은 안 돼요. 일단 주례는 이종익 회장님께 꼭 부탁하도록 해요."

아들의 지도교수께 주례를 부탁하면 어떨까 말을 꺼냈는데 아내는 강경한 어투로 이종익 회장께 주례를 부탁하라고 요청한 것이다. 이 회장과 홍한수 씨는 전주고 43회 동창이면서 산악회를 함께 해온 오랜 친구였다.

주례를 부탁하면 망설이지 않고 들어주긴 하겠지만 이종익 회장의 스케줄도 바빠 보이고, 아들 결혼이니 아들 지도교수도 괜찮겠다 싶었는데 아내는 꼭 이 회장님이어야 한다고 확실히 못을 박았다. 그리고 이것만은 양보하지 않겠다는 강한 뜻을 피력했다.

홍 씨의 아내가 이렇게 결심한 것에는 다 이유가 있었다. 오랜 시간 부부동반 모임을 하며 이 회장을 옆에서 지켜보았다. 남편의 친구지만 말투나 행동, 인품 모든 것이 언제나 마음에 들었고 존경스러웠다. 그래서 아들이 새 출발하는 특별한 날에 이 회장의 주례로 축복의 말을 듣고 싶었고, 이는 이미 오래 전부터 스스로 결심을 하고 있던 터였다.

결국 아내의 바람대로 홍 씨의 아들은 이 회장 주례로 결혼식을 올렸다. 홍 씨의 아내는 두고두고 이 일을 기뻐했다. 이 회장은 이처럼 부부동반 모임에 나오는 모든 부인들에게 인기가 아주 높았다. 그것은 가부장적이 또래의 남자들과 달리 언제나 "레이디 퍼스트!"를 외치며 부인들을 우대하며 섬겼기 때문이다.

이 회장은 늘 적절한 유머로, 부부동반으로 참가해 약간 어색해하는 부인들이 편안하게 즐길 수 있는 분위기로 바꿔주었고, 아내들이 서로 친해지도록 가교 역할을 잘했다. 그래서 아내들도 이 회장과 함께 하는 부부동반의 모임은 늘 즐겁고 좋았다고 한다. 이 회장은 언제 어디서나 '가정이 우선'임을 늘 강조하며 아내와 자녀들에게 잘하는 남편과 아버지가 될 것을 주변 사람들에게 권했다.

보통 남자들은 집 안에서 하던 대로 집 밖에서 하기 마련이다. '안에서 새는 바가지, 밖에서도 샌다'는 말도 있지만 이 회장은 안에서 자상한 남편이니 밖에서도 자상한 남자로 손색이 없었던 것이다.

이 회장이 모임에 들어오는 순간 남자끼리만 모이던 것이 부부동반으로 바뀌었다. 남자들이 모이면 술만 마시고 거나하게 노는 것에 초점이 맞춰지는데 부부동반이 되면 왠지 모르게 모두들 점잖아지곤 했다. 내 아내와 다른 아내들에게 흠이 잡히지 않으려고 농담이나 장난을 가려서 하기 때문이다.

이 회장은 모임에서 언제나 아내들의 이름을 불러주어 자존감을 세워주었다. 누구 부인, 누구 엄마로만 불리던 상황에서 자신의 이름을 부르며 깍듯하게 씨(氏)까지 붙여주니 아내들은 자신의 이름을 정식으로 이렇게 들어보는 것이 얼마만인지 모르겠다며 감격해하기도 했다. 부부 모임에서 이 회장은 모든 아내들과 회원들의 생일을 기억했다가 챙겨주는 자상함이 있었다. 술자리를 갖더라도 여자들을 위해 부드러운 술을 따로 주문하는가 하면 음식도 여성들이 좋아할 만한 것으로 따로 시켜주는 배려를 보여주었다. 아내들을 가장 설레게 했던 것은 몇몇 모임에서 일 년에 한 번 떠나는 부부동반 해외여행이었다.

이 회장은 초등테니스연맹, 산악회, 동문 모임 등에서 해외여행을 갈 때면 간혹 아내들의 여행 경비를 일부 부담했다. 부부동반 해외여행을 떠날 때 가장 문제가 되는 것이 사실 경비인데, 이 회장이 부인들의 여행 경비를 해결해주니 회원들의 부담감이 사라지며 거의 다 동부인을 하는 효과가 있었다.

여행을 하면서도 아내들을 위해 특별히 마사지를 받게 해주거나 선물을 안겨 아내들이 최고의 대접을 받고 있다는 느낌을 갖게 해주었다. 작고 사소한 것까지 센스 있게 배려하는 이 회장의 마음 씀씀이에 감동한 아내들은 "당신도 회장님을 좀 닮아봐"를 연발했다고 한다. 그리고 다음 해외여행은 언제, 어디로 가는지 기대하며 일 년을 기다리곤 했다고 한다.

따라서 이 회장이 주관하는 모든 모임에서 아내들이 남편 모임에 관심을 가지고 적극적으로 참여하게 되는 건 당연한 일이었다. 어느 모임이나 해외여행을 주선하고 부부동반 모임을 정례화했다. 남편과 사별한 아내도 자연스럽게 남편 친구들과 모임을 이어갈 수 있도록 배려했다. 언젠가 이 회장은 이렇게 말했다.

"한국은 선진 외국과 달리 부부가 함께 다니는 것을 불편해하는 문화가 있어요. 평생을 같이 사는 부부지만 집에서 고생하는 아내를 위해 남편이 바람도 쏘여주고 맛있는 것도 사줘야 하는 것이 당연해요. 그런데 우리 한국 남자들이 이런 것을 잘 못하고, 또 하면 팔불출이라고 하니 나라도 나서서 모범을 보이겠다고 여긴 겁니다. 남편은 아내에게 잘해야 합니다. 그래야 나중에 늙어서 대접을 받아요. 남자들은 이것을 잘 알아야 합니다."

인품 자체도 남을 즐겁게 하고 배려하는 마음이 가득한데 아내에게 하듯 딸들에게 하듯, 여자들을 대하니 부인들이 존중을 받고 대접을 받는 느낌이 들어 이 회장을 좋아하지 않을 수 없었던 것이다. 덕분에 아내들끼리도 친해져서 모임이 더 돈독해졌는데 갑작스런 이 회장의 작고는 많은 모임의 이 회장 여성 팬들을 가슴 아프게 만들었다.

당신을 위해 준비했습니다,
삼익 메뉴판입니다

　　　　　　　　삼익유가공의 서울 사무실 5층엔 아직
도 이 회장 집무실이 그대로 남아 있다. 그는 가고 없지만 부인 이영옥
여사가 날마다 나와서 책상과 명패를 닦으며 남편이 남긴 사업과 뜻을
이어가기 위해 애쓰고 있다.

　이 회장의 집무실 창 너머엔 그가 살던 타워팰리스와 어머니가 살던 은
마아파트가 한눈에 보인다. 집무실 한가운데 커다랗게 놓인 응접세트도
눈길을 끈다.

　사람을 유난히도 좋아하던 이 회장은 자신의 집무실을 아예 사랑방으
로 꾸며놓았다. 넓은 원탁과 푹신한 베이지 색 소파는 앉아서 이야기를
나누거나 쉬기에 안성맞춤이었다. 살아생전에는 이 소파에 이 회장과 정
담을 나누기 위해 찾아오는 지인들의 발길이 끊이지 않았다. 이 회장은
이 빌딩을 마련할 때 사옥을 법인이 아닌 개인 명의로 했다. 이유가 따로
있었다.

　"여기서 내 친구들과 차 마시고 바둑도 두는 사랑방으로 이용할 건데

사옥이면 내 마음대로 할 수 없잖아. 당당하게 놀려고 내 이름으로 했어."

업무 약속 외에도 각계각층의 사람들과 선후배 친척들이 줄을 이었다. 하루에도 몇 팀이 점심과 저녁으로 오기도 했다. 약속을 하고 오기도 했지만 불쑥 시내 나왔다가 들리는 사람도 많았다. 그러나 이 회장은 찾아오는 사람이 누구든지 최대한 반갑게 맞아주었다. 사무실 한편에 자그마한 냉장고와 즉석에서 갈아 뽑아주는 원두커피 머신을 들여놓고 손님들을 대접했다. 손님들은 이 회장이 직접 뽑아주는 커피를 마시며 즐거운 시간을 보내곤 했다.

그러다 식사 때가 되면 이 회장은 자신이 직접 써서 만든 메뉴판을 쑥 내밀었다. 그는 밥을 잘 사는 것으로도 이미 유명한 사람이었다.

"오늘 점심(저녁)은 뭐로 할까?"

이 회장이 내민 메뉴판에는 남도음식점을 비롯해 보신탕, 한우, 곰탕, 일식, 안동국시 등 회사 주변 단골 맛집들이 골고루 다 들어 있었다. 이미 충분히 검증된 유명한 맛집들로 가나다순으로 작성을 했다. 이 리스트를 손이 잘 닿는 곳에 놓아두고 손님에게 입맛에 당기는 메뉴를 고르도록 선택권을 준 것이다.

우리 옛말에 '곳간에서 인심 나고 먹으면서 정든다'란 말이 있다. 이는 곳간이 풍부해야 이것을 나누려는 마음도 생기고 도움을 주게 된다는 말이며, 또 함께 음식을 나누고 맛있게 먹으면서 친해지고 정이 든다는 것이다. 참으로 맞는 말이다.

이런 점에서 아마 주변에 식사 접대를 가장 많이 한 사람이 이 회장이 아닌가 여겨진다. 음식을 나누며 즐겁게 대화하고 또 격려와 칭찬을 아끼지 않는 이 회장과의 만남과 식사를 모두들 좋아했다.

이 회장이 가장 애용했던 식당은 회사 지하에 있는 중식당 '희래등'이었다. 가까운 거리에 있어 손님이 오면 이곳에 가는 일이 제일 많았다. 그리고 그는 식당에 들어서면서 희래등의 유래에 대해 설명하기를 즐겼다. 정통 중식당의 대명사로 미식가들의 사랑을 받았던 희래등은 남산 외인아파트 철거로 인해 삼익빌딩 지하로 자리를 옮겨온 유명한 맛집이었다.

상표 등록에 무심했던 탓에 수많은 희래등이 양산됐지만 견줄 수 없는 맛과 전통적 분위기는 여전했다. 간혹 이곳을 선전하다 보면 며칠은 연달아 희래등에서 식사를 하는 경우가 생기기도 했다. 손님은 날마다 바뀌지만 손님을 맞이하는 사람은 이 회장이었기 때문이다. 하지만 그는 이를 전혀 내색하지 않았다. 상대방이 미안해할까 봐 배려를 한 것이다. 더불어 이 회장은 자신의 빌딩에 세 들어 있는 희래등이 잘되기를 진심으로 바라며 손님을 수시로 데려갔던 것이다.

이 회장이 세상을 떠났을 때 주변의 단골 식당 주인들은 참으로 애통해했다고 한다. 그들은 영업을 다 마치고 가게 문을 닫고 오느라 밤 12시가 넘어 고인의 장례식장을 우르르 찾아왔다. 그들은 인정이 많았던 고인의 죽음을 참으로 안타까워하며 가장 늦게 장례식장을 찾아와 가장 마지막까지 눈물을 흘렸다.

늘 남을 접대하면서도 더 좋은 것, 더 맛있는 것을 사주고 싶어했던 이종익 회장. 그를 아는 많은 사람들은 이제 이 회장의 또박또박 쓴 삼익 메뉴판을 더 이상 볼 수 없는 것을 안타까워할 것 같다.

<유리조심>

爲善 則雖死如生
爲惡 則雖生如死

착한일을 하면 즉어도 살아있는것이고
악한일을 하면 살아도 죽은 것이니라

華西 이항로 선생 (1772-1868)

책상의 유리에 찾아오는 손님들이 부딪히는 사고가 종종 있어 '유리조심' 메모를 붙여두었다.

삼익메뉴판

고운님 ; 낙도음식 (콴식)
소호정 ; 안동국시 (첨수육)
조선옥 ; 포전탕
청자골 ; 관식 (관우)
화동관 ; 관우곰탕
황기 ; 일식
희래등 ; 중식 (木간들)

이종익 회장을 찾아온 손님들에게 건네주던 삼익 메뉴판.

이종익 회장의 집무실. 뒤편에 맹자의 군자삼락(君子三樂) 중 仰不愧於天(앙불괴어천) 俯不怍於人(부부작어인)의 표구가 걸려 있다.

술을 사랑했습니다,
담배도 사랑했습니다

"자, 우리는 하나! 영원한 ~!"

이종익 회장은 생전에 건배사의 달인이었다. 건배사는 크고 작은 술자리에서 분위기를 환하게 띄울 수 있고, 술자리 분위기를 한데 모을 수 있어 이 회장이 언제나 즐겨 사용했다.

이 회장의 센스 있는 건배사는 남녀 불문하고 어디서나 큰 호응을 얻었다. 인터넷이나 기사에서 좋은 건배사를 볼 때마다 수첩에 메모하였다가 그때그때 자리에 맞는 건배사를 통해 분위기를 멋지게 띄우곤 했다.

이 회장은 원래 술을 잘하는 체질이 아니었다. 유가공협회에 다니던 시절에는 술을 잘 마시지 못했다. 술을 마셔야 하는 자리가 생기면 근처에 있는 친구를 불러 술 상대를 부탁했을 정도였다. 일종의 흑기사인 셈이었다. 그것도 어렵게 되면 어금니 사이에 실을 끼워 어느 정도 마시면 화장실에서 실을 꺼내 토하는 방법을 써보기도 했다고 한다. 그러다가 서서히 술에 적응하기 시작해 술자리를 피하기는커녕 먼저 술을 권하는 입장으로 바뀌었다. 애주가가 되고 만 것이다.

이 회장은 발렌타인 30년산 스카치위스키를 가장 좋아했다. 본인이 즐겼다기보다는 손님들에게 좋은 술을 내놓으면서 최고의 대우를 해주고 싶어했다. 가족들과의 단출한 자리에서는 분위기 있는 와인을 즐겼고, 중식당에서는 연태주를 마셨다. 때와 장소에 따라 마시는 술을 바꿔가면서 분위기를 잘 살리는 것이 이 회장의 또 다른 매력이었던 것이다.

그리고 술을 마시면 2차는 무조건 노래방으로 갔다. 최신 유행에 맞춰 젊은 사람들이 좋아하는 노래를 딸들에게 배워 멋지게 선창을 하며 분위기를 돋구었다. 「존재의 이유」, 「꿍따리샤바라」 등 유행하는 노래를 테이프에 녹음해 계속 들으며 연습해 노래방에서 그 진가를 발휘했다. 김수희의 「애모」를 부를 땐 감정을 타면서 몸까지 흔들며 애절하게 불러 박수를 받았다. 노래를 잘하는 건 아니었지만 노래 부르길 무척 좋아해 마이크를 잘 놓지 않았다.

이 회장은 정신력으로 술을 배우고 사업체를 키웠다. 그러다가 급성간염으로 한 달 이상 병원에 입원한 적도 있었다. 이 때문에 술을 1년 이상 끊기도 했지만 다시 시작된 술 사랑은 계속 지속됐다.

이 회장은 또 유명한 애연가이기도 했다. 그럼에도, 이 회장은 음주 후에 실수를 한다거나 주사를 부리는 경우는 단 한 번도 없었다.

"내가 술과 담배를 다 끊으면 무슨 낙으로 살겠어. 담배는 피워야겠다."

담배와 이 회장은 떼려야 뗄 수 없는 관계였다. 성인이 되고부터 평생을 같이 했다고 해도 과언이 아니었다. 폐암으로 고통을 받을 때도 담배를 피우고 싶은 욕망은 살아 있었을 정도였다.

이종익 회장은 성인이 되자마자 흡연을 시작했다. 그 당시에는 대부분

성년이 되면 흡연을 할 줄 알아야 성인 대열에 끼인 것으로 간주할 때였다. 버스 안에서도 남의 눈치를 보지 않으며 흡연을 하고 비행기를 타도 팔걸이에 재떨이가 있던 시절이었다. 군 복무 시절에는 국가에서 담배를 무상으로 지급했다. 지금도 그렇지만 우리나라는 흡연 인구가 많은 편에 속한다.

흡연이 건강에 해롭다며 담배를 피면서 남의 눈치를 보기 시작한 것은 그리 오래 전의 일이 아니었다. 흡연 금지 구역이 생기고 아예 금연아파트가 생겨나기 시작했다. 그럼에도 불구하고 이종익 회장은 흡연을 지속했다.

사람들도 늘 담배를 물고 있는 이 회장을 보곤 했다. 주변 사람들이 흡연에 대해서 좋지 않은 소리라도 하면 평소 인자한 이 회장도 "내 건강 내가 알아서 해" 하며 정색을 하기도 했다. 금연하라는 말을 너무 자주 들었기 때문이었을 것이다.

타워팰리스에 살면서도 집 안 테라스를 흡연실로 사용해 즐겼다. 뒷골목에 숨어서 담배를 피우는 것은 당당한 모습이 아니라며 싫어했다. 부인이 건강을 우려해서 절제할 것을 권유했을 때도 "얇은 담배로 바꿨으니 덜 피우는 것 아니냐"라며 돌려 말했다.

이렇게 이 회장은 담배를 담배 그 이상의 의미로 즐겼다. 평소 온화하기만 하다고 스트레스가 없고 가슴이 타는 일이 없었을까. 그리고 애간장을 녹이며 극심한 고통과 아픔을 느낀 적이 왜 없었을까. 이 회장은 이때마다 한 개비의 담배에 불을 붙이고 흰 연기를 뿜어내며 시름과 아픔, 고통을 달랬던 것이 아닐까.

이 회장은 회사에서도 직원들에게 큰소리 한 번 내지 않은 것으로 유명하다. 사람들에 대한 실망이나 좋지 않은 일에도 묵묵히 참아왔다. 뽑은 지 3일밖에 안 된 수박색 그랜저를 도둑맞았을 때도 운전기사는 안절부절못하는데 정작 이 회장은 그 차가 자신과 인연이 아닌가 보다 하면서 담배 한 대 피우며 용서하고 돌아섰다.

그는 주변 사람들에게 하지 못했던 수많은 말들을 담배 연기에 날려 보내며 삭여냈던 것이 아닐까 싶다. 말 없이 연기로 뿜어내는 담배 연기가 이 회장에게 큰 위안이요, 휴식이었으리라.

흡연이 폐암의 직접적인 원인이라는 설도 있고 검증된 것은 아니라는 설도 있다. 실제 폐암 환자 중에 흡연을 했던 사람도 있기는 하지만 흡연과는 전혀 관계없이 산 중에서 도만 닦던 유명한 스님도 폐암으로 돌아가셨다고 한다.

그러나 정작 이 회장이 폐암으로 세상을 마감하고 보니 주변 사람들이 느끼기에는 담배가 참 원망스러웠다. 그리고 이 회장이 너무 안타깝다고 입을 모았다. 이 회장의 담배 사랑을 적극적으로 말렸어야 했다는 아쉬운 소리가 여기저기서 들려오기도 했다.

이 회장의 긴 인생동무로 주변 모든 사람들과 훈훈한 관계를 이어주었던 술과 담배, 이것이 이 회장의 삶을 빨리 마감케 했는지 그것은 아닌지 우리는 단정할 순 없지만 우리를 슬프게 하는 것만은 사실이다.

사람들과 어울리고 싶었습니다, 그들과 만나는 것을 즐겼습니다

인간은 사회적 동물이라고 철학자 아리스토텔레스는 설파했다. 인간은 사회적 동물로 필연적으로 사람들과 어울리고 대화하며 교제를 하는 가운데 존재감을 느끼며 살아갈 수 있다는 뜻일 것이다.

굳이 이 철학 이론을 내놓지 않더라도 이종익 회장은 인생에서 가장 중요한 것은 진실함으로 맺어진 인간관계라고 항상 생각했다. 이 회장이 살아온 발자취를 보면 수많은 모임을 만들고 체계적으로 유지해온 것을 어렵지 않게 발견할 수 있다. 어떻게 사업을 하면서 이렇게 세세한 부분까지 신경을 썼는지 놀랍다는 표현만으론 부족할 정도다.

집안 모임을 항렬 별로 정례화시켰는가 하면, 회사나 학교 그리고 사회단체 등에서도 모임을 만들고 반석에 오르도록 하는 탁월한 공적이 많다. 일처리를 합리적이고 정확하게 해 뒷말이나 불평이 나오지 않았다. 모두들 그의 결정엔 고개를 끄덕였다.

물론 이 회장의 따뜻하고 친근감 있는 성격, 과감한 사재 출연, 체계적으로 조직하는 명석함, 애정과 사명감 등이 뒷받침이 되었기 때문이기도 하다.

유가공협회 시절 만든 야구 모임은 앞에서도 잠시 소개했지만 이 회장의 회사 창립의 밑거름이 되었다. 또 화서학회, 한국초등테니스연맹, 총동창회처럼 이미 구성되어 있는 단체는 이사장이나 회장을 맡으면서 활성시키는 데 지대한 공적을 쌓았다.

조직이 엉성하게 되어 있던 단체를 탄탄하게 만들거나 새로 조직을 만든 것도 많다. 전주고를 중심으로 동창생들과 후배들과의 모임 등 조직을 유기체로 만들어 활발하게 돌아가게 만드는 재주가 뛰어났다.

재경43산악회는 재경 전주고 43회 등산 동호인들의 모임이다. 사반세기의 역사를 자랑할 뿐만 아니라, 매년 40여 명의 회원이 함께하는 최대 규모의 모임이다. 재경43산악회는 연초 구정이 끝나고 편의에 따라 등산하는 날을 정하던 시산제를, 매년 3월 1일을 정기 시산제일로 정하기로 했다.

또한 모교 교가에서 나오는 백두와 금강과 지리산 등반을 계획하고 태백산부터 올랐다. 2002년 8월에는 15명의 회원을 이끌고 서백두에서부터 소천지까지 중국 쪽 백두산을 종주했다. 2004년에는 금강산 박사인 한관수를 통해 신청해서 51명이 부부동반으로 금강산 등반을 했다.

연중 해외여행도 정례화시켰다. 중국하이난(2003년), 일본 오키나와(2006년), 말레이시아 콸라룸푸르(2008년) 등을 부부동반으로 다니며 산악회 발전과 친목에 지대한 영향을 미쳤다.

벽진 이씨 30세 이승린의 손자(34세, 종자 항렬)들이 모여 '벽진종회'라는 모임도 만들었다. 이 모임은 집안 어르신들이 계속해서 해오던 시제

향사를 중년 세대가 물려받아 주체적으로 이끌어야 한다는 집안 형님들의 의견이 반영되어 시작하게 된 모임이다.

해마다 정기적으로 두 번 모였다. 4월엔 집안 간 친목을 위해 주로 서울에서 모이고 가을엔 고조부 기일(9. 9)에 맞춰 선산이 있는 무주와 영동에서 조상님의 은덕을 기리는 행사를 가졌다.

다른 친목 모임과는 다르게 집안 모임은 소홀할 수도, 애정이 덜할 수도 있지만 이 회장은 누구보다 많은 애정을 보였다. 맛있는 음식, 멋진 장소, 즐거운 시간을 보내기 위해 항상 고민했고 조금이나마 많은 사람들이 참석할 수 있게 일일이 안부도 챙기고 필연적으로 발생되는 비용과 관련해서도 수차례 찬조해 모임이 활발하게 이뤄지도록 도왔다.

2014년 유독 후배사랑이 각별했던 이종익 회장은 12살 아래 띠 동갑인 전주고 55회 후배들과 술자리를 하던 중에 후배들이 부부동반 모임으로 발전시키면 좋겠다고 제안하자 이를 흔쾌히 받아들였다. 모임의 이름 및 운영방침을 며칠간 연구한 끝에 미송그룹이 탄생하게 되었다.

단순한 소모임이 아니고 그룹 차원까지 발전시키자는 이 회장의 뜻이 반영된 미송그룹은 구성원이 10명도 되지 않는 작은 모임이지만 명칭을 정하는 데에도 정성을 쏟고, 구성원들의 사기진작을 위해 회원 모두에게 일일이 보직을 임명하는 세심함을 보였다.

이 모습에서 이 회장이 공적으로나 사적으로 어떻게 대인관계를 만들고 조직해나가는지를 가늠할 수 있는 부분이다. 이 많은 모임에 항상 주도적으로 참여하고 통 큰 기부를 하며 분위기를 돋우니 이 회장이 끼는 모임은 잘되지 않을 수 없었던 것이다. 그래서 친구들은 그에게 이런 말을 던지기도 했다.

"자네는 모임 만드는 데 귀재일세. 운영하는 데도 천재고. 도대체 사업은 언제 하는가?"

그래도 허허허 너털웃음을 지으며 주변을 챙겼던 이 회장은 말년에 투병을 하면서 여러 모임에 자신은 나가지 못하더라도 아내를 보내는 성의를 보였다. 이 여사인들 병상에 있는 남편을 두고 혼자 가고 싶진 않았을 터인데 남편이 원하는 것이기에 순순히 따라준 것일 것이다.

여송은 갔지만 그가 몸담았던 숱한 모임은 여전히 남아 모임이 지속되고 있다. 그리고 그 모든 모임에서 회원들은 어김없이 이 회장을 추억하며 감사와 존경을 한잔 술에 담아 건배를 하곤 한다.

"이종익 회장님. 편히 쉬십시오. 그 유업 저희가 받들겠습니다."

2003년 11월 30일 중국 해남도에서, 산악회 첫 부부 송년 해외여행.

2008년 12월 말레이시아에서, 전고 43회 산악회 친구들의 여행.

2008년 12월 말레이시아에서, 재경 전주고 43회 산악회 송산제.

캄보디아에서 청맥회 회원들(아래줄 왼쪽에서 세 번째가 이 회장).

고맙다고 했습니다 그 사람은
죽는 날까지 고맙다는 말을 놓지 않았습니다

3

당신은 영원합니다,
그리고…… 다음에도

여송 이종익을
사랑하는 사람들의 추모 글을 모았습니다.

그리운 당신,
당신이 있어 내 삶은 행복했습니다

아내 이영옥

남편을 한 줌 흙으로 보내고 허망한 심정으로 삼우제를 마쳤다. 모두가 아까워하는 남편을 홀로 두고 집으로 돌아오니 귓전에서 남편의 말소리가 계속 들렸다. 나는 정신 나간 여인네처럼 눈앞에 아른거리는 남편과 대화를 이어갔다. 그러다가 문득 혼잣말을 하고 있는 나를 보고 깜짝 놀랐다. 베란다에 놓여 있는 행운목에 꽃이 피었다. 어떤 신비로운 힘이 딱딱한 고목에서 꽃을 피게 하는 것일까 하는 마음에 나는 조심스럽게 다가갔다.

'이상하다. 이 꽃은 환생인가.'

매일 아침 예쁘지도 않은 이 꽃을 바라보는 걸로 하루 일과를 시작하였다. 그 꽃은 한 달 만에 부스러져 없어졌다. 잎사귀도 윤기를 잃고 누런 빛으로 변해갔다. 퍽퍽해진 내 모습을 보는 것 같아 가슴 아팠다. 베란다의 찬 기운도, 초라해져버린 행운목도 보기 싫어 발길을 돌리려니, 언뜻 보면 자라지 않는 것 같은 행운목이 조금씩 자라고 있었다. 남편을 잃은 슬픔에 깊이 침잠해 있던 나는 행운목을 보면서 이제까지의 내 삶은 송두리째 없어지고 새로운 삶이 담아지고 있구나 하는 생각이 들었다.

'이영옥 보시게나'로 시작되는 남편의 편지를 장례식을 치른 후에 받아보았다. 책상 서랍 깊은 곳에 있던 것을 둘째 사위가 발견했다. 남편은 가고 없는데 따스한 온기가 남아 있는 글씨체를 보니 가슴이 아프고 마음이 먹먹했다. 떨리는 마음으로 편지를 펼쳐보았다.

그간 나랑 살면서 고생이 많았소!
나는 그래도 열심히 산다고 노력을 했는데 우리 부부간에는 별 탈 없이
같이 살아줘서 고맙기 그지없소. 사업한다고 애들 건사는 당신이 다 맡아
서 해줘서 그나마 애들 다 시집보내고 손자손녀 낳고 잘 자라고, 이게 다
당신 덕이오. 또 어머님 살아생전에 잘해줘서 정말 고맙소.

  첫 줄부터 가슴이 무너져 내리고 눈물이 터져 더 이상 편지를 읽어 내려
갈 수가 없었다. 남편은 이 편지를 써놓고 6개월이 넘게 차마 내 손에 건
네지 못한 채 간직하고 있었다. 병마와 싸우면서 의연하게 버티느라 그
동안 얼마나 힘들고 외로웠을까.
  왜 남편은 내 앞에서만이라도 약한 모습을 보이지 않았을까. 이 편지
를 읽고 또 읽으면서 그 동안 쌓였던 슬픔과 설움이 터져버렸다.
  남편이 떠나고 나니 그 자리가 얼마나 컸는지 이제야 실감하고 있다.
어두컴컴한 집 안에 들어서며 남편이 없는 것이 너무 허전하다. 무엇보다
도 밥을 먹을 때 제일 많이 생각난다. 남편이 아침 운동을 하러 나가면
아침상을 차리고 남편이 돌아오기를 기다렸다. 느지막하게 출근하는 남
편 덕분에 함께 식사하고 커피까지 마시며 이런저런 이야기를 나누었다.
남편이 출근 시간을 10시 전후로 늦춘 이유는 나와 아침시간을 함께
보내기 위해서라고 했는데 그때 표현은 못했지만 그 말이 듣기에 참 좋
았다.
  일요일엔 종종 별미를 만들어 먹었다. 김치 송송 썰어 비빔국수를 만들

었다. 남편이 좋아하는 장조림을 찢어 올리면 남편은 참 맛있게 먹었다. 그땐 별 거 아니라고 생각했는데 남편이 가고 나니 같이 밥을 먹던 시간이나 함께 했던 일상의 모든 일들이 얼마나 소중하게 느껴지는지 모르겠다. 이젠 혼자 밥 먹는 시간이 많아졌다. 처음엔 혼자 먹는 밥이 낯설고 힘들었지만 차츰 나아지고 있다.

남편은 눈을 참 좋아했다. 온 세상을 하얗게 덮은 눈을 보면 마음이 깨끗해진다며 눈 오는 날을 좋아했는데 남편이 바로 눈 같은 사람이었다. 남편을 처음 만나던 날도 창밖엔 눈이 내리고 있었다. 담배를 입에 물고 창밖을 쳐다보고 있는 옆모습이 참 멋졌다. 마르고 날카로운 인상이었지만 웃는 모습이 따뜻해 보이는데다가 유머 감각이 풍부해 나는 그 앞에 앉아 내내 웃고 있었던 것 같다.

남편은 만날수록 매력적이었다. 잔잔한 미소로 사람을 편하게 해주는 반면 상대를 꿰뚫어보는 듯한 눈으로 쳐다볼 때는 열정이 느껴졌다. 문학을 좋아했고 신문기자를 꿈꾸던 그는 교양 있는 사람이어서, 우리는 만나면 문학이나 정치에 관한 이야기를 많이 나누었다. 장난기가 발동하면 나를 가만 놔두지 않는, 꿈 많은 젊은 청년과의 데이트는 늘 유쾌하고 즐거웠다.

그 시절 다 그랬듯이 우리는 가진 게 없는 가난한 연인이었다. 분식집에서 만두를 먹고 다방에 앉아 차를 마시는 게 데이트의 전부였지만 아름다운 미래를 꿈꾸며 행복해했다. 봄엔 언덕 위에 꽃을 심고 여름밤엔 좋은 꿈을 꾸고 가을엔 낙엽을 밟으며 행복하게 살자는 그의 말에 흠뻑 빠져들었다. 지금 생각해보면 내가 참 그를 좋아했나 보다.

결혼을 해서도 어려운 생활은 이어졌다. 내가 공무원으로 일하고 있었지만 남편이 안정된 직장을 갖지 않은 채 신혼을 시작해 생활은 빠듯했다. 셋집에서 시작해, 집 장만할 돈을 사업자금으로 댔기 때문에 우리는 오랫동안 셋집에서 생활했다. 그러나 어머니가 아이들을 보살펴주시고, 궁색하지 않게 살 수 있도록 배려하던 남편 덕분에 늘 넉넉한 기분이었다. 우리는 바쁜 생활을 하며 각자 열심히 살았다.

아이들이 초, 중, 고를 거쳐 대학에 입학하고 남편 이름으로 큰 평수의 아파트를 장만했을 땐 정말 행복했다. 명절이나 생일 때 그이와 사람들이 함께 불렀던 남진의 「님과 함께」 가사처럼 저 푸른 초원 위에 그림 같은 집을 짓고 사랑하는 우리 가족과 함께 즐겁게 사는, 모든 게 순조롭고 행복했던 시절이었다.

남편은 가정적인 사람이었다. 작은 일도 잘 기억하고 세심하게 마음을 썼다. 많은 기념일을 꼬박꼬박 챙기고 농담도 잘했다.

그에 비해 나는 말없이 그냥 무던히 받아주며 살아왔다. 아이들과는 함께 하는 자리가 많아 자연스럽게 대화를 하고 편지나 문자도 자주 주고받았다. 감성이 풍부한 남편은 아름다운 장면을 보면 그 자리에서 딸들에게 편지를 썼다.

95. 11. 17(금) 오후
일감호를 내려다보며 딸들에게 엽서를 띄운다.
가을과 겨울의 중간쯤에서 금년 처음 낙엽을 밟으면서······.
낙엽과 젊음이라는 상치되는 단어에서 느껴지는 어우러짐이 자못 상쾌하다 못해 신선하다. 샘이에게는 시험을 앞두고 편안함을, 봄이에게는 활달한 삶을 이야기하고 싶다.

당신에게는 건강함을 부탁하고…….

낙엽과 커피와 호수와 젊음이 이 늦은 오후를 아름답게 하고 있다.

내려갈 때 단풍잎이나 몇 장 주워 책갈피에 꽂아야겠다.

어느 가을 날 남편이 건국대 일감호에서 쓴 엽서 내용이다. 그 해 첫 낙엽을 밟으며 딸들 생각에 한 자 적고 싶었던 그의 마음이 따뜻하게 느껴진다. 내가 생각하기에 남편은 세상에 둘도 없는, 자상하고 따뜻한 아버지였다.

사람을 좋아하던 남편은 귀가할 때 항상 사람들을 데리고 왔다. 운전면허가 없었기 때문에 함께 술을 마신 사람이 집 앞까지 데려다주는 경우가 많았다. 그러면 선경카페에서 차 한잔 하고 가자고 집으로 데리고 왔다.

당시 우리는 선경아파트에 살고 있었기에 우리 집을 '선경카페'라 불렀는데 선경카페는 늘 손님들로 붐볐다. 차 한잔이 술상으로 변하는 건 불 보듯 뻔한 일이어서 나는 오징어나 땅콩 같은 마른안주는 물론 이런저런 안주거리를 미리 준비해두었다. 냉장고를 열어 술안주를 만들며 나는 싫은 내색 한 번 하지 않았다.

사람들이 모이면 고스톱을 치고 놀았다. 고스톱을 무척 좋아해서 그는 미리 돈 봉투를 나눠주며 고스톱 판을 벌였다. 돈을 잃어도 어차피 남편이 나눠준 돈을 잃은 것이니 마음이 상하지 않도록 배려한 것이다.

남편은 게임 룰을 확인하고 역전의 기회가 찾아올 수 있는 고스톱을 우리 삶과 똑같다며 좋아했다. 고스톱은 머리를 써야 한다고 했지만 하루 종일 골치 아픈 일들과 씨름해야 했던 그는 이 시간에 오히려 머리를 식히는 것 같았다. 그때도 나는 밤참을 만들며 '따닥따닥' 화투장 부딪치는 소리를 들었다. 고스톱 판은 밤늦게까지 이어졌다.

시어머니는 배울 점이 참 많은 어른이셨다. 베풀기를 좋아하고 부지런함도 누가 따라갈 수 없을 정도였다. 무엇보다도 음식 솜씨가 좋으셨다. 명절이면 우리 집에 찾아오는 손님들이 많았다. 어머니는 동그랑땡과 누루미 전을 직접 만들어 명절을 잘 치를 수 있도록 도와주셨다.

평상시에도 아들이 좋아하는 음식은 집에서 손수 만드셨다. 남편은 특히 매운 고추튀김과 김 부각, 가죽나물자반을 좋아해 날마다 상에 올렸다. 가장 생각나는 음식은 황태보푸라기다. 요즘 사람들은 황태를 강판에 갈거나 믹서로 갈아 만드는데 시어머니는 황태를 쪽쪽 찢어 손바닥에 대고 손가락으로 일일이 포슬포슬하게 보풀을 냈다.

품이 많이 드는 일이었지만 가족들이 먹는 음식엔 힘든 것을 마다하지 않으셨다. 보푸라기를 살짝 튀겨 소금 간을 약간 하면 그 부드러움과 고소함은 어느 음식에 비할 수가 없다.

나는 명절이나 기념일 등 특별한 날에만 황태보푸라기를 만들었다. 그러면 남편과 아이들이 맛있게 먹으면서 어머니가 만들어주셨던 요리에 대해 이야기를 나누며 어머니를 추억하였다.

5월 달엔 며느리들의 생일이 들어 있었다. 어머니는 중간쯤 되는 날짜를 잡아 생일을 맞은 두 며느리에게 밥을 사주셨다. 그리고 생일을 축하한다며 봉투를 하나씩 주셨다. 그러면서 "샘이 어미는 좀 더 넣었다"라고 말씀하셨다. 나는 돈의 액수보다 어머니가 함께 살면서 모시는 며느리의 수고를 기억하고 애정을 표현해주시는 게 참 좋았다. 함께 지내던 시동생에게도 해마다 각별히 형수 선물을 챙기게 하셨다. 어머니를 모시고 살면서 힘들고 어려운 점이 많았지만 현명하게 처신하신 어머니 덕에 많은 것을 배울 수 있었고, 기쁜 날도 많았다.

어느 날 어머니께서 남편에게 골프를 치지 않는 이유에 대해 물으셨다. 성공한 사람들은 대부분 하는 운동을 아들이 하지 않는 게 의아했던 모양이었다.

"골프를 하면 시간을 많이 할애해야 하고 비용도 많이 드는데 저는 성격상 적당히 하기는 어려우니 차라리 골프를 치지 않을래요. 그 시간과 돈으로 주변의 어려운 이웃들을 도울랍니다."

더불어 사는 삶에 대한 남편의 철학은 확고했다. 가끔 내가 부동산에 관심을 보이면 "돈이 필요하면 내가 줄게"라며 그런 생각조차 하지 않도록 나를 설득했다. 남편은 돈을 많이 벌고 재산을 모으는 데는 관심이 없었고, 자신의 능력껏 남과 나누며 사는 삶에 인생의 온 방향이 맞춰져 있었다.

사무실에서 발견된 서울대 간호학과에 입학한 무주읍 내 소녀의 편지와 전주고 후배 남학생으로부터 '장학금을 지원받아 감사하다, 받은 만큼 베푸는 사람이 되고 싶다'는 감사의 편지를 보고서 고향 후배들에게 장학금을 주고 있다는 사실을 알게 되었다. 남편은 이보다도 더 많은 학생들에게 장학금을 주기 위해 장학사업도 하고 싶어했지만 뜻을 이루지 못한 게 안타깝다.

남편이 버려야 할 것이 있다면 술과 담배였다. 담배를 얼마나 좋아했는지 집에서나 사무실에서나 심지어는 차 안에서도 담배를 피웠다. 게다가 뒤늦게 배운 술 때문에 내 속을 썩이는 경우가 많았다.

내 잔소리는 오직 술과 담배 때문이었다. 내가 성화를 부리면 사업을 그만두는 날 담배를 끊겠다며 다시 담배를 물곤 했다. 그때 좀 더 강력하게 남편이 담배를 끊을 수 있도록 말리지 못한 게 후회스럽다.

술과 담배 때문에 미운 짓을 했어도 동반자로서는 흠 없는 사람이었다. 남편을 보내고 아쉬움이 많이 남는다. 내가 2008년 유방암으로 항암 치료를 받을 때 우리 부부는 세상 떠나는 순서에 대해 대화를 나눈 적이 있었다.

"당신이 나보다 강하니까 나를 끝까지 지켜줘야 해요."

내가 남편에게 말하니 웃으면서 걱정하지 말라고 하던 말이 기억이 난다. 그러나 남편은 약속을 지키지 못하고 나보다 먼저 세상을 떠났다.

회사에서 집으로 가는 길, 정류장에서 버스를 기다리려니 젊은 날 퇴근길이 떠오른다. 일흔을 바라보는 나이건만 그때로 되돌아간 듯한 착각이 든다. 그땐 남편이나 나나 참 바쁘게 살았는데. 남편은 내가 돌아가 편히 쉴 수 있는 안식처와 힘들 때 서로 기대고 위로할 수 있는 두 딸을 남겨주었다.

힘겨웠던 날들도 기뻤던 날들도 돌아보니 모두가 아름다운 추억이다. 그 추억 속에서 내 남편 이종익은 보석처럼 반짝반짝 빛날 것이다.

"그리운 당신, 당신이 있어 내 삶은 행복했습니다."

전주고·북중학교 교정 내의 이종익 소나무. 전주고의 교목은 소나무이다. 교정에 들어서면 소나무 숲이 보이는데 그중 우뚝 솟은 소나무가 이 회장이 기념 식수하여 심어놓은 것이다. 이 회장의 호가 여송인 이유도 이것이다. 하얀 눈으로 뒤덮인 소나무가 눈길을 끈다.

1983년 유가공협회에서 기획을 담당하며 수입 허가 도장을 찍어주는 일을 하느라 바쁜 나날을 보냈다.

사람을 아끼셨습니다,
아버지는 그들을 배려하고 품으셨습니다

아침 6시면 자고 있는 아들 준혁이를 깨운다. 눈을 뜨자마자 준혁이는 식탁으로 쪼르르 달려간다. 이른 아침, 식탁에 앉아 따끈한 밥에 김과 장조림, 된장국을 맛있게 먹는 준혁이를 보면 마음이 흐뭇하다.

학교에 가기 위해서 초등학생치고 이른 시간인 아침 7시에 집을 나서지만 준혁이는 단 한 번도 아침을 거른 적이 없다. 주변에서는 우리 집 아이들이 아침에 일어나자마자 밥을 먹는 걸 신기해한다. 하지만 아침 식사를 중요하게 여기는 우리 집에선 평범한 일상이다.

어렸을 때 나는 부엌에서 나는 고소한 냄새를 맡으며 잠에서 깼다. 할머니는 아침부터 대여섯 가지 반찬을 만들어 식탁에 올리셨다. 나는 할머니의 정성이 담긴 곰국이나 미역국을 먹은 날이면 힘이 더욱 솟았다. 다른 아이들은 시험 보는 날 아침에는 긴장해서 밥을 못 먹는다는데, 나는 아침밥을 먹지 않으면 현기증이 나고 시험을 보지 못할 것만 같아 든든하게 아침밥을 챙겨 먹곤 하였다.

대학생이 된 후에는 아침 식사 시간이면 가족들이 모여 대화를 나누었다. 아버지가 유독 아침 식사 시간을 좋아하셨다. 아침 식탁에서는 그날의 날씨나 그 전날 축구 경기 스코어 등이 화제에 올랐다.

"아빠, 어제 맨체스터랑 첼시, 누가 이겼어요?"

"첼시가 2대 1로 이겼어."

아버지는 누가 어떻게, 언제 골을 넣었는지까지 정확하게 알려주셨다.

3 당신은 영원합니다, 그리고…… 다음에도 *161*

밤새 채널을 돌려가며 축구나 야구를 시청하시던 아버지 덕에, 우리는 이른 아침부터 대륙 저편에서 있었던 경기 소식을 모두 알 수 있었다. 때론 행복한 삶이나 인생의 가치 등 철학적인 대화가 오가기도 했다. 그럴 때면 식사 시간이 길어졌다. 내가 결혼한 후에도 주말이면 아버지와 어머니와 함께 우리 부부와 동생 부부 그리고 손자와 손녀 다 모여 아침 식사를 함께 하는 우리 집만의 전통은 계속되었다.

아침밥을 먹고 난 식탁 위에는 비타민과 오메가3가 나란히 놓여 있었다. 이제 막 숫자를 세기 시작한 손자들이 비타민 통 앞에 줄을 섰다. 아버지는 아이들의 고사리 손에 "이건 할아버지 것 3개, 이건 할머니 것, 이건 아빠 것, 이건 엄마 것이다"라며 약들을 놓아주셨다. 아이들은 서로 자기가 약을 놓겠다며 싸우기도 하였다. 식탁 위에 남은 약들이 보이면 "할아버지, 오늘 엄마가 약 안 먹었어요"라고 고자질을 하기도 했다. 그렇게 아버지가 챙겨 주시는 비타민을 먹으며 우리 가족은 하루를 시작했다.

아버지는 아침에 가장 먼저 일어나 가족들을 챙기시고 제일 늦게까지 깨어 계셨다. 거실에서 TV를 보고 계셨지만 마지막에 들어오는 사람을 보고 나서 "이제 왔니?"라며 인사하고 불을 끄고 주무시러 들어가셨다. 아버지는 한 번도 늦게 다니지 말라고 말씀을 하지 않으셨지만 나와 동생은 우리가 늦으면 아버지가 주무시지 않고 기다리고 계신다는 걸 알고 있기 때문에 늦지 않으려고 애를 썼다.

지난 5년 반의 미국 생활 동안 부모님과 우리 가족은 하루도 빠짐없이 미국 시간 저녁 6시 30분, 한국 시간으로 아침 8시 30분 아이패드를 통해 영상통화를 하였다. 아버지는 날마다 쑥쑥 크는 손자의 모습을 보시며 좋아하셨다. 매일 같이 지내는 기분이라고 행복해하셨다.

지금 생각해보면 아버지께서 그 바쁘고 힘든 사업을 하시면서 가족들에게 소중한 시간들을 얼마나 들였는지 아버지의 마음이 느껴진다. 집안의 모든 대소사뿐 아니라 우리 자매의 졸업식도 모두 참석하셨으니 어찌 그러셨나 싶다.

내가 결혼을 해서 아이를 낳고, 사업을 새로 시작하고 보니 사업을 하면서 가족들의 아침부터 저녁까지를 다 챙긴다는 게 얼마나 어려운 일인지 알게 되었다. 이건 가족을 사랑한다는 말로는 이해할 수 없는 참 불가사의한 정성이었다.

아버지는 책상에 놓인 손바닥만 한 메모지에 '가족이니까 괜찮다? 가족이니까 말 안 해도 알겠지. 가족이니까 이해해주겠지. 가족끼리 못할 말이 어디 있어. 가족끼리 예의는 무슨?'이라고 물음표를 붙여 눈에 잘 띄는 곳에 두셨다. 또한 그 대답으로 '가족은 누구보다 더 존중하고 더 배려해야 하는 존재. 서슴없이 말하기보다 기분을 살펴 말하고 상처가 될 만한 표현은 자제해야 한다'고 써놓으셨다.

아버지는 이렇듯 메모를 적어두고 좋은 관계를 유지하기 위해 되뇌고 되뇌며 가까운 가족부터 최선을 다하셨다. 아버지가 우리에게 주는 무한한 사랑과 헌신은, 실은 아버지의 부단한 노력의 결과였다는 걸 확인한 순간 나는 고개가 숙여졌다.

나는 내 아이들에게 그런 부모가 될 수 있을까? 아버지보다 더한 노력이 필요하지 않을까 생각해본다. 아버지로 인하여 우리 가족이 하나의 끈으로 연결된 특별한 관계임을 확인하고, 화목한 가정에서 살아가고 있음을 감사한다. 그리고 이 모든 것이 아버지 덕분임을 잊지 않을 것이고 나도 그렇게 노력하고자 한다.

아버지는 마른 체구에 말수가 적은 편으로 항상 온화한 얼굴을 하고 계셨다. 좀처럼 화내는 일이 없는 분으로 사람 하나하나를 참으로 배려하고 아끼셨다. 아버지께서는 응급실에 가시기 전까지 회사에 나가고 싶어하셨다.

많은 사람들이 아버지를 찾아와 고충을 토로하고 해결책을 찾고자 했는데 아버지는 그것을 좋아하셨다. 그것이 돈 문제라면 돈으로 해결해주시며 기뻐하셨고, 손쉬운 결정을 해야 하는 문제일지라도 마치 본인의 문제처럼 해결하고 함께 고심하는 것을 즐기시는 분이셨다.

아버지는 지인들이 좋아하는 음식까지도 일일이 외우셨는데 생각해보면 아버지가 좋아하는 음식보다는 아버지가 만나는 분들이 좋아하는 음식으로 항상 드셨던 것 같다. 날씨가 차가워지기 시작하자 어머니께서는 아버지가 회사에 나가시는 것을 말리셨는데 "오늘은 친구가 온다고 하니 그 친구가 좋아하는 송이우육으로 점심만 같이 하고 들어올게"라고 하시며 회사에 나가셨다. 아버지는 가쁘게 숨을 몰아쉬었던 2015년 10월 말까지도 사람을 만나는 것을 그치지 않으셨다.

아버지는 휴대전화와 작은 수첩을 항상 몸에 지니고 다니셨다. 휴대전화에는 사람들의 가족관계, 학교, 생일, 주소뿐만 아니라 처음 만난 날, 직위, 좋아하는 음식 등등 그 사람의 신상 명세가 저장되어 있었다. 작은 갈색 수첩에는 그 사람을 만난 날과 시간 그리고 함께한 대화 주제, 그 대화에서 생각한 것들까지 자세하게 적혀 있었다. 누군가와 약속이 있을 때는 몇 해 전 수첩까지 꺼내며 그 사람의 이야기나 정보 등을 미리 확인하여 나가시곤 했다.

아버지는 가족을 사랑하듯이 주변의 사람들을 챙기고 사랑하셨다. 모든 사람들이 아버지를 일컬어 배려와 사랑이 넘치는 사람이라고 말하는 건 아버지가 사람들을 얼마나 아끼고 배려하며 살았는지 똑똑히 지켜보았기 때문일 것이다. 단언컨대 아버지의 성공은 사람을 아끼고 배려하는, 그 사람들을 위하는 진정 어린 마음에서부터 시작되었을 것이다. 아버지의 넉넉한 인품을 나도 닮고 싶다.

"가장 훌륭한 인간은 모든 사람을 사랑하는 사람이다. 그 사람의 좋고 나쁨을 가리지 않고 모든 사람에게 선을 베푸는 사람이다."

아버지가 내게 보내주신 마호메트의 글귀다. 나도 아버지처럼 모든 사람에게 선을 베푸는 사람이 될 수 있을까? 모든 사람을 사랑하는 사람이 될 수 있을까? 나는 오늘도 아버지처럼 되고자 노력하고 있다.

얼마 전 선선한 바람이 부는 가을의 중턱에서, 버스를 타고 무주에 다녀왔다. 미국에서 살 땐 할머니 산소를 가고 싶어도 가보지 못해 맘이 불편했는데, 이젠 늘 함께 했던 아버지가 계시지 않아서 가슴이 아팠다. 어린 시절에 갔던 1박 2일의 시제는 그저 신나게 놀고, 메뚜기를 잡고, 시골 들녘을 뛰어다니는 즐거움이 다였다. 하지만 이번 시제에 가보니 아버지의 빈자리가 너무 크게 느껴졌다.

몇 해 전 아버지께서는 선산에다 나무 계단을 설치하셨다. 할머니께서 선산에 계시는 할아버지를 만나러 올라가시는 길이 힘들다 생각하셔서 조상을 뵙는 길이 편하도록 계단을 만드셨던 것이다. 할머니가 돌아가시고 난 후, 아버지께서는 할머니를 생각해서 만든 계단을 걸어 할머니를 만나러 다니셨겠지.

내 나이 마흔, 나는 선산으로 올라가는 계단을 밟으면서 할머니를 위하고 아꼈던 셋째아들의 효심이 느껴져 목이 메었다. 나도 아버지가 할머니께 보였던 효심을 그대로 아버지께 돌려드리고 싶다고 생각했다. 나이 먹고 자리 잡으면 효도해야지 했는데 이제 너무 늦어버렸다. 이렇게 빨리 가실 줄도 모르고 새로운 회사를 맡아 아이 셋을 돌보며 정신없이 지냈던 시간들이 안타깝다.

아버지와 여유롭게 여행도 다니고, 손주들 장가가는 모습도 보여드리고 싶고 함께 나누고픈 시간들이 많이 있었는데……. 시간들을 되돌릴 수 있으면 얼마나 좋을까.

아버지가 떠나신 후 계절이 세 번 바뀌고 다시 아버지가 떠나신 그 계절이 돌아오고 있다. 절대 못 잊을 것 같던 슬픔도 조금씩 옅어지고, 아이들을 보며 웃음 짓는 날이 늘어난다. 그러다 어린 세 아이를 품에 안고 이야기를 시작하면 어느새 아버지가 떠오른다. 그 옛날 아버지가 내게 들려주셨던 것처럼 나도 내 아이들에게 같은 이야기를 들려주고 있다. 그럴 땐 아버지가 정말 그리워진다. 눈물이 핑 돈다.

꼬맹이 시절 난 아버지가 커피를 드실 때면 "아빠, 나 커피 한 모금만!" 하며 아버지께 다가앉았다. 아버지는 웃으면서 커피 한 모금을 꼭 남겨주셨다. 나는 그 커피가 너무 맛있어서 아버지가 커피를 드실 때면 아버지 옆을 빙빙 돌았다.

그때나 지금이나 아버지는 내게 아주 큰 어른이고, 나는 커피 한 모금을 조르는 꼬맹이다. 아버지의 꼬맹이 딸은 아버지의 사랑으로 40년을 살아왔다. 아버지께 사랑을 받은 기억만으로도 가족들은 물론, 많은 사람을 사랑하면서 살 힘을 얻는다. 어머니는 지금도 아버지가 좋아하셨던 엄마표 커피를 타서 아버지를 찾아뵙는다. 하지만 아버지의 향기가 없는 그 커피 맛은 이제 더 이상 꿀맛이 아니다. 그래서 아버지에게 얻어 먹던 그 커피 한 모금이 더욱 그립다.

"아빠 사랑해요. 보고 싶어요."

2006년 7월 이탈리아 피렌체 골목에서, 젤라토 아이스크림을 먹으며 두 딸들과 즐거운 한 때를 보냈다. 이 회장을 닮아 유쾌하고 긍정적인 두 딸은 언제나 아버지를 웃게 만들었다.

아버지의 딸로 태어나
제 인생은 풍요로웠습니다

막내딸 이봄이

2015년 12월 15일 화요일 새벽 0시 45분, 아버지는 우리가 지켜보는 가운데 병상에서 임종을 맞이하셨다. 누워 계신 모습은 좀처럼 적응이 되지 않았다. 코에 있는 점과 길어진 눈썹, 거친 수염 자국도 이렇게 익숙한데, 숨소리만 없을 뿐 모습은 평소 그대로였다. 그 마지막 순간은 아버지처럼 조용하고 위엄 있고 평화로웠다.

신록의 계절이 찾아온 5월, 아버지는 우리에게 황망한 소식을 직접 알렸다.

"어제 건강검진 결과를 받았는데, 다행히 엄마는 다 건강하다. 그런데 내가 아주 안 좋은 결과를 들었다."

심장이 벌렁벌렁 뛰기 시작했지만 모두 침착하게 듣고 있었다.

"나는 이 병을 담담하게 받아들이고 너희들도 의연하게 대처하길 바란다. 최선을 다해 치료할 것이고, 꼭 살 것이다. 너희도 그렇게 알고 이 사태를 잘 이겨 내보자."

너무나 차분하고 결연하게 말씀하시어 그 누구도 울지 않았고 질문도 하지 못했다.

웃지도 울지도 않는 며칠이 지났다. 그때는 봄 하늘이 온통 시꺼멓게 보였다. 5월은 우리 가족에게 즐거운 행사가 많은 계절이다. 생일과 휴일과 기념일 축하는 5월 말 즈음 아버지의 생신(음력 생신)으로 마무리가 되곤 했다. 늘 행복으로 바빴던 5월이 우리에게 긴 침묵의 한 달이 되었다.

5월 하순의 주말에 아버지는 검사하기 위해 2박 3일간 입원하셨다. 아버지는 할머니와 우리 어머니가 편찮으실 때 백방으로 알아보고 최고 권위자로 정평이 나 있는 의료진을 연결하였다. 그러나 본인의 병만큼은 어찌할 도리가 없었다. 나는 자식으로서 무력감과 자괴감을 느꼈다. 내가 조금만 능력이 있었어도, 10년만 더 있어도 모든 인맥을 동원할 수 있지 않았을까. 더군다나 아버지는 자식 같은 회사를 가업으로 이어갈 의지가 강해서 외부에 병명을 알리고 싶어하지 않으셨다. 내가 할 수 있는 일은 없었다.

아버지의 투병 생활이 시작됐다. 3주 간격으로 화학요법을 시작했다. 시스플라틴과 알림타 2번, 이 후 알림타만 5번 항암 치료를 받았다. 표적 치료는 아버지에게 듣지 않았고 임상 3차 치료제는 소식이 없었다. 힘든 치료 과정이었지만 아버지는 본인 스타일대로 전혀 내색하지 않으셨다. 우리는 아버지가 특별한 사람이라는 믿음을 갖고 있었고, 아버지는 정말 기적처럼 호전되고 있었다.

남편과 나는 서점에 가서 항암, 한방, 양방, 대체의학 등 가리지 않고 모든 책을 읽었다. 정독을 하고 모르는 것은 구글로 찾아보았다. 암의 원인과 기전, 항암 효과와 부작용 및 장단점을 매일 공부했다. 남편은 특히 항암제 신약에 대한 논문을 맡았다. 제약회사나 언론사에 전화해서 신약의 임상과 동향에 대해 연구했다. 그것이 우리의 전부인 것처럼 공부했다.

시골에서의 새로운 삶도 꿈꿨다. 나는 넓은 정원과 숲이 있는 양평으로 쉴 만한 곳을 찾아다녔다. 발아래 땅을 느끼며 소음과 소란에서 잠시 떨어져 살면 더욱 건강해질 것만 같았다. 하지만 아버지는 교외에서 세상과 단절된 생활을 원치 않으셨다. 난 시골에서의 단순한 삶이 괴로운 질병으로부터 달아나거나 지긋지긋한 사회에서 벗어나는 것이 아니라 마지막으로 택할 수 있는 유일한 삶의 방식이라고 생각했다. 그만큼 절박했다. 그러나 아버지는 일상생활을 유지하며 주말에 숲을 찾아 자연치유를 하고자 하셨다. "삼익 없으면 무슨 재미로 사냐"며 오히려 나를 설득하셨다. 아버지의 강한 신념 덕분인지 상태는 몇 개월에 걸쳐 점점 나아졌다.

10월 28일 검사 결과에서 알림타 내성이 생겼다. 아버지는 처음 계획대로 항암 치료와 더불어 한의학 치료도 병행하겠다고 하셨다. 우리는 분주히 치료 계획을 세웠다. 그러나 단 며칠 만에 아버지의 기력은 급속도로 쇠약해졌다. 11월 2일 저녁, 손님들과 식사를 마치고 댁으로 가신 새벽, 아버지는 호흡곤란으로 응급실로 향했다. 어쩌면 아버지는 처음부터 앞으로의 날이 일 년도 채 남지 않았다는 사실을 알고 계셨는지도 모르겠다.

병실에 입원한 아버지는 점점 호흡이 가빠지고 어깨통증이 극심해졌다. 잠을 이루지 못하는 밤이 많아 산소 공급을 받으며 많은 양의 진통제를 투여했다. 아버지는 말씀이 거의 없었다. 아버지의 첫 번째 어려운 점은 맑은 정신을 잘 유지하는 것이었다. 응급실과 병실에서 말 없이 시계를 바라보다 1분이라도 틀리면 내게 고쳐달라고 요청했다. 교대하는 간호사에게 앞으로의 계획과 약 이름을 꼼꼼히 확인하였다. 국내 의료 시스템을 탓하여 무엇하겠냐만 아버지의 입원은 오히려 그를 더욱 쇠약하게 만들었다. 11월, 입원과 퇴원을 반복하셨다. 나는 회사에서 이른 퇴근을 하여 매일 간단하게 브리핑을 했다. 침대에 걸터앉아 가쁜 숨을 몰아쉬는 아버지에게, 눈도 마주치지 못하고 보고를 해야 했다. 상태는 손 쓸 수 없이 악화되었다.

아버지는 본인이 생각지도 못한 시간이 다가오자 매우 힘들어하셨다. 새벽녘 아버지는 소파에서 어렴풋이 잠든 엄마와 나를 깨웠다.

"다 불러라."

새벽 5시. 상황은 급박하게 돌아갔다.

"나는 더 이상 스스로 숨을 쉴 수 없으니, 일단 중환자실로 가서 인공호흡을 해야겠다. 신약이 나오면 다 써봐라. 금년은 넘기지 마라. 너희는 사랑으로 뭉치고, 절대 다투지 마라. 손주들에게 할 말이 많은데, 숨이 차서 말을 할 수가 없다."

마지막 말씀이었다. 아버지가 조금이라도 쉬었으면 하는 마음에 나는 아무 말도 하지 못했다. 이것이 아버지와의 마지막 대화가 아니라고 굳게 믿고 싶었다.

중환자실에 계신 지 이틀째 되던 날에 첫눈이 내렸다. 진눈깨비였다. 아버지의 휴대전화는 계속 울렸다. 아버지의 인연들이 밤낮없이 그의 부재를 궁금해하고 걱정하고 있었다. 그에 답을 못해주는 딸은 전화가 울릴 때마다 가슴이 뛰었다. 병상에서 수면 상태로 누워 계신 아버지를 똑바로 바라볼 수가 없었다. 믿을 수도 없고 의연할 수도 없었다. 의료진은 자극을 주면 깨신다고 하지만 나는 그러지 못했다. 나는 아버지가 그동안 매우 치열하게 살아왔고 얼마나 휴식이 부족했는지 알기에, 그저 아버지의 숙면을 돕고 싶을 뿐이었다.

어머니는 중환자실 면회 시간이 아니어도 병원에 가 있는 게 편하다고 하셨다. 당신이 남편을 위해 해줄 것은 그것뿐이라며 늘 일찍이 서둘러 병원에 가셨다. 내가 할 수 있는 일이라곤 병실의 음악 CD를 갈아 끼우는 일밖에 없었다. 병실에 계실 때 곁에서 병 간호를 더 극진히 해드릴걸. 더 부지런하게 아버지 곁에 있을걸. 하나하나 다 후회고 실수다.

이제는 아버지의 병세가 악화되는 것을 지켜보는 일만 남았다. 병원 곳곳에 아버지와 마지막으로 함께했던 공간을 받아들이기가 힘들었다. 12층 병동에만 계시는 것이 답답하다고 하셔서 어느 오후, 휠체어를 타고 병원 로비 구경에 나섰다. 5층 카페도 궁금하다고 가볍게 손짓을 하셨다. 곁에서 나는 신이 나서 세상 이야기를 했다. 그때는 정말 몰랐다. 아버지가 나아지실 줄만 알았다. 아버지는 그날 밤부터 무척 괴로워하시더니 다음 날, 그리고 그 다음 날 더욱 호흡이 어려워졌다. 그리고 일요일 새벽, 중환자실로 향한 것이다. 이제 와서 후회해봤자 아무 소용이 없다.

아버지가 좋아하시던 모차르트 CD를 챙겨왔다. 아버지는 평소 브람스, 슈베르트 등 심플하고 편안한 클래식 음악을 즐겼다. 아침 출근길에는 FM 93.1, 93.9 라디오를 들으셨다. 아버지가 무엇보다 좋아하던 취미는 뭐니 뭐니 해도 야구. 병실에 계실 때도 프리미어 12 야구 경기를 챙겨보시며 매 경기 선발 투수와 상대 진영을 확인하셨다. 힘들어서 보실 상황이 아닌 결승전이 열리던 밤, 우리나라가 우승한 것을 전해드렸다. 아버지가 응원하던 김광현 선수가 승리투수였다. 아버지는 야구뿐 아니라 모든 스포츠를 좋아하셨는데, 어느 순간 그런 아버지를 이해하게 되었다. 하루의 무게가 무거워지면 가볍게 마음을 달랠 수 있는 무언가가 아버지에게는 스포츠였다. 그중 가장 큰 관심을 보였던 것은 테니스이다. 그래서 더욱 테니스연맹 관계자들의 전화가 계속 울리는 것을 모른 척하기가 가장 힘들다.

최신 전자기기도 잘 다루시는 아버지의 휴대전화 위젯에는 메이저리그, 미식축구, 유럽축구 스코어와 랭킹이 매 시간 뜬다. 아버지의 네이버 캘린더에는 내년의 국제 테니스대회와 유럽 챔피언스 리그 일정까지 빼곡하게 적혀 있다. 우연히 보게 된 아버지의 휴대전화 포털 사이트의 최근 검색어에는 야구선수와 감독, 아버지의 담당 의료진 이름 그리고 본인이 투여를 받았던 약품명에 대해 알아본 흔적이 떴다. 아버지의 모든 취미가 다 아픈 밤이다.

초겨울인데 비도 많고 습하다. 아버지가 좋아하는 소나무는 여전히 푸른데, 겨울바람에 다 떨어진 낙엽과 나무들은 을씨년스럽다. 상상도 못한 일이 갑자기 찾아와 준비도 못한 내게 너무나 가혹하기만 하다. 얻어맞은 것처럼 아픈 몸뚱이로 잠자리에 들고, 가족 때문에 먹고, 아이 때문에 웃고, 내일을 위해 자는 하루하루가 지나갔다. 인생의 생로병사를 조금만 더 천천히 알고 싶은데, 현실은 무심히도 급박하게 흘러갔다.

할머니가 중환자실에 계실 때, 아버지는 무력감에 괴로워하셨다. 점점 기력을 잃고 인공호흡 이후 기관 절개, 돌아가시는 수순을 밟는 의학적 과정에 답답해하셨다. 12월 6일 우리도 담당 교수와 아버지의 기관 절개에 대해 의논을 했다. 나는 무력감에 두려움까지 보태져 버틸 수 없을 지경이었다. 마지막 결정은 늘 아버지의 몫이었다.

잠자는 자세가 좋지 않아 허리와 옆구리에 담이 왔다. 어제는 조금 불편하더니 오늘은 무척 힘들어 조금만 움직여도 작은 신음이 터졌다. 이 육신의 아픔이 그대로 마음으로 왔다. 아버지는 지금 얼마나 불편할까. 이런 근육통도 이리 힘든데, 그 고통을 어찌 참아내실까. 남편이 침을 놓아주는 동안 나는 소리 없이 눈물을 흘렸다. 괴로움에 잠 못 이루었을 아버지를 떠올리니 작은 통증도 더욱 아프고 힘들었다.

창립기념일 12월 9일, 28주년 기념행사로 김제에 다녀왔다. 아버지가 다리품을 팔아 열심히 오갔던 공장은 많이 변했지만 때 묻은 벽면에 아버지의 고심이 고스란히 남아 있는 듯했다. 초등학교 때 처음 따라왔던 공장. 더 키우지 못해 아버지가 아쉬워했지……. 연구실 밖으로 나가 테라스에서 김제 평야를 바라보니 울컥 눈물이 났다. 그곳에는 아버지만 없고 모두가 그 자리 그대로 있었다.

하루는 "아버지, 봄이 왔어요" 하니 눈을 크게 뜨셨다. 초점은 흐릿하다. 몽롱한 상태로 잠을 깨려고 노력하는 모습에 "아빠는 그동안 너무 열심히 사셨으니 여기서 좀 쉬고, 천천히 회복하시면 돼요"라고 했더니 아버지가 실눈을 뜨시기에 그 앞으로 쑥 얼굴을 들이미니 아버지가 살포시 웃음을 보였다. 아아, 그 미소가, 그 목소리가 그립다. 사무실 저편에서 "이봄!" 하고 부르던 그 목소리.

오늘처럼 추운 날에는 아버지의 차가운 사무실에 들어서는 게 아프다. 텅 빈 책상과 아버지와 함께 갔던 음식점, 커피숍, 골목길, 그 모든 곳에 추억이 있다. 아버지와 종종 갔던 쉼터 옥상은 올라가지도 않는다. 가는 곳마다 주변 사람들은 회장님의 근황을 매일 내게 묻는다. 30년 넘게 살아온 동네에 가면 더 하다. 아버지가 매일 운동하던 헬스센터에는 여전히 사람이 많다. 우리 아버지는 없는데 세상은 여전히 잘 돌아가고 있다. 아파트 씨큐리티 직원들도 아버지의 부재를 묻는다. 종종 회식비도 즐겁게 건네던 회장님이 보이지 않자 그들은 조심스레 질문을 한다. 친정집에 가면 더하다. 아버지는 얼마나 오랜 시간 고통에 홀로 괴로워하고, 많은 생각을 하셨을까. 식탁에도 아버지의 자리는 너무나 크다. 싱크대에는 여전히 아버지의 은수저가 한 달째 가지런히 꽂혀 있다. 언제 집에 오셔서 저 수저로 맛있는 밥 한 수저 뜰 수 있을까.

나는 부모님께 효도하지 못했다. 그저 건강하고 행복하게 사는 것이 효도라면 난 그동안 철없는 언행으로 충분히 효도했는지도 모른다. 하지만 나는 매 주말 아버지와 어머니를 찾아뵙고 같이 여행 계획도 세우며 효도하고 싶었다. 매일 이야기를 나누고, 날씨가 좋을 때는 손주들 모두 같이 영동선산도 가고. 평소 아버지의 바람대로 대가족을 거느리는 멋진 상상을 하곤 했다. 그 효도는 이제 못 이루는 것일까.

나는 언제부터 행복을 잊고 살았는지. 지난날 제대로 남의 불행을 헤아리지 못했고, 그동안 다 나의 복인 줄 알았으니, 철없이 너무나 교만했다. 이토록 찬란한 인생을 준 아버지가 그저 다 알아서 하실 거라……. 생각이 짧았다. '감사하는 마음, 겸손한 자세'라고 쓴 아버지 책상에 놓인 포스트잇, 아버지 글씨체로 그렇게 적혀 있다. 참으로 열심히 사셨다. 나도 아버지처럼 돌아보지 않고 뚜벅뚜벅 걸어갈 수 있을까.

주말 저녁에는 아이를 시댁에 맡기고 남편과 병원에 들렀다. 아버지는 오늘 오랫동안 편하게 주무셨지만 속은 전혀 편하지 않았다. 진행이 빠르다고 한다. 밤늦게 시댁으로 돌아오자 아이는 잠들어 있었다. 시어머니는 해줄 게 밥밖에 없다며 서둘러 저녁을 차려주셨다. 뜨끈한 국을 떠주는 시어머니의 손을 보니 울컥 눈물이 났다.

12월 14일. 아버지가 의식이 없다. 남편과 급히 가족추모공원 계약을 하고 왔다. 얼마 남지 않았음을 알았는지 눈길에 서두르는 남편에게 잔소리를 하지 못했다. 건국대병원으로 돌아가는 길, 퇴근 시간 청담대교는 꽉 막혀 있었다. 우리 부부는 서로 한마디도 하지 않았다.

12월 15일 아버지 운명하시다.
삼일장을 치렀다. 오열하는 친지들과 친구들을 보며 아버지가 정말 훌륭한 분이었구나, 다시 한 번 느꼈다. 부음을 듣고 믿기지 않는다고 달려오신 분들은 아버지 영정을 마주하고 나서야 내 손을 잡고 오랫동안 흐느꼈다. 친척과 동기뿐이더냐, 후배들과 한국초등테니스연맹, 단골 가게, 거래처까지……. 남자들이 그렇게 많이 울 수 있다니, 나도 놀랐고 진심으로 감사했다. 병환 때부터 내내 애써주신 이종인 님, 류균 님, 양정현 님, 장례 내내 상주처럼 지켜준 삼익 식구들 그리고 우리 삼촌, 가톨릭 제를 도맡아주신 유길종 님, 손님맞이에 애써주신 김상윤 님, 차경선 님, 그 외 많은 분들이 몸소 나서서 장례식을 도와주셨다. 발인 날은 올겨울 들어 가장 추운 날씨였는데도 많은 분들이 참석해주시어 추모공원 관계자가 이런 광경은 처음 본다며 놀라워했다. 그동안 아버지가 어떤 삶을 사셨는지 이렇게 알게 되는구나. 아빠 덕분에 우리가 덕을 입겠구나. 눈물을 흘리면서도 감사했고, 든든했고, 행복했다.

"아빠! 사랑으로 잘 살겠습니다!"

가시는 길 처음으로 말씀드렸다.

치아가 빠지는 꿈을 두 번 꾸었다. 삼우제 즈음, 앞니 너댓 개가 몽창 부러져서 임플란트를 하는 꿈을 꾸었고, 얼마 전에는 딱딱한 엿을 먹다가 어금니 하나가 쑤욱 올라오는 꿈을 꾸었다. 치아가 빠지는 꿈은 '상실'을 뜻한다고 한다. 우리 몸에 치아가 난 자리를 느끼는 것을 상실감으로 보고 이를 다치는 꿈으로 나타난 것이다. 어제는 아버지가 꿈에 나왔다. 멀리 노란 들판에 서 계시는데 공기는 따뜻했고 선선한 바람이 살랑 불어왔다. 아, 우리 아빠가 이렇게 좋은 길로 가셨구나…… 생각하면서 잠이 깼다. 그 동안 아버지가 떠나는 길이 너무 고통스럽고 외롭진 않았는지 걱정했던 나의 마음을 아버지가 눈치채신 것 같았다.

아버지의 사무실 책상에서 많은 기록을 찾았다. 그간 아버지의 생각과 말이 고스란히 담겨 있는 메모와 물건들이 마치 오랜 시간 우리를 기다린 듯했다. 아버지는 고독한 사람이었다. 긴 세월 아무에게도 말하지 않았던 본인만의 비밀과 의리, 배신까지 모든 인간사가 책상 안에 빼곡하게 모여 있었다. 끝없는 기록과 사진, 차용증, 증명서 그리고 유언장까지 좌에서 우 순서로 과거에서 미래 방향으로 정리되었다. 아버지의 능력은 가히 놀라웠다.

12월 말에는 회사 송년회가 있었다. 매년 공장 임직원들도 함께 했지만, 올해는 조촐하게 서울사무실 직원들만 희래등에서 간단히 식사를 했다. 회식은 눈물 반, 웃음 반이었다.

"사장님, 우리 사장님!"

하나둘 눈물의 건배사를 했다. 술을 마실수록 더 힘들어졌다. 겨울치고 따뜻했던 날씨가 12월 말이 되자 드디어 추워졌다. 1차를 마치고, 추위도 잊은 채 혼자 걷고 걸어 집으로 왔다.

2월 1일. 월요일인데도 49제에 80명이 넘는 많은 사람들이 아버지의 마지막 배웅을 하였다. 바람이 강하고 추웠지만 역시나 공기는 맑고 쨍했다.

봄이 왔다. 아버지 후배들이 산소를 참배하고 저녁 시간에 희래등에 모였다기에 찾아뵙고 짧게 인사를 드렸다. 남편도 와서 함께 인사하고 나와 단골집에 들러 둘이 아버지를 추억했다. 남편은 퇴근길에 멀리 우리 아파트가 보이면 아직도 장인어른의 위용을 보는 느낌이라고, 그런 본인에게 스스로 놀란다고 했다. 장가온 지 몇 년 되지 않아 장인어른과 독대할 시간이 적어서 아쉽단다. 자신 주변에 많은 어르신 중 장인어른이 참 멋졌고 단연 최고라며 자신했다. 짧은 시간 내 아버지의 진가를 알아봐준 남편에게 고마웠다. 아버지도 아마 둘째 사위와 많은 시간을 보내지 못한 것을 아쉬워하셨을 것이다. 그리고 남편은 본인이 의사로서 아버지의 마지막 길을 좀 더 살피지 못한 것을 후회했다. 우리 모두 후회할 것이다. 그 마지막 몇 달 최선을 다하지 못했던 것을. 나는 평생 후회할지도 모른다. '사무치게'라는 뜻을 이제야 알 것 같다.

아버지 떠나신 지 백일, 성묘를 다녀왔다. 우리 가족 그리고 둘째 큰아버지 내외, 막내아버지 내외, 대전 이종무 아저씨 내외, 송영준 아저씨, 장삼현 학회장님, 정우택 이사장님, 유경 아줌마, 종선 아저씨, 종수 아저씨, 삼익 식구들(김진, 박충식, 백선희, 임미자, 최신기, 최한기 존칭 생략) 총 22명이 참석하였다.

시간은 잘도 가고, 아이는 커가고, 나도 자란다. 아버지가 계시지 않은 생활도 점점 적응이 된다. 그동안 공식적으로 아버지를 보내고 싶지 않았다. 성함 앞에 고(故) 자를 붙이기 싫어 사망신고를 최대한 늦게 제출했다. 아버지 없는 삶은 공적으로나 사적으로나 내게 큰 어려움이었다. 아버지의 존재가 나의 큰 자랑이었던 만큼 그의 부재가 내게 약점이 될 수 있다는 불안감이 들었다. 아버지가 계신다면 어떻게 할까. 내게 무슨 말씀을 하실까. 생각해본다.

"순리대로 해. 순리대로."

아버지의 목소리가 들린다. 매일 아침 마음가짐을 새롭게 하지만 아버지의 다정함과 공정함과 결단력이 그리운 날이 많다.

시무식에는 이렇게 말씀하셨다.

"용모를 단정히 하고, 심신을 가꿔라. 세심하고 침착하게 일하라. 범사에 감사하고 화내지 마라. 어떠한 문제도 긍정적으로 대처하자."

그래, 모든 것은 자신감에서 시작된다.

나는 부모님에게 엄청난 사랑을 받고 자랐다.

나는 이미 강인한 사람이었다. 나는 아버지가 돌아가시면서 내 인생에 새로운 장이 열리는 것을 느꼈다. 아버지는 떠나는 순간까지 내게 가르침을 주었다. 아버지는 나와 함께한 모든 세세한 활동에 본보기를 보였고, 그 힘으로 나는 살아갈 것이다. 내가 받은 것 중 부모님에게 받은 정신적 유산이 가장 크고, 그것은 반드시 나의 자식에게 물려줄 것이다.

내가 '이종익의 딸'로 태어난 것 자체로 이미 내 인생은 누구보다 풍요로웠다.

"아빠, 오늘은 참 긴 하루였습니다.

딱 한 번만 다시 철없는 딸이 되어 투정도 부리고, 잔소리도 하고, 따뜻한 사케 한잔 앞에 두고 아버지의 말 없는 격려를 받고 싶네요.

아, 우리 아빠, 정말 너무 빨리 가셨습니다.

작별 인사도 제대로 하지 못했는데.

하루하루 살다 보면 언젠가는 아버지처럼 살아지는 날이 오겠죠.

제게 이런 아름다운 삶과 그 의미를 주시어 감사합니다.

오늘도 온 마음으로, 온 몸으로 아버지를 그리는 막내딸입니다."

다정다감하셨습니다,
장인어른은 저의 멘토이셨습니다

큰사위 임성빈

"성빈아!"

아직도 문득문득 아버님이 낮은 목소리로 내 이름을 부르시는 소리가 들리는 듯하다. 옆에 계시는 것 같은데 추모의 글을 쓰고 있는 이 순간이 너무 슬프고 괴롭다. 큰사위로서 또한 큰아들로서 아버님께 배워야 할 지혜, 슬기, 용기 등 인간답게 살아가는 법들이 아직도 무수히 많은데, 이렇게 황망하고 홀연히 떠나가셨으니 그 안타까움을 말로 다 표현할 길이 없다.

아내 샘이는 초등학교 6학년 때 짝꿍이었다. 6학년 첫날 대치초등학교로 전학을 왔다. 하얀 얼굴에 활발하고 밝은 성격의 샘이는 아이들 사이에서 리더십도 있고 친구들과 잘 지내는 좋은 성격이었다. 나와도 금세 친해졌다. 그때는 몰랐지만 지금 생각해보니 사람들과 잘 어울리고 통솔력 있는 성격은 아버님을 많이 닮은 것 같다.

중·고등학교 학창 시절을 거쳐 대학생이 된 후에 샘이와 나는 다시 만났다. 오랜만에 만난 샘이는 어린 시절과 똑같았다. 우리는 어느새 초등학교 동창에서 연인 사이로 발전하였다.

장인어른과 장모님을 처음 뵌 건 2004년 8월 인터콘티넨탈호텔 테이블34라는 레스토랑에서였다. 샘이와 만나고 있는 중, 아버님께서 얼굴한번 보자고 부르셨다. 창밖이 훤히 내려다보이는 창가 자리에 장인어른과 장모님 그리고 나 이렇게 셋이 마주 앉았다.

아직도 앉은 자리와 위치까지 기억이 날 정도로 인상적인 자리였다. 나는 단정하고 진중한 분위기를 내기 위해 네이비 색 정장에 파란 넥타이를 하였다. 아버님께서는 빨간 넥타이를 매셨던 것으로 기억하는데 세련되고 활기찬 인상이었다.

나는 그런 자리가 너무 부담스러워서 진땀이 날 정도였다. 하지만 아버지께서는 이런저런 가벼운 말씀을 해주시며 내 긴장을 풀어주셨고, 어머니께서도 인자한 웃음과 표정으로 아버지의 말씀을 도우셨다.

창밖엔 우리가 어려서부터 쭉 살아온 동네, 대치동이 내려다보였다. 아버님께서 대치동 쪽을 가리키며 먼저 말씀을 꺼내셨다. 샘이가 초등학교 때 달리기에서 1등을 했던 일이 화제에 올랐다. 아버님께선 달리기 시합 전에 샘이에게 출발 연습을 시키셨다며 껄껄 웃으셨다.

"심판의 준비 사인이 나면 심판을 쳐다보지 말고 마음속으로 하나, 둘, 셋을 세고 출발하라고 알려줬지. 아이들은 출발만 잘해도 좋은 성적을 낼 수 있거든."

줄곧 웃고만 계시던 장모님도 거드셨다.

"이이가 집에서 연습 많이 시켰어."

그 말씀에 아버님도 웃으시고 나도 웃었다. 화제는 우리가 살아온 동네와 생활 그리고 학교 등으로 자연스럽게 이어졌다. 덕분에 장인어른과 장모님을 처음 뵙는 자리라기보다는 친하게 지내는 친구 부모님을 만난 것처럼 편안한 분위기로 변했다. 이야기를 나누다 보니 스테이크를 다 먹어갈 즈음엔 긴장된 마음이 다 풀어졌던 기억이 난다.

그 이후로 아버님과 가족의 연을 맺은 지는 11년이 흘렀다. 어떻게 생각하면 긴 시간일 수도 있겠지만 주재원으로 미국에서 살았던 5년을 빼면 아버님의 인품을 가까이 느끼고 배우기엔 너무 부족한 시간이었다.

30년 이상은 더 함께 할 수 있을 것이라고 생각하고 있었기 때문에 작년에 한국에 돌아와서부터 천천히 아버님으로부터 인생의 슬기와 삶의 철학, 배려하고 나누며 서로 사랑하고 사는 삶의 지혜를 배우려 했다. 그런데 아버님께서 이렇게 갑자기 떠나시고 나니 아버님께 배우고 싶었던 인생 철학을 제대로 배우지 못한 것이 안타깝기만 하다.

"우리 약주 한잔 할까?"

아버지는 저녁 시간에 가끔 우리를 찾으셨다. 같은 아파트에 살고 있으니 편하게 집에서 한잔 해도 좋았고, 치킨집과 고깃집 등 동네 가까이 나가기도 수월했다. 또한 어머님과 드라이브 삼아 근교로 나가서 마시는 일도 자주 있었다.

나는 아버님과 술잔을 마주하고 앉아 이야기하는 시간이 참 좋았다. 아버님은 즐겁고 유익한 말씀을 많이 해주셨다. 아버님도 이 시간이 즐거우셨는지 마지막엔 술을 한 병이라도 더 하시려 하셨고, 어머님과 아내는 그 옆에서 거기까지만 드시라고 말리기에 바빴다. 솔직히 이 글에서 밝히면 나는 아버님 편이었다. 나는 술 한 병 더 시킬 수 있기를 조용히 응원했다. 결국 아버님이 이겨 유쾌하게 소주 한 병을 더 할 수 있었던 일이 기억난다.

참 많은 곳을 함께 다녔고, 즐겁고 유익한 대화도 많이 나눴던 것 같다. 때로는 사업 이야기도 해주시고, 때로는 인생의 철학도 말씀해주시고, 또 때로는 내 사회 생활 및 개인 생활에 대한 상담도 해주셨다.

그 조언과 추억들을 머리와 마음속에 잘 간직하고 아버님이 생각날 때마다 꺼내보고 싶다. 아버님 살아오신 발자취와 말씀들을 최대한 더듬어서 그 큰 뜻을 따르며 살 것이다.

아버님이 떠나신 후, 어머님과 아내 그리고 처제가 이끌고 있는 사업들도 옆에서 요란하지 않게 묵묵히 지원해야 한다. 남은 가족들과 아이들을 열심히 보살피는 것이 아버님 대신 내가 해야 할 일이라는 생각에 마음은 무겁고 부담스럽지만, 하늘에 계신 아버님께서 항상 지켜보시고 다독여주시겠지.

"부디 편히 쉬시고 하늘에서도 언제나 그 자상한 미소 잃지 마시고 가끔씩 저에게 용기도 주십시오."

결코 잊지 못할 것입니다,
아버님의 따뜻한 눈빛과 미소를

작은사위 이해수

장인어른께선 건강검진 결과가 나오면 으레 한의사인 나를 부르셨다. 병원에서 들었을 법한 비슷한 잔소리를 몇 차례 들으시곤, 그 다음부턴 "그저 좋다"하시거나 궁금한 것만 꼭 짚어서 물어보셨다.

'예전 검진 결과를 찬찬히 들여다보고 6개월마다 꼭 확인을 하셔야 한다고 말씀을 드렸다면 어땠을까?'

이런 의문과 죄책감은 아직도 떠나질 않는다.

"운동 열심히 하고 있다. 치아를 다쳐 잘 먹지 못하니 그렇겠지. 근데 잔기침이 낫지를 않네."

"담배부터 끊으셔야죠."

"역시, 그런가……?"

말씀을 하는 도중에도 잔기침은 계속되었다.

"감기는 다 나은 거 같은데, 기침도 오래가고, 기력이 너무 떨어지셨는데요?"

잦은 기침과 체중 감소, 교과서적인 증상이다. 검진을 받고 나서 결과를 말씀해주셨다.

'폐암!'

대개의 암 환자가 겪는 부정, 분노, 우울은 없었다. 차분하셨다. 힘주어 말씀하시는 태도에 듣는 가족도 침착해질 정도였다. 도리어, 나만 병기(病期)와 병소(病巢)를 확인하고 또 확인했다. 걱정하지 말라는 눈빛으로 고개를 끄덕이셨다. 세미나에서 들을 만한 이야기는 할 필요 없다는 뜻이리라. 그 다음부터는 항상 의사를 만나는 자리에 같이 갔다. 희망이 섞인 예후를 말하는 의사도 있었고, 팩트만 골라서 띄엄띄엄 말하는 의사도 있었다. 얼마나 희망적인지, 중간중간 말하지 않은 이야기는 무엇인지 궁금할 법도 한데, 장인어른은 내게 묻지 않으셨다.

짐작컨대, 진단 후 결과를 처음 듣는 자리에서 단정적인 선고를 받았을 것이다. 다시 생각해도 그때의 결연한 눈빛은 범인(凡人)이 흉내 내긴 참으로 어려울 듯하다.

병중의 가정은 늘 바쁘다. 장모님도 처형도 내 처도 바빴다. 내 역할은 가족들이 바쁘게 알아온 것들을 취사선택해서 시험적으로 행해보는 것이다. 또, 한 가지는 차트를 복사하여 들고 다니며 한방 치료에 대한 자문을 구하러 교수님들을 찾아뵙는 것이었다. 여러 교수님들과 상의해보았지만 항암 치료를 시작한 마당에 뾰족한 수가 있을 리 없었다. 1차 항암 치료가 마무리가 되는 대로 한방 치료를 병행하기로 했다.

그러는 동안에도 장인어른은 계속 출근을 하여 자질구레한 보고를 받고 사람을 만나는 일을 계속 하셨다. 업무량을 줄이셨다고는 하지만 내가 보기에는 많아 보였다. 교외로 거처를 옮기면 어떻겠냐고 물었다. 회사나 학회, 협회 등등의 업무를 잠정적으로라도 중단하고 가족들과 휴식을 하며 보내자는 뜻이었다.

장인어른의 첫 대답은 "거기서 뭘 하냐?"였다. 할 일이 많다고도 하셨지만 일이 많고 적고를 떠나 사무실에서 사람들과 대화하는 시간이 당신을 당신답게 만드는 일이라고 생각하셨다. 그 이후로도 줄곧 치료 스케줄에 맞추어서 다른 업무 스케줄을 짜서 관리하셨다.

항암 치료를 받는 날 앞뒤로 며칠간의 스케줄을 줄이는 식이었다. 내가 오히려 힐링의 시간을 줄이자고 한 것인지 머쓱해졌다. 더 힘들어지면 시골에 가 쉬는 것도 좋겠지만, 지금 일을 할 수 있을 때까지는 자리를 지키고 다만 주말이든 주중에 하루나 이틀이든 가까운 데에 나가서 지낼 만한 곳을 알아보라고 하셨다. 최근에 베스트셀러가 된 『숨결이 바람 될 때』의 저자 폴 칼라니티가 떠오르는 대목이다. 그는 암 선고를 받고도 버틸 수 있을 때까지 그의 자리, 외과의사인 그에게는 수술실인 곳을 지키겠다고 하면서 "거북이처럼 천천히 간다 해도 앞으로 나아가 삶을 충만하게 살겠다"고 하였다. 결국, '인생을 의미 있게 만드는 것은 무엇인가?'라는 질문에 두 사람이 같은 대답을 내놓은 것이다. 조금만 아파도 엄살을 부리는 내가 이해하긴 어렵지만.

아내는 공기가 맑은 곳으로 가자고 하였고, 장모님은 병원이 너무 멀면 안 된다고 하셨다. 처음 말을 꺼낸 내 의도와는 이미 멀어졌다.

이윽고, 1차 항암 치료에 내성이 생겼다는 검사 결과가 나왔다. 2차 치료 전에 한방 치료와 병행하고자 교수님들과 만나기로 하였지만 며칠 만에 상황은 악화되어 응급실과 입원실을 오가게 되었다. 가족의 일희일비가 계속되던 12월, 장인어른은 우리들을 불러 유언을 남기셨다.

그리고 중환자실로 향하는 길, 입구 앞에서 한손을 들어 인사를 하고 걱정하지 말라는 손짓을 하셨다. 마치 손주들에게 출근 인사를 해주듯이. 짧은 순간 눈이 마주치자 나는 나도 모르게 고개를 숙여 인사를 하였다, 나도 마치 출근 인사를 하듯. 엷은 미소와 따뜻한 눈빛의 인사를 나누고 아버님은 중환자실로 들어가셨다. 장인어른을 생각할 때 먼저 떠올리게 되는 마지막 인사.

평소에 가족의 가치와 책임감에 대해 말씀해주시면서, 혹은 믿음직한 사위라 하시며 항상 응원해주실 때, 그때와 똑같은 표정으로 마지막 인사를 해주신 것이다. 그 미소와 따뜻한 눈빛은 어쩌면 응원과 당부의 말씀을 하신 것일지도 모르겠다.

장례식의 인파는 정말 놀랄 정도였다. 나는 좀체 감정을 내비치지 않는 편인데, 친우 분들이 엎드려 애달파하는 모습은 미처 보기가 힘들어 울보라는 별명이 생겼다.

빈자리는 작고 세세한 부분 모두에서 느껴진다. 결혼 후 같은 아파트 단지에서 살았으니 그 세세한 부분은 열거하기도 힘들다. 내 아내는 오죽할까. 장인어른이 떠나신 지 6개월이 지났지만, 문득 빈자리가 느껴지면 나는 곧 내 아내의 얼굴을 확인한다. 역시 같이 느끼고 있다. 그러고는 서로 한참 말이 없다. 다행인 것은 내가 아내의 어깨를 잡아주면 이제는 이내 진정이 된다는 것이다. 간혹, 세 살배기 아들이 할아버지가 좋아하시던 거라며 무언가를 들이밀 때에는 나나 아내나 아무 방법이 없지만 말이다.

아직 사무실에 걸려 있는 '앙불괴어천 부부작어인(仰不愧於天 俯不怍於人)', 하늘을 우러르고 땅을 굽어보아도 부끄러울 것이 없이 살고자 하신 아버님의 모습을 본받고, 항상 해주시던 당부와 응원의 말씀을 잘 새기고 살아가겠습니다. 장인어른, 감사합니다.

내가 크게 웃던 모습을
좋아하시던 할아버지

큰손자 임준혁

나는 할아버지의 큰손자 9살 임준혁입니다. 할아버지는 지금 하늘나라에 계시지만 나를 너무 사랑해주셨어요. 바쁘셨지만 항상 즐겁게 놀아주시던 때가 아직도 기억이 나요.

"정말 즐거워요!"

할아버지께 처음 썰매를 배울 때 나는 너무나 신나서 이렇게 외쳤어요. 할아버지와 양재천에서 처음 탄 썰매는 내게 용기를 주는 새로운 세계였고, 그때 스치던 바람까지 다 기억이 나요.

나는 축구 시합을 할 때 행운의 등 넘버 10번을 달고 뜁니다. 유명 축구선수 메시처럼 되라고 할아버지가 정해주신 번호예요. 할아버지는 메시가 어떤 선수인지 알려주시며 나를 응원해주셨어요. 그래서 나는 10번을 달고 뛰는 것이 너무 즐거워요.

할아버지는 내가 깔깔 웃는 모습을 참 좋아하셨어요. 내가 4살 때였어요. 장난을 좋아하시던 할아버지는 "Are you pour years old?"라며 일부러 F 발음을 P 발음으로 못하는 척 틀리게 발음하셨어요. 그 소리가 웃겨서 내가 크게 웃으면 그 모습을 좋아하시던 할아버지의 모습도 생각납니다.

할아버지와 여행도 많이 다녔어요. 그중에서 가장 기억에 남는 것은 요세미티 국립공원에 갔을 때예요. 할아버지 손을 잡고 숨을 참으며 산을 올라갔어요. 거기서 사슴도 보고 곰도 보고 딱따구리도 보았어요. 요세미티 폭포 앞에서 할아버지와 찍은 사진도 남아 있어요.

할아버지는 아침마다 내가 스쿨버스 타는 곳에 나와 학교에 잘 다녀오라고 손을 흔들며 인사해주셨어요. 그래서 나는 가방을 메고 스쿨버스 타기 전에 할아버지가 어디 계시나 두리번거리곤 했어요. 어느 날 어떤 할아버지가 누군가를 부르는 목소리가 들렸어요. 순간 저는 우리 할아버지인 줄 알고 깜짝 놀랐어요. 아직도 할아버지 목소리와 얼굴이 떠올라요.

할아버지, 나는 할아버지가 얼마나 나를 사랑하셨는지 알아요. 아직도 내 마음속에 머물러 계시면서 나를 내려다보고 계실 할아버지를 잊지 않을 거예요. 할아버지 보고 싶어요.

In memory of a grandfather.

I am nine years old little boy named Junhyuk Lim and I am in third grade. Grandpa has been in heaven, but I still remember his influence on me. He loved me and he helped shape who I am.

Although he spent majority of his life conducting business, he always spent his time with me.

"It was a blast.", I said. He had taken me out for sledding. Sometimes it tilted for just a second, and then grandpa got it again. That particular moment stands out in my memory. My grandpa taught me how to enjoy the winter. He took me ice sledding at YangJae stream in Seoul. It was a brave

new world. I enjoyed the wind rushing past me, and feeling like one mass moving in unison me, my grandpa, and sledding.

I wear the number 10 uniform which came to regard it as my lucky number. I was given the number 10 shirt that meant a great deal to me my grandpa forward wears the #10. Grandpa For me, to watch Messi play is a pleasure - it's an incredible pleasure! He encouraged me to play what Messi had done.

He is hilarious with plenty of Jokes. I was delighted with his humor Once, he told a joke like a truth. Although he spoke fluent and idiomatic English, who knew the ways of playfulness when I was 4 years old, "Are you pour years old?" he asked I burst out laughing at his joke. He intentionally mispronounced the number four.

My grandpa and I journeyed many places in the world that full filled our desires. We visited dozens of gorgeous and unique places, but here is the most memorable Yosemite National Park in California. It was so glorious and touching. We saw a few male deer, bears, and a peculiar wood peckers. we had a great photograph of deer grazing in a meadow with Yosemite falls in the background.

He walked me to the school bus and waited until I got on, and I always found him when I looked to him getting of it. On my way to school, I gazed into the distance, lost in thought. An Elderly man with gray hair made sure his grandson was on the bus, I had a long look. What did they remind me of? My grandpa made sure I was on the school bus every morning on the *way to school. I have vivid memories.*

He had always given so much love, and shown what is deep inside. I know you look down on me and still love me with all your heart, it will never break apart. I miss you so much.

손자 임준혁이 할아버지와 할머니를 그린 그림.

손녀 임윤서가 할아버지를 그린 그림.

2011년 5월 21일 64세 생신날, 미국의 큰딸 샘이 집에서 큰 손주 임준혁과 함께 했다.

2014년 8월 손주 이한주 돌잔치에서 이 회장은 손주가 하나씩 늘어날 때마다 기쁨도 더불어 커졌다.

그리워하겠네,
먼저 간 내 동생아

한없이 높고 푸른 하늘에 흰 구름이 두둥실 떠 있는 모습이 가을로 접어든 것 같다. 한강은 언제나 변함없이 오늘도 흐르고 있다. 나무 벤치에 앉아 흐르는 강물과 푸른 하늘을 가만히 쳐다보고 있으니 지난 세월이 주마등처럼 흘러간다.

작년 12월 15일에 갑자기 세상을 떠나버린 동생이 아련히 떠오른다. 남가일몽(南柯一夢)이라고 했던가. 인생이 덧없음을 알지만 너무 일찍, 홀연히 떠나버린 동생이 야속하고 허전하기만 하다.

언젠가 "아빠는 언제 가장 행복했냐"는 딸의 질문에 나는 형제들과 아버지, 어머니와 함께 무주에서 살던 어린 시절이라고 이야기했다. 자신이 없던 시절이라고 딸은 퍽도 섭섭해했다.

그러나 어쩌겠는가. '행복'이라고 하면 무주에 살던 어린 시절에 동생과 같이 남대천 냇가에서 물고기 잡던 일, 연을 누가 높이 날리나 시합하던 일, 썰매를 타던 일, 구슬치기, 자치기, 딱지치기를 하며 아버지가 돌아오시길 기다리던 일이 떠오르곤 한다. 동생이 어른들 앞에서 노래를 하고 춤추던 귀여운 모습은 지금도 눈앞에 아른거린다. 세월이 이리 빠르다.

엄격하고 다소 고지식했던 내게 적극적이고 사교적인 종익이는 기특하면서도 참 특별한 동생이었다. 중학교 때는 지는 것을 몹시 싫어하여 곧잘 내게 대들기도 하고, 등산을 갈 때는 기를 쓰고 씩씩대며 나를 따라오고는 하였다. 고등학교 때 바지에는 주름을, 모자엔 각을 잡고 구두

3 당신은 영원합니다, 그리고…… 다음에도 *191*

약을 칠해서 잔뜩 멋을 내고 집을 나서던 모습과 운동을 좋아해서 어두워질 때까지 농구를 하던 모습이 눈에 선하다. 대학교 때는 또 친구들과 어떻게 그렇게 잘 어울리고, 여행을 잘 다니는지 동생 얼굴 보기가 어려울 정도였다.

나이 들면 형제 사이가 멀어지기 마련인데, 동생은 형제들을 참 많이 아꼈다. 종익이는 막냇동생이 회사를 그만두자, 자신의 회사에 들어오게 하고 이항로 선생의 업적을 기리기 위한 화서학회 운영이사를 맡겼다.

그리고 내가 직장을 퇴직하자 나도 회사의 감사로 들어오게 하였다. 삼형제가 같은 회사에서 근무하게 된 것이다. 동생의 마음 씀씀이가 참 고맙고 대견했다. 어머니도 세 아들이 함께 한곳에서 일하게 된 것을 크게 기뻐하셨다.

함께 회사에서 일하면서 본 종익의 모습은 사장으로 위엄과 품위도 있었지만, 한편은 어린 시절 그대로의 모습도 있어 참 보기 좋았다. 여전히 사람을 좋아해 직원들과 같이 운동도 하고 고스톱도 치고 허물없이 지냈다.

노래방을 가면 애창곡은 「봄날은 간다」였지만 젊은 직원들과 어울려 아이돌 노래도 연습하여 부르곤 하였다. 동생은 친구든, 친척이든, 거래처든 누구든 부탁하면 최선을 다해 노력하고, 모든 일에 정성을 다하여 사람을 감동시켰다. 아마 그러한 인간적인 노력들이 사업을 성공적으로 이끌어 나가는 힘이었으리라고, 사업을 잘 모르는 나도 짐작이 갔다.

매일 친구, 거래처 관계자, 학교 선후배들과 만나서 식사를 했고, 그밖에도 각종 모임이 많아 몸을 많이 혹사한 것 같다. 그 바쁜 와중에서도 종익은 일주일에 한 번씩, 삼형제가 어머니를 모시고 함께 하는 점심 식사 모임에는 거의 빠지지 않았다.

그리고 경치가 좋은 남한산성 내 낙선재, 삼원가든, 우래옥, 소호정, 청계산 맛집 등 여러 곳을 모시고 다니며 식사를 하였다. 가을이면 단풍이 아름다운 곳, 봄이면 꽃이 예쁜 곳, 여름에는 강이 아름다운 곳 등을 구경시켜주었다. 아버지가 일찍 돌아가시어 아버지에게 못한 효도까지 어머니에게 다 하기 위해 더 잘한 것 같다. 나이 드신 어머니와 삼형제가 오붓하게 보낸 그 시간들이 어머니에게도 우리에게도 참 소중하고 의미 깊은 시간들이었다.

세상에 애틋하지 않은 가족이 있겠느냐마는 나이 어린 동생을 앞세우고 나니, 그 애틋함을 어떻게 표현할 수 있을지 모르겠다. 참으로 '아깝다'라는 마음만 든다.

나는 주말마다 성당에 간다. 가는 이유는 지금 있는 가족의 안녕(安寧)과 행복을 위하여 기도하기 위해서지만, 돌아가신 부모님과 동생의 얼굴을 나의 기억 속에 떠올리기 위해서이다. 「내 무덤 앞에서 울지 말아요」의 시 구절처럼, 비록 이 세상을 떠났지만, 완전히 사라진 것은 아니라 믿는다.

내 무덤 앞에서 울지 말아요

-메리 엘리자베스 프라이

내 무덤 앞에서 울지 말아요
나는 그곳에 없어요 잠들어 있지 않아요

나는 천 갈래 바람이 되어 불고
눈송이 되어 보석처럼 반짝이고
햇빛이 되어 익어가는 곡식 위를 비추고
잔잔한 가을비 되어 내리고 있어요
당신이 아침의 고요 속에서 깨어날 때
원을 그리다 비상하는 조용한 새의
날개 속에도 내가 있고
밤하늘에 빛나는 포근한 별들 중에도
내가 있어요

내 무덤 앞에서 울지 말아요
나는 그곳에 없어요
죽은 게 아니랍니다

영원히 남아 있을 것입니다,
제 마음속에

동생 이종영

　형님은 막내인 제 인생에 있어, 애틋하며 정겹고 따뜻하며 고마우신 분입니다. 형님의 평생 발자취는 저에게 삶의 지혜를 느끼게 하고 앞길을 비춰주는 등불이었습니다.

　형님! 형님의 아호가 여송(汝松)이시죠? 늘 함께 했던 시제 때는 느끼지 못했는데 금년 시제 때는 주변의 소나무가 보이기 시작하네요. 동묘산소 소나무가 내천을 끼고 자리한 모습이 한 폭의 산수화가 되고, 선산의 몇 백 년 된 자태의 소나무는 말 그대로 걸작입니다.

　시제 때마다 그 소나무를 가르키며 "저 소나무는 작품이야"라고 하면서 한참 보시던 모습이 선합니다. 형님의 소나무에 대한 관심과 애착이 남달랐던 것 같습니다.

　저 소나무가 많은 인고의 세월을 견뎌내고 주변 나무들과 조화를 이루면서 자태를 유지하고 있는 모습이 고매한 형님과 같네요.

　어머님은 종부로서 연세가 있으신데도 조상님과 남편 묘소는 꼭 참배하셨습니다. 하지만 날로 연로해감에 따라 산소 오르내리기가 힘들어하시자, 형님께서 산소 가는 진입로를 만들자고 제안하셨습니다. 조성 시 경관을 배려해 소나무를 보며 올라갈 수 있게 유선형 코스로 만들고 산소 주변도 정지 작업을 해놓으니, 어머님께서는 가파른 산길을 부축 받으며 오르시다가 산책로로 오르니 날아갈 듯하다며 너무 좋아하셨죠.

　선산 밑자락에 기와 가옥이 있었는데 부모님께서 공직 생활로 외지에서 생활하시다 보니 그곳을 용화면장인 친척아저씨께서 생활하면서 관리해오시다 타계 후 가옥 일부가 소실되고 폐가 수준에 이르렀습니다. 그러자 어머니께서 큰 걱정을 하며 조상님을 뵐 면목이 없고 친척 분들에게도 부끄러운 일이라고 상심하시자 우리 형제 모두 걱정만 하던 차에 형님께서 저를 불러 어머니의 마음을 헤아려 가을 시제 전까지 가옥을 헐고 제실 마련을 하자면서, 기일이 촉박하니 서둘러 공사 진행을 추진케 하고 착수에 임하니 어머님은 이제 비가 와도 걱정이 없다며 종부로서 체면을 지킬 수 있어 다행이라며 크게 기뻐하셨습니다.

공사비는 집안 모두 형편이 녹록지 않으니 함구하라고 하며 생색 없이 본인께서 처리하셨습니다. 특히 집안 행사와 화목의 중심에 늘 함께해주며 집안일에 앞장서심에 집안 가족 모두 감사하며 배려심과 극진한 효심에 다들 칭송하고 계십니다.

형님! 사랑방(회장님실)엔 손님이 없고 온정만 남아 있네요. 형님과 제가 5층 사무실에서 근무하며 같이 지내오다가 이제는 먼 발치에서 인사만 드립니다. 생존해 계실 때는 업무 및 담소 차 거래처, 친구, 선후배, 친척 외 여러 계층의 많은 분들께서 오셨죠. 제 자리가 회장님실 문 앞에 위치하다 보니 오시는 분들과 인사를 의례적으로 나누게 되었죠.

돌이켜보면 형님께서는 인생의 중요한 철학과 신념을 가지신 분입니다. 중요한 시간은 바로 지금이고, 중요한 사람은 지금 내 곁에 있는 사람이며, 중요한 일은 남들에게 베푸는 것이라는데, 형님께선 그것을 늘 실천하고 함께한 생이었습니다.

어느 날인가 남루한 옷차림과 초라한 몰골을 한 분께서 회장님 계시냐며 묻기에 약속 유무를 확인하니 인사 차 그냥 왔다고 해 행색만 보고 잠시 머뭇거렸습니다. 하지만 그래서는 안 될 것 같기에 존함을 여쭤보고 회장님실에 가 말씀드리자 바로 나오셔서 반갑게 맞이하고 환대하셨지요. 그분이 가시고 나서 처음 뵙는 분인데 누구시냐고 물으니 지인이라고 하셨습니다. 그후로도 그분께서는 일 년에 5~6차례 정도 오셨는데 약속 없이 불쑥 방문해도 반갑게 맞이하고 대화 중에도 웃음 소리가 들리며 매 번 따뜻하게 배웅하기에, 궁금해 재차 그분에 대해 물으니 젊어서 알게 된 분이지만 지위와 형편에 따라 사람을 냉대하거나 도외시하면 얼마나 상처가 되겠냐면서 나를 찾아오고 함께 하고자 하는 분과 차 한잔 그리고 식사하는 게 지금 나에게도 소중한 시간이라고 말씀하셔서 저도 모르게 낯 뜨거웠고 가슴이 뭉클하며 따스한 정을 나누는 삶이 의미 있다는 걸 새삼 배우며 느꼈습니다.

형님, 이젠 찾아오는 분들은 계시지 않지만 온정만은 느끼며 지내고 있습니다.

새뮤얼 버틀러의 "잊히지 않는 자는 죽은 것이 아니다"란 말이 있듯이 형님의 믿음 속에서, 남은 사람의 기억 속에서, 삶과 죽음은 영원히 연결되어 있을 깃입니다.

저의 마음속에 늘 존재하시는 형님, 그리움은 별이 된다는데 영롱한 별빛처럼 영원히 함께 할게요.

집안 곳곳에 뿌려진
사랑의 향기들이 아직도 남아 있습니다

인척 이순기

그리운 조카님!

지금 하늘나라에서 늘 사랑하던 정기 형님과 경희 형수님과 만나 잘 지내고 있지요?

처음에는 안녕이라는 작별인사조차 할 수 없게 만든 황망한 부름에 슬픔을 넘어 하늘이 원망스러웠습니다. 한편 생각해보면 조카님의 평소 어진 성격처럼 나를 비롯한 형제와 친척 그리고 친우들에게 걱정을 끼치지 않으려고, 또 하늘나라에서 재목으로 쓰려고 빨리 부르셨다는 생각으로 위안을 삼지만 안타까움은 여전합니다.

아직도 조카님의 빈자리는 너무 크지만 그동안 주신 사랑과 웃음은 항상 내 마음속에 있어 더 이상 슬퍼하지 않으려 합니다.

명절은 물론 평소에도 안부를 물어 우리 부부의 건강을 체크하고, 우리 집안의 애경사에 꼭 참석하여 위로와 축하를 해주고, 우리 부부를 형수님과 외삼촌, 춘자 이모님 등과 함께 외갓집 일본 여행에 동참시키고, 남해 일주여행을 주선해주는 등 조카님이 우리 부부한테 주셨던 나열하기도 힘든 수많았던 배려는 항상 고맙고 새롭게 다가옵니다. 정말 우리 부부는 우리 생에 조카님의 자애로움과 사려 깊은 돌봄에 감사한 마음을 가지고 있습니다. 조카님! 이제 아프지 않은 곳에서 혹여 현생에 남겨둔 섭섭함이나 미안함은 잊으시고 형님과 형수님 곁에서 행복하게 잘 지내세요. 곧 만납시다.

이종익 박사의 유업과
귀한 사랑을 생각하며 이 글을 씁니다

친척 이남기

고인이 하나님의 부르심을 받은 지 일 년이 되었습니다. 벌써 세월이 그렇게 지났는지 놀라면서 고인 없이 살아온 시간들이 얼마나 허전한 시간들이었는지 이제야 알 것 같습니다. 아직도 그 빈자리가 메워지지 않고 있다는 것이 솔직한 심정입니다.

지난해 12월 15일 초겨울 날씨지만 그날은 유난히 따뜻하고 평화로운 날이었지요. 때마침 하노이에서 돌아온 나는 급서 소식에 귀를 의심했습니다. 뜻밖의 비보에 놀란 가슴은 지금도 멈춰지지 않은 듯합니다.

평소 고인이 생활철학으로 삼았던 봉사와 나눔과 베풂의 삶을 실천한 값진 면면을 살펴보고, 살아생전에 우리에게 남긴 본을 깊이 묵상하면서 그동안 어떤 길을 걸어왔고 어떻게 살다가 가셨는지 그 속에서 무엇을 시사하고 있는지, 잠시 그의 족적(足跡)을 더듬어 우리의 귀감으로 삼고자 합니다.

먼저 고인이 왕성한 사회 활동을 하시면서 가진 직함을 살펴보면, 대학교수, 박사, 이사장, 회장 등 무수한 호칭들이 그의 부지런함과 열정 그리고 탁월한 지도력과 인간미 넘치는 포용력을 단적으로 보여주고 있습니다.

언제나 고인이 맡은 조직은 운영에 생기가 넘치고 활성화되어 발전하는 모습을 볼 수 있었습니다. 그의 일생은 일하는 사람, 봉사하는 사람의 이미지를 각인시켰습니다. 사단법인 화서학회 이사장으로서 상촌장학회 이사장 이정숙과 공동으로 광복 70주년 기념 '한국독립운동기념비'를 건립하기도 했습니다.

이렇게 이종익 이사장이 노심초사하며 심혈을 기울여 4년 여 동안 추진한 광복 70주년 기념 '한국독립운동기념비' 건립의 역사적인 제막식을 병석에 있느라 끝내 보시지 못하고 애석하게 69세를 일기로 세상을 떠나셨습니다. 참으로 애통하고 비통한 심경 형언할 길 없습니다.

이종익 이사장을 비롯한 우리 일가친척들은 서울, 부산, 대구, 전주, 광주, 대전 등 전국 각지에서 시제 전날인 토요일 무주 구천동 숙소에 모여 저녁을 먹고 집안 회의를 한 후 그동안 못다 한 지난 이야기들을 나누며 서로간의 친목을 다지곤 했습니다.

특히 전날은 구천동 계곡의 단풍을 구경하고 나제통문(羅濟通門)에서 삼삼오오 모여 기념사진을 찍고 저녁에는 노래방에서 목청을 돋워 신나게 노래를 부르곤 했습니다.

이때 이종익 이사장의 애창곡 「쿵따리 샤바라」를 막춤을 곁들여 흥겹게 열창하던 모습은 지금도 눈에 선하며 잊을 수 없습니다.

따스한 온기와도 같은 추억과 함께 우리의 마음속에 이 이사장은 아직도 살아 있습니다. 종친 가운데서도 유난히 가깝게 지냈던 고인은 손아래이지만 지금 이 글을 쓰면서도 눈시울이 붉어지고 정말 가슴이 아픕니다.

우리들은 벽진 이씨 홍산화수회를 결성하여 회원 상호간의 친목을 도모했는데 태동시부터 고인이 열성적으로 주도하여 재정 지원과 운영에 깊숙이 관여하여 오늘까지 맥을 이어왔습니다. 또한 남몰래 친족 학생들의 학비와 생계비 지원을 아끼지 않았던 선행들이 하나하나 밝혀져 더욱 마음을 안타깝게 합니다.

고인은 이영옥 여사와 결혼하여 슬하에 두 따님을 두셨는데, 오늘이 있기까지 훌륭한 업적을 남긴 뒤편에는 이 여사의 한결같은 내조가 있었기에 가능했던 점을 간과해서는 안 될 것입니다.

때로 뒷바라지에 엄청난 시련과 무수한 난관을 겪으면서도 인내와 사랑으로 극복하고, 이 여사의 조언과 충고가 있었기에 큰 빛을 발할 수 있었다고 확언하면서, 인고(忍苦)의 세월을 보내면서 번민이 많았을 것이라 짐작합니다.

또한 두 따님들이 고인 생전에 경영 수업을 잘 받아 각기 전문 분야에서 훌륭하게 두각을 나타내고 있어 퍽 다행스럽게 여기고 있습니다.

몇 달 전 두 따님을 만난 적이 있는데 큰 상처에도 불구하고 그 아픔을 극복하고자 애쓰고 있는 모습을 보면서 역시 고인의 따님이구나! 깊은 감동을 느꼈습니다.

한편 걱정이 앞서 봄이에게 "큰 회사를 운영하는데 애로가 많지?" 하고 물었더니 의외의 답변으로 "무엇보다 회사의 운영 체계인 시스템이 완벽하게 잘되어 있어 큰 난관은 없다"는 대답과 함께 고인의 유지(遺志) 실현을 위해 노력하고 있다는 갸륵한 이야기를 들을 수 있었습니다. 그래서 안도하고 가벼운 발걸음으로 돌아왔습니다.

고인은 평소 회사를 경영하면서 운영 방침으로 사내 인화(人和)를 강조하셨고, 항상 자기 개발을 통해 스스로 발전하는 길을 모색하도록 직원들을 독려하고 가정에 충실하도록 훈시(訓示)하였다고 듣고 있습니다.

고인은 한평생 자신보다 남을 위해 사셨고 봉사와 나눔과 베풂의 삶을 실천한 이 시대의 거인(巨人)으로 영원히 존경을 받으실 것입니다.

아무쪼록 두 따님이 고인의 유지를 받들어 대업을 이룰 수 있도록 그들의 앞길을 잘 인도해주시고 지켜주시기 바라며, 머리 숙여 고인의 명복을 빌면서 가족의 평안을 진심으로 기원합니다.

이승에서의 삶,
짧은 소풍을 왔다고 기억하기를

이종사촌 형수 황춘옥

저는 올해 77세로 이종익 씨 이종사촌 형수(백인선 처)가 되는 사람입니다. "든 자리는 몰라도 난 자리는 표가 난다." 떠난 사람에 대한 허전함과 상실감 그리고 아련한 슬픔이 담긴 말입니다. 올 2월 종익 씨를 떠나보내고 맞이한 설 명절날에 이 말이 떠올랐습니다. 매년 구정 때면 부산에 계시는 큰형님을 제외한 삼형제가 사이좋게 셋째 이모님인 우리 어머님께 새해 인사를 드리러 왔습니다. 셋이 아닌 두 형제 분의 모습을 뵈니 가슴 한편이 쓸쓸하고 마음이 아팠습니다.

종익 씨는 일찍 아버지를 여의고 홀로 남으신 어머님께 효자였다고 합니다. 어머니 생전에는 어머님이 무엇을 원하는지를 살피고 그것을 실천하여 어머님을 늘 기쁘게 해드렸다고 해요. 성품이 온화한데다 정이 많고 상대방을 배려하고 살필 줄 아는 분이었습니다. 물론 아내에게도 좋은 남편이었고 두 딸에게도 다정다감한 아버지였습니다.

회사를 운영하면서 바쁜 와중에도 집안의 대소사에 빠지지 않고 참여했고, 항상 겸손한 모습으로 어르신들을 잘 공경했습니다. 길흉사에서 만난 종익 씨는 늘 같은 모습으로 자신의 자리를 지키면서 상황과 분위기에 맞는 말과 행동으로 주위를 편안하게 해주었어요. 명절이 다가오면 외가 모두를 일일이 챙겨 마음이 담긴 선물을 보내고 새해가 다가오면 본인도 일흔을 바라보며 세배를 받아야 할 입장인데도 형제 분들과 함께 친가와 외가에 세배를 다녔습니다.

늘 베푸는 것이 몸에 배서 셋째 이모님인 우리 어머님께 세뱃돈을 빠뜨리지 않았고 이종 형인 남편까지 살뜰하게 챙겼습니다. 여유가 있다고 해서 모두가 다 베풀고 사는 것은 아니지요. 항상 따뜻한 마음으로 정을 나누는 종익 씨의 모습이 보기 좋았습니다.

여러 좋은 추억들 중에 특히 기억에 남은 일이 하나 있습니다. 오래 전에 우리 남편이 영등포에서 일식당을 할 때였어요. 아마도 그때 종익 씨가 회사를 만든 초창기였던 거 같아요. 강남에서 영등포까지 그 먼 데를 직원들을 데리고 찾아주었던 기억이 납니다.

글을 쓰면서 눈시울이 또 붉어지네요. 저 세상으로 가기 전 어느 날, 종익 씨가 몸이 좀 불편하다는 소식을 들었습니다. 요즘은 칠십이면 다들 청춘이라고 하지요. 젊으시니까 곧 회복되겠지 하고 생각했습니다. 그러다 갑자기 영면하셨다는 전화를 받았습니다. 큰 충격에 마음이 너무 아파서 눈물을 하염없이 흘렸습니다. 좋은 일도 많이 하시고 착하신 분인데 가셨다고 생각하니…… 앞으로 만나볼 수 없어서 눈물이 났고 또 이른 나이가 너무나 아까워서 눈물이 났습니다.

우리 남편도 하나 있던 동생을 떠나보내고 혼자 쓸쓸했을 때 이종 동생인 종익 씨가 힘이 되었던 일을 기억하며 지금도 문득문득 종익 씨를 떠올립니다. 지극한 효자로서 든든하고 자상한 남편이자 딸바보였던 아버지 그리고 우애 깊은 형이자 동생이었던 종익 씨가 꼭 좋은 곳에서 편안히 계실 것이라고 믿습니다. 선량하게 살다 베풀며 가셨으니 남은 가족들도 종익 씨가 천당에 계실 줄로 믿고 위로를 받기 바랍니다. 짧은 생을 살다 가신 종익 씨도 이승에서의 삶을 소풍 온 듯이 아름답게 기억하기를 바랍니다.

참 자상했습니다,
참 자랑스웠습니다

이종사촌 누나 김 명 자

"누님! 한번 나오세요. 같이 밥 먹게요" 하던 그의 소탈한 목소리를 다시 한 번 듣고 싶다.

나와 동생은 한때 개포동에서 같은 아파트의 다른 층에 살았다. 내가 어린 애들 셋을 데리고 한참 고생하던 시절이었다. 직장에 출퇴근하느라 워낙 시간이 없어 한 아파트에 살면서도 무주 이모님(이종익 회장의 어머니)을 자주 찾아뵙지 못했다. 벼르고 별러 찾아가면 친남매 못지않게 반기던 동생의 그 정답던 모습, 네 아들 중 셋째이면서 어머니를 지극 정성으로 모시고 살던 동생의 효성스러움, '샘이'와 '봄이' 두 딸을 몹시 귀여워하던 그 부성애, 어려운 살림에도 불평 한마디 없이 조용하고 다정하게 대해주던 동생 댁, 부부간에 오순도순 정을 나누며 사는 그 모습이 정말 보기에 좋았다. 이모님 댁에는 집안의 대들보인 동생을 중심으로 평화가 넘쳐흘렀다. 난 그때 아이들 아빠를 하늘나라에 보내고 외롭고 어렵게 살던 처지라, 이렇게 올바르고 착하게 사는 것이 지상낙원을 이루는 길이 아닐까 생각하며 부러워했다.

처음 사업을 시작할 때 기본자산이 아무것도 없었으면서도 오직 가정의 평화를 바탕으로 어렵게 자수성가한 동생이 참 자랑스러웠는데……, 사업상의 무리한 술자리를 안타까워하시는 어머니를 부드러운 미소로 안심시켜드리던 착한 아들이었는데……, 약한 체력에도 불구하고 어렵고 힘든 고비를 넘기며 사업을 이루고 가족을 알뜰히 챙기던 착실한 가장이었는데…… 서로 만나보고 싶어하는 어른들(외숙, 이모 등)의 마음을 미리 헤아리고 생신날 식사 자리를 마련해드리던 자상한 조카였는데…… 시간에 쫓기는 사업가가 가족과 친인척들이 행복감을 느낄 수 있도록 시간을 내는 일이 어디 그리 쉬운 일인가?

그런 그를 보며 감탄한 내가 "참! 동생은 효자네!", "작은 거인이네!"라고 하니 손사래를 치며 쑥스러워하던 그 모습, 2010년 내 사위가 파주 시장에 출마했을 때 이모저모로 도와주고, 개표 결과 무난히 당선되자 마치 자기 일처럼 기뻐하던 그 모습도 잊을 수 없다. 나이가 나보다 아래니까 언제든지 사무실에 가면 만나볼 수 있으려니 하고 "한번 갈게", "그래 꼭 한번 갈게"라고 빈 약속만 거듭한 일을 이제와 생각하니 여간 후회스럽지 않다.

그러던 그가 갑자기 하늘나라에 갔다. 그야말로 청천벽력이었다. 가정, 사회, 국가를 위해 큰 꿈을 더 펼치고 좋은 일을 많이 해야 할 그를 속절없이 떠나보낸 아쉬움이 너무도 크고 날이 갈수록 그의 빈자리가 더욱 크게 느껴진다. 상중에 그의 빈소를 찾아 온 한 조객이 "제가 가장 어려울 때 진심으로 도와주셨어요. 그 은혜를 잊을 수 없어 이렇게 왔습니다" 또 다른 조객은 "비싼 주사를 맞아야 하는데 선뜻 거금을 내주셔서 제가 살아났습니다"라고 유가족인 동생 댁도 모르는 사실을 알리며 눈물을 글썽였다. 나는 이날 동생이 드러나지 않게 착한 일을 많이 베풀고 살아왔다는 것을 알게 되었다. 이야말로 '참 신앙인의 삶'을 살다간 사람이 아닌가!

동생, 이종익은 이 세상에서 참 훌륭하게 살았다. 그러기에 천국에서도 하느님의 각별하신 은총으로 평화의 안식과 무한한 천상의 행복을 누리라라 믿는다. 또한 하늘나라에서 '샘이'와 '봄이'가 아버지의 뒤를 이어 훌륭한 사업가로 성공가도를 한 걸음 한 걸음 걷고 있는 믿음직한 모습을 기쁘게 지켜보며, 그들이 뜻을 이루도록 하느님께 간구하고 있으리라.

그렇지 않아도 무시로 동생을 생각하던 참에 '샘이'와 '봄이'가 추모집을 발간한다기에 대견한 마음에 두서없는 글이나마 몇 자 적어 그의 생전 공덕을 기리며 명복을 빌고, 또 빈다.

효심도 유별났습니다,
외제종에 대한 추억이 떠오릅니다

친척 송영준

이종익 회장의 조부님(우항公)은 필자의 외조부님(우승公)의 바로 손위 형님이 되신다. 그러므로 이 회장의 아버지(정기公)는 필자의 어머니(남기 여사)의 사촌 오빠가 되시니 이 회장과 필자와는 외제종지간으로 이 회장이 필자보다 한 살이 많은 외제종 형이 된다.

옛날에 필자가 유소년 시절일 때만 하여도 시골에서는 대가족 제도 하에서 살았으므로 한 마당에 팔촌이 난다고 하였다. 또한 그 시절에는 부모님에 대한 효도나 형제지간의 우애는 말할 것도 없고 집안 대소가 어른들에 대한 공경심과 종형제간의 우애도 참으로 돈독한 시절이었다. 그래서인지 같은 또래의 이 회장(이하 형이라 함)에 대한 필자의 추억도 오랜 세월 동안에 걸쳐서 고목의 나이테만큼이나 여러 가지가 있다.

우선 초등학교 시절, 필자는 충북 영동에서 초등학교를 다녔는데 여름방학이 시작되면 방학숙제를 넣은 가방을 메고서 전북 무주에 있는 외갓집에 가는 것이 제일 즐거웠다. 한 달 동안 외갓집에 머물며 형들(외종 형과 외제종 형들)과 어울려 노는 것이 제일 좋았다. 물론 노는 데 정신이 팔려서 방학숙제는 늘 뒷전이었다. 그중에서 지금도 추억에 남는 것은 형들과 함께 앞섬이라는 곳에 놀러가서 시간 가는 줄 모르고 놀다가 배가 고플 때 먹었던 개구리참외의 맛을 잊을 수가 없다.

그리고 형은 중·고등학교 시절을 전주에서 지내고 필자는 대전에서 지내느라 서로 만날 기회가 없었는데 다시 만나게 된 것은 대학 시절이었다. 필자가 대학 시절 자취 생활을 하였을 때 가끔 영양 보충을 하고 싶을 때에는 형과 함께 창성동에 사는 형의 막내고모님 댁으로 인사를 드린다는 핑계로 찾아뵈면 고모님께서는 배가 고파서 온 줄 눈치를 채시고 항상 푸짐하게 밥상을 차려주셨다. 그때 밥사발에 고봉으로 담아서 주신 흰 쌀밥과 쇠고기장조림, 연탄불에 갓 구워낸 김구이 등은 세월이 반세기 가까이 지난 지금도 지금껏 가장 맛있게 먹은 추억의 식사가 되었다.

그리고 형과 필자는 대학을 졸업한 후에 각자 사회에 나와서 직장 생활을 하였고, 그러다가 어느 날 형이 잘 다니던 직장 생활을 정리하고 가방 하나 들고서 지인 회사 사무실 한구석에 책상을 하나 놓고서 창업을 할 때부터 시작하여서 오늘날의 (주)삼익유가공으로 키워내기까지의 오랜 세월 동안을 형의 지근거리에서 지켜본 사람이 필자이기도 하다.

이러한 형에 대한 여러 가지 추억들이 있지만, 필자의 가슴에 깊이 남아 있는 추억은 형의 어머니에 대한 유별난 효심과 조상님에 대한 정성 그리고 형제간의 우애일 것이다.

필자가 알고 있는 형의 성품은 아무리 힘들어도 화를 내거나 밖으로 내색을 하지 않고 본인이 하고 싶은 말도 반만 이야기하는 성품이었다.

또한 조상님 섬김을 솔선수범하여서 시제(9일 차례)를 모시는 제실을 신축하였고 선산에 오르는 계단을 설치하였으며, 둘째 형과 더불어 『홍산대세적록』을 발간하기도 했다.

일찍 가신 형을 애석하게 생각하며 그 귀한 뜻과 유지를 잘 받들어나가는 동생이 되려고 노력하고자 한다. 오늘따라 형이 유난히 보고 싶다.

집안의 큰 기둥이셨습니다,
그 허전함에 가슴이 먹먹합니다

친척 이종욱

종익 형님을 처음 만난 건 정확히는 아니지만 1972~3년도쯤 우이동 사슴목장이라는 곳에서 벽진 이씨 모임에서였다. 많은 가족들이 모였던 기억이 있다. 그 후 두 번째 만남은 1981년도에 아버님을 따라간 선산 9월 시제에서였다. 그때 종익 형님네의 식구들이 다 오신 걸로 기억한다. 1988년도 결혼하던 해부터 시제에 매년 갔으니까 매년 뵌 것 같다.

무주에서 1박 2일로 모임을 가져 회의도 하고 술도 마시고 이야기도 하면서 친목을 도모할 때 참 좋았던 것 같다. 노래방에서 노래도 하면서 어른들과 아이들을 모두 챙겨주셨던 형님은 가족과 친척들을 사랑하셨다. 그 바쁘신 중에 어떻게 그렇게 챙기셨는지 감탄스럽다. 매년 설과 추석에 우리 집에 막내 형님과 함께 오전에 다녀가셨다. 그 시간에 가족들과 함께 지내고 싶으셨을 텐데 말이다.

집안어르신의 댁 몇 곳을 인사 다니시던 모습은 정말 감동스럽다. 아버님이 2011년에 돌아가셨는데 2000년 넘어서까지 인사를 오셨던 것 같다. 나중에 알았는데 오실 때마다 아버님께 용돈을 드렸던 건 정말 아무나 할 수 없는 일로 생각한다. 명절 때마다 선물을 보내신 것이며…….

'종'자 가족 모임이 봄에 생겼는데, 후일엔 어른들까지 같이 하는 식구들 모임이 되었다. 그 모든 것은 종익 형님의 열정과 가족을 사랑하는 마음이 아니면 가능하지 않았다고 생각한다. 큰댁 형님들의 우애와 가족애는 감탄할 뿐이다.

봄의 식사 모임과 가을의 시제 모임 때마다 어른과 아이들의 용돈을 일일이 챙기시며 분위기를 이끄시는 모습은 잊히지 않을 것이다. 정말 감사했다.

어느 해인가. 4월 한강 미사리 모임 땐 정말 많은 가족들이 집안어르신을 모시고 게임도 하고, 식사도 하던 기억은 정말 그립다. 지금은 거의 돌아가시고 안 계신 어른들이 형님 주선으로 단체 관광여행도 하시고, 모임도 가지시던 모습은 정말 절절히 그립다.

어머니에 대한 효심은 또 얼마나 대단하셨는지…….

가을 시제 때 단체 관광버스 타고 움직이면서 이 말과 저 말을 재밌게 하시던 모습, 시제에서 집안 이야기를 하시던 모습, 산소 올라가는 길, 하는 일에 대해 물어보시며 말씀하실 때, 가을빛은 정말 아름다웠다.

한강유람선에서 선물을 준비하셔서 이벤트를 하셨던 것 등등 이런 모든 것들이 돈이 많다고 해서 다 할 수 있는 것이 아니기에 정말 존경스러웠다. 이런 모든 것들을 이제는 같이 할 수 없다고 생각하니, 믿어지지 않는다.

돌아가셨다는 비보를 전해들었을 때 정말 믿을 수 없어서 가슴이 먹먹했다. 집안의 큰 기둥이 없어졌으니 말이다. 형님들과 형수님, 샘이와 봄이 가족의 마음을 어찌 헤아릴 수 있을까……, 우리도 이런데.

이제 정말 형님을 위하는 것은 가족들 모임에 더욱더 열심히 참석하고 사업을 이어받은 샘이와 봄이의 번성과 형수님이 건강하시길 기도하는 것일 거라고 생각한다.

정말 존경하고 좋아했던 그분을 생각하며…….

그게 마지막일 줄을 몰랐습니다,
미치게 보고 싶습니다

저와 형님과의 첫 인연은 1994년 3월 20일, 일요일 오후였습니다.

그날은 저희들의 고조부인 '벽진 이씨' 30세(이 승자 린자)의 손자(34세, 종자 항렬)들이 주축이 되어 '벽진종회'라는 집안 모임을 창립하는 자리였습니다.

이 모임은 집안어르신들이 계속해서 해오시던 '시제 행사'를 이제는 우리들이 물려받아 주체적으로 이끌어야 한다는 집안 형님들의 의견이 반영되어 시작하게 된 모임이었는데 그 당시 제 나이는 29세의 직장 초년생이었고, 그때 형님은 48세로 사회적으로 활발하게 활동하시던 중년이셨습니다.

이렇게 시작된 가족의 모임은 해마다 정기적으로 두 번 모이는데 4월엔 집안 간 친목을 위해 주로 서울에서 만나고 또 한 번은 가을에 저의 고조부 기일(음력 9월 9일)에 맞춰 선산이 있는 무주와 영동에서 조상님 은덕을 기리는 행사를 갖습니다.

하나의 모임을 정기적으로 일 년에 두 번 모이면서 지속적으로 유지하는 게 결코 쉬운 일이 아닌데 형님은 그 누구보다도 많은 애정을 가지고 많은 것을 저희들에게 주셨습니다.

맛있는 음식, 멋진 장소, 즐거운 시간을 보내기 위해 항상 고민하셨고 조금이나마 많은 분들이 참석하실 수 있게 일일이 안부도 챙기셨으며 또한 필연적으로 발생되는 비용과 관련해서도 관심을 가지셔서 수차례

212 산더미 위에 돌 하나를 더 얹어라

찬조도 해주셨습니다.

더욱이 집안어르신들, 형님들한테 공손하고 예의 바르게 때론 코미디언처럼 즐겁게 해드렸으며 저희들한테는 다정다감하고 친구처럼 대해주셨으며 조카들한테는 용돈도 꼭 챙겨주시는 멋진 아저씨로 기억하고 있습니다. 이런 형님이 저희 곁에 계셨기에 22년이란 긴 세월 동안 굳건히 모임이 유지될 수 있었습니다.

그런데 저희 곁을 평생 든든하게 지켜줄 것 같은 형님께서 갑작스럽게 아니 너무나도 서둘러서 우리 곁을 떠나셨습니다. 아직도 형님의 부재가 도저히 믿겨지지 않습니다.

작년 10월 일요일 아침 시제를 지내기 위해 무주로 떠나는 버스 안에서…… 당연히 참석하시리라 생각했는데 몇 주 전부터 목디스크 때문에 참석하지 못한다고 미안하다면서 조심히 잘 다녀오라고 직접 전화를 주셨던 자상한 형님의 음성……. 그게 마지막일 줄은 정말 몰랐습니다. 형님, 형님이 돌아가심으로 너무나 많은 분이 상처를 입었습니다.

보고 싶습니다, 형님. 아니 미치게 보고 싶습니다. 형님의 그 따스한 마음, 다정한 목소리 보고 듣고 싶어 미치겠습니다. 생전에 못 드린 말씀 이제야 드립니다.

"형님, 고맙고 감사하고 사랑합니다."

진작 찾아뵙지 못해
가슴을 칩니다

외사촌 김영훈

"우리 회사에서 다 책임지고 전량을 신제품으로 교체하겠습니다."

내가 이렇게 말하자 대책회의에 같이 참석한 우리 회사의 전무와 담당 부장은 말문을 잃고 얼굴이 파랗게 질렸다. 벌써 이번이 두 번째였다. 지난번 장비 납품 후 문제가 생긴 지 얼마 되지 않아 유사한 다른 문제가 또 발생한 것이다.

진짜로 중요한 문제는 우리 회사 제품의 책임인지 아닌지 알 수가 없다는 것이다. 통신사업자용 정보통신장비는 너무 복잡해서 고객이 이미 사용 중이거나 이번에 같이 도입된 다른 회사의 장비와 서로 맞지 않아 발생하는 문제가 많아 누군가 성질 급한 사람이 먼저 통신 방식을 바꾸거나 장비를 교체하면 문제가 해결되는 경우가 많았다.

지난번 첫 번째 문제도 우리의 책임인지 확실치 않고 모두가 노력해보 았으나 해결되지 않자 사업이 진행되지 않고 미궁에 빠졌다. 그런 상황에서 누구도 이번에 납품된 장비의 교체를 주장하지 못하고 서로 눈치만 보며 전전긍긍할 뿐이었다. 고객도 명확한 근거 없이 2억 원 가까이 되는 물량을 모두 교체하라고 할 수 없어 감히 말을 꺼내지 못하고 서로 대책회의만 할 뿐이었다. 그런데 이번에 두 번째 문제가 또 발생한 것이었다. 첫 번째와 합하면 모두 3억 5천만 원 정도의 물량이었다.

숫자가 커진 만큼 고민도 커지자 잠을 잘 이루지 못하며 자꾸만 불안해졌다. 그러다가 갑자기 나도 모르게 마음이 진정되고 오히려 눈이 맑아졌다. 그리고 약 20년 전 일이 떠올랐다.

종익 형님이 사업을 시작하고 얼마 되지 않아 식품 원료 몇 트럭을 어느 회사에 납품했는데 고객이 상품 불량이라고 주장했다. 엄밀하게 따지면 꼭 바꿔줘야 할 정도의 문제는 아니었으나 고객사에 가서 모두 반품하고 새 원료를 공급하겠다고 선언하고 즉시 그렇게 실행했다.

그랬더니 고객도 가슴을 쓸어내리면서 이후에 주문이 더 늘어났다는, 우리 식구 앞에서 옅은 웃음기를 띠며 그 말을 하던 형님의 얼굴을 오랫동안 잊고 있었다.

그런데 약 20년이 지난 그날 아침, 밤새 잠을 자지 못하고 고민하던 상황에서 그때의 형님 얼굴이 불현듯 생각났다. 그리고 눈이 맑아져서 우리 회사가 나서서 상황을 타개하기로 결심했다. 어차피 누구도 장비 대금을 받지 못하고 시간만 흘러가는 상황이니, 이대로 더 시간이 흐르면 더 큰 문제가 발생하거나 최소한 평판이 악화될 것이라고 판단했다.

결국 그날 오후에 열린 대책회의에 가서 신제품으로 새로 공급하겠다고 선언한 것이다. 우리의 책임이 아니라고 주장하고 정밀 분석을 하며 시간을 끌 수도 있었다. 하지만 그런 상황에서 깨끗이 대승적인 의사결정을 하던 종익 형님이 나중에 사업적으로 크게 성공하는 것을 기억해낸 나는 20년 전의 형님을 닮은 의사결정을 의심 없이 한 것이다. 이미 그런 길을 가서 성공한 분이 가까이에 있으니까.

그날 그 대책회의에 참석한 고객사 관계자들은 내 말에 가슴을 쓸어내리며 안도했다. 문제를 정확하게 밝히기 위해서는 검증 작업을 해야 하지만 확실하게 밝혀진다는 보장도 없고 설사 밝혀진 이후에도 경영진에게 보고하면 그런 장비를 왜 선정했느냐는 책임 소재를 추궁당하며 문제 해결 방안을 쥐어짜야 하는 괴롭고 소모적인 노력 대신 우리 회사가 교체한 신제품으로 다시 작업하기 시작했다.

사업가들 중에 종익 형님처럼 행동하는 이는 많지 않다. 주로 우선 눈앞에 펼쳐진 정량적 이익을 중시한다. 장기 이익이나 정성적 이익을 위해 눈앞의 이익을 희생하기는 매우 어려운 법이다. 그러나 형님은 달랐다. 단기 이익보다 장기 이익을, 정량적인 것보다 눈에 보이지 않지만 더 큰 영향을 미치는 정성적인 이익을 중시했다.

어렸을 때부터 나는 형님을 항상 활기차고 부드러우며 기지가 뛰어난 분으로 기억했다. 초등학교 고학년과 중학교 초반부 3~4년간 당시 이모님 댁이 부산이었던 관계로 나와는 이종 간인 종익 형님은 우리 집에서 같이 살며 대학을 다녔다.

형님이 군에서 제대한 후 복학생 때의 일이니 형님은 25~8살 정도이고 나는 12~5살 정도였다. 형님은 군대에서 배워온 듯한 축구 기술을 내게 가르쳤다. 훨씬 나중에 내가 군대 생활 중 축구 잘한다고 포상휴가까지 받았는데 어렸을 때 형님이 나를 가르친 영향이 컸다.

또 형님은 내게 생각하는 힘을 길러주었다. 무슨 일이 있으면 내 말을 주의 깊게 들어주고 형님의 의견을 내게 말해줘서 직접 깨닫도록 해주었다. 한번은 내가 학교에서 용돈을 잃어버리고 집에 와서 씩씩거리자 그 상황을 물어보곤 내가 관리를 잘 못한 것을 깨닫게 하고, 바로 돈은 언제든 또 생기는 것이라고 하며 돈에 대한 대범한 생각을 갖도록 해주었다. 형님은 10대 사춘기인 우리 형제와 앞뒷집에서 같이 살던 외가 사촌들까지 5~6명을 데리고 창경궁 구경도 시켜주고 북한산에 놀러가기도 하며 우리들을 이끌었다.

형님과 어울려 배우고 보살핌을 받으며 사춘기의 불안한 정신 상태를 안정시킨 점에서 우리 형제와 외가 사촌 세 명 모두 훌륭하게 자란 것에는 종익 형님의 기여가 크다고 할 것이다.

형님은 여름방학을 보내러 이모님(이종익 형님의 어머니)의 본가인 부산 광안리로 돌아가면서 당시 중학교 2학년인 나를 데려가 몇 주 동안 그곳에서 지내게 해주었다. 태어나서 처음 집 밖에서 부모님 없이 자는 경험을 하였다. 이모님 댁이어서 마음이 불안하지는 않았지만 특히 형님과 함께여서 아무런 거리낌 없이 바닷가의 즐거운 나날을 보냈다. 그렇게 해서 한창 성장기인 내게 형님은 커다란 영향을 미쳤다.

형님은 대학을 졸업하고 취업도 하고 결혼하여 살림을 차리면서 우리 집에서 출가했다. 그때부터 따로 살았지만 우리는 여전히 한 가족이었다. 어머니가 형님 사업 초기에 필요한 사업 자금을 구해다 차용해주었고, 형님도 우리 집에 돈이 필요하면 빌려주면서 서로 형편이 풀리면 갚는 식이었다. 내가 장가를 들기 직전에 본가의 빚을 방치할 수 없어서 우리 사주를 팔아서 형님에게 빌려온 돈을 모두 갚았다.

형님은 마치 친아들이 본가에 빌려준 돈을 돌려받은 것처럼 미안해하였다. 형님은 우리 부모님께 유난히 잘했다. 큰아들이 결혼과 함께 분가를 하게 되면서 더욱 본가와 서로 믿고 의지하듯이 살았다. 부모님의 생신과 명절에는 마치 큰아들처럼 챙기며 정을 나누었다. 그렇게 오랜 세월이 흐르고 형님은 사업에 성공하였다. 맨 주먹으로 시작해서 이룬 경이적인 성공이었다. 원래부터 지니고 있던 명석한 두뇌와 사업가적 기질을 생각하면 당연한 일이기도 했다.

내가 42세 때이니 형님 55세 때 17년의 직장 생활 끝에 나는 사업을 시작했다. 소식을 들은 형님은 내 사업 자금을 지원하겠다고 하셨다. 그것은 내게 커다란 힘이 되었다.

무언중에 "너는 사업을 잘할 테니 사업 자금을 출자하겠다"라고 느껴졌다. 사실 형님은 그런 말은 하지는 않았지만 여러 가지 현명하고 지혜로운 방법으로 그런 기분이 들게 했다. 그런데 몇 달이 흘러도 내가 사업 자금을 달라고 하지 않자 형님은 내게 "사업 자금 준비했다고 하는데 안 갖다 쓰는 놈이 어디 있냐?"라고 하시며 여러 가지 물어보고 내가 도움 받을 생각이 없다는 것을 확인하자 서운해하시며 앞날을 격려해주었다. 서운해하는 표정이 꼭 나를 챙기고 싶었다고 느껴졌다.

이 일은 오랫동안 내게 긍정적인 영향을 미쳤다. 나를 그렇게 생각해주는 분이 있고 그분이 언제든지 나를 도와줄 수 있는 능력이 있으니 마음이 든든했다. 그러면 안 되지만 사업하는 중에 힘들면 그 돈을 가져다 쓰면 되지 하는 보험 같은 심정이랄까, 결국 그 돈을 가져다 쓰진 않았지만 항상 마음이 든든하여 자신감을 가지고 사업할 수 있었다. 그리 생각하면 아마 형님은 사업을 시작하는 내게 물적인 면뿐만 아니라 정신적인 면까지도 도우려고 그리 하셨는지도 모르겠다.

사업을 시작하고 7~8년이 흐르자 한번은 내게 대뜸 "이제는 네가 돈을 많이 벌었을 것 같다"고 하셨다. 무슨 천리안이라도 가지고 계신가? 내가 내 사업 이야기를 별로 하지도 않았는데 왜 저런 말씀을 하실까 하고 의아해하며 별로 벌지는 못했다고 하자, 이유를 소상히 물어보셨다.

그러자 그 이유들과 유사한 형님이 겪은 사업상 위기 경험에 대해, 그리고 그것을 이겨낸 마음가짐과 노력했던 일들에 대해서 말씀해주었다. 당연히 이미 돈을 벌었을 거라고 믿고 내게 기대를 걸어준 것과 내가 돈을 벌지 못한 핑계를 댄 이유들에 대한 형님의 차원이 다른 생각 등을 듣고 마음이 벅차기도 하고 교훈이 느껴져 며칠간 잠이 잘 오지 않았다.

사업을 하는 나는 형님처럼 되기를 원했다. 우선 온갖 기지로 사업을 성공적으로 이끄는 모습과 전량 반품으로 위기를 전화위복으로 만드는 시기적절한 의사결정 능력과 눈앞의 이익만을 좇지 않는 큰 그릇. 주위의 모든 사람들을 챙기고 돌보아 형님을 중심으로 하는 하나의 커다란 공동체를 만드는 능력. 이런 모습은 바로 내가 어려서 가졌던 형님에 대한 존경심이 수십 년 후 성공한 사업가가 된 형님에게서 그대로 재현된 것이었다. 나는 형님처럼 되고 싶으나 여러 가지 부족한 면을 느낀다.

내 주위에는 형님과 같은 전주고등학교를 나온 사람들이 몇 명 있다. 그 사람들에게 종익 형님을 아냐고 이야기를 하면 항상 존경심을 드러내고 내가 그분의 동생이라는 것을 반가워하곤 한다.

그러나 정작 그 사람들 이름을 형님께 이야기를 하면 형님은 그들을 자세히 몰랐다. 그 상황은 그 학교 동문공동체에 형님이 좋은 영향을 미치고 동문들은 그 내용을 잘 알며 형님을 존경한다는 것을 뜻한다고 생각한다. 그런 평판을 얻는다는 것은 형님이 얼마나 잘 살아오고 훌륭한 사회 활동을 했는지가 무언중에 증명된다.

지난 가을 형님께 전화로 안부를 묻자 한번 놀러오라고 하셨다. 통화 중에 조금 아프다고 하신 말씀이 마음에 남았다. 곧 찾아뵈리라 생각하고, 우선 날이 쌀쌀하니 드시면 좋을 듯하여 정읍의 유명한 쌍화차를 택배로 보내드렸다. 보통 때의 형님이라면 그 쌍화차를 잘 먹고 있다고 전화해주실 텐데 연락이 없었다.

뭔가 이상한 기분을 느끼며 며칠이 더 지나자 형님이 병원에 입원했다는 소식이 들렸다. 면회를 갈 수 없는 상황이라 그 후로 만나뵐 수가 없었다.

형님 빈소에서 충격에 휩싸여 내 볼에 흐르던 눈물은 12살부터 쌓여온 형님에 대한 존경심 그리고 더 이상 형님과 대화를 나눌 수도, 형님의 의견을 들을 수도, 형님의 기대를 받고 가슴 벅차할 수도 없다는 것에 대한 깊은 슬픔이었다.

그 이후 6개월이 흐른 지금까지도 잊히지 않고 매일 형님을 생각한다. 물론 기도 중에 기억하기에 그럴 수도 있겠지만 그보다는 형님이 내게 미친 영향이 크고 깊어서 쉽게 잊힐 것 같지 않다. 아직도 마지막 통화 때 웃으시던 목소리가 귀에 쟁쟁하게 들리고, 그때 바로 찾아뵙지 못한 불찰에 가슴을 친다.

"형님 그립습니다. 아무리 형님 얼굴을 떠올리고 형님을 위해 기도하고 사진을 찾아봐도 채워지지 않는 그리움입니다. 어떻게 그리 급하게 가셨나요? 아직 형님에게 배울 게 많은 저로서는 너무 아쉽습니다. 그러나 형님이 남긴 여러 가지 가치 있는 기억과 교훈들은 앞으로도 제 가슴속에 영원히 남아 있을 겁니다. 부디 천국에서 안식과 평화를 누리시길 기도합니다."

모든 이들의 멘토셨습니다,
형님은

외사촌 김동수

저는 이종익 형님의 외사촌 동생인 김동수라고 합니다. 형님에 대해서 몇 가지 기억나는 것과 느끼는 부분을 이 소중한 지면에 적어보겠습니다. 저는 초등학교 때 수유리에 살았고, 4·19탑(현재는 4·19 공원묘지)에서 많이 놀았습니다. 그 안에 커다란 연못이 있었고, 겨울에 연못이 얼면 스케이트장이 되어서 많은 사람이 이용하였습니다. 당시 제 기억에는 종익 형님이 군인이었고, 마침 겨울에 휴가를 나와서 스케이트장에 같이 갔었습니다.

형님은 처음 스케이트를 타는 것 같았습니다. 전혀 못 탔지요. 걸음마부터 시작하면서 수없이 넘어지기를 반복하더니 나중에는 어느 정도 조금씩 지치는 것을 볼 수 있었습니다.

제가 당시 느꼈던 것은 처음 배우는 것임에도 불구하고 아주 즐겁고 씩씩하게 웃으면서 수없이 넘어져도 전혀 귀찮아하거나 포기하지 않고 계속하는 것을 보면서, 지금 생각하면 그것이 군인의 정신으로 그렇게 한 것인가 하다가도 결국은 형님의 뭐랄까 사소한 것일지라도 포기하지 않고 굳건히 하는 자세나 강한 의지가 아닌가 하는 생각이 듭니다. 성공한 사람의 덕목이라고 할 수도 있겠지요.

저희는 가까운 친척들의 생신, 결혼 그리고 명절에는 항상 모여서 식사도 하고, 덕담도 하고, 즐거운 시간을 가져왔습니다. 보기 드문 아주 좋은 모습이지요. 그럴 때마다 종익 형님은 거의 항상 같이 하셨습니다. 그만큼 친척 어른들에 대한 공경이 높으신 분임을 방증하는 것이기도 하지요. 특히 일가친척들이 모였을 때 형님의 구수하고도 유수한 말솜씨를 보면서 부러울 때가 참 많았습니다. 의도적으로 말하는 것이 느껴지지 않으면서도 사람들의 시선을 끌고, 기분을 좋게 만드는 아주 부러운 재주를 가지고 있었습니다. 저는 그것을 재능이라고 생각합니다. 그런 부분이 사회 생활하면서 원만한 대인 관계 형성 및 성공적 삶을 이루는 아주 중요한 요소였다고 생각합니다.

　제가 미국에서 근무하던 십몇 년 전에는 종익 형님의 큰딸도 미국 연수를 거의 마칠 때이기도 했고, 작은딸은 미국에서 대학을 다니고 있었습니다. 마침 제가 살던 곳이 그리 멀지 않은 곳이어서 둘째를 가끔 볼 수 있었습니다.

　당시에 형님이 미국에 딸을 보러 오셔서, 같이 만나서 식사도 하면서 이런저런 얘기를 했습니다. 그때 형님의 딸에 대한 무한한 애정을 느낄 수 있었으며 한편으로는 멀리 타국에 두어 걱정도 많이 하고 계셨습니다. 모든 부모가 다 같은 마음이기는 하겠으나 당시 아이가 어린 상태였던 저로서는 그런 아빠를 가진 자식은 참 행복하겠다는 생각과 함께 나도 나중에 과연 그런 아빠가 될 수 있을까 하는 생각을 한 적이 있었습니다.

　제가 형님과 나이 차이도 좀 있고, 자주 뵐 수 있는 상황은 많지 않았기에 많이 기억나지는 않지만 회상할 때마다 좋은 기억이 떠오릅니다. 인생이나 사회 생활의 멘토로 삼을 수 있는 분, 항상 여러 가지로 부럽게 생각할 수 있는 분이었습니다.

2008년 9월 시제, 나제통문에서 사위 그리고 친척들과 함께 했다.

2014년 10월 서울 강남구 대모산에서, 발병 일 년 전으로 이때만 해도 건강했던 이 회장은 손주 임준혁 군과 시합을 하며 산에 오르기도 했다.

인간은 미래를 보고 사는 것이고 현재란 항상 어렵고 슬픈 것이고

지난날은 늘 그리운 것이란 철칙인 것도 같습니다

4

우리는 기억합니다,
그리고…… 다음에도

여송 이종익을
기억하는 사람들의 추모 글을 모았습니다.

선각자적 혜안을 가진 이사장님을 그리워합니다

정우택(문학박사, 화서학회 이사장)

존경(尊敬)하는 이종익(李鍾益) 이사장님! 불러보고 싶은 그리운 이름입니다. 홀연히 우리 곁을 떠나신 지가 엊그제 같은데 벌써 1주기라니 믿어지지 않는 것은 빠른 세월의 흐름 때문이겠지요. 이사장님의 유업을 이어받아 무거운 짐을 짊어진 소생의 입장에서는 이사장님의 크고 넓은 역량에 아쉬움을 가질 뿐입니다. 며칠 전 따님 이봄이 대표로부터 1주기 추모(追慕)집에 대한 계획을 듣고 둔필(鈍筆)로 몇 자 소회(所懷)에 대신하고자 합니다.

이사장님! 소생이 벽진(碧珍) 이문(李門)과의 남다른 인연을 강조하여 항상 가까움을 농으로 말할 때 특유의 미소로 받아주시던 기억이 새롭습니다. 때로는 할머니가 벽리(碧李) 평사공(評事公) 후손이니 4분의 1 벽리임을 자랑하기도 했습니다. 더 나아가 큰어머니가 벽리 충강공(忠剛公) 후손이고 이모부가 같은 후손이니 3분의 1벽리로 부름이 타당하다는 억지를 이사장님은 너그럽게 받아들이시고 서로의 거리를 좁혔습니다. 모두 애교 있는 추억이며, 그 후 벽진(碧珍)에 벽리예찬(碧李禮讚)을 기고하여 가까움을 나타내기로 했던 기억이 납니다.

거슬러 올라가 이사장님과 아름다운 첫 만남은 2003년 무렵으로 기억합니다. 지금도 어려운 학회 살림이지만 당시는 아직 학회사무실조차 정해지지 않은 때였습니다. 광화문의 세종문화회관 커피숍에서 장년의 미남 사업가 이사장님을 소개받았습니다. 초대 이사장이며 학회장인 조종업(趙鍾業) 박사가 연만하시고 또한 학회 발전을 위해서 법인 화서학회와 연구 주체로서 화서학회의 분리 운영이 대두된 때입니다.

추측하건대 학회를 주도적으로 이끌어가는 몇몇 이사들이 미리 차기 이사장으로 내정하고 성공한 기업인이며, 학문에도 관심이 있는 이사장님을 영입하기로 결의한 것으로 알고 있습니다. 더욱 벽리(碧李)이며 화서 이항로(李恒老) 선생의 방손임으로 안성맞춤 격의 인사 영입으로 모두 생각했을 것입니다. 비록 화서 선생님의 직계 후손은 아니라도 같은 평정공(平靖公) 약동(約東) 선생의 직손이라면 당연히 학회 이사장으로는 더욱 적임자였을 것입니다. 청백리(淸白吏)의 후손답게 이사장직을 극력 고사하신 과정도 있었지만 결국 여러 이유와 조건으로 그 직을 수락하시고 돌아가시기까지 많은 일을 하셨습니다.

이제 학회의 위상이 어느 정도 궤도에 오르고 제도 또한 정비되었다는 믿음을 갖는 때에 갑자기 이사장님은 우리를 떠나 천주(天主)의 나라에 소천(召天)하셨습니다. 무심한 이사들이 병명조차 알지 못하는 중에 부음(訃音) 소식을 들은 것은 더욱 가슴 아픈 일입니다. 운명하는 날까지도 주변에 신상의 변화를 알리지 않은 일화는 남에게 작폐(作弊)하지 않으려는 배려(配慮)의 뜻이라고 여겨집니다. 용문산(龍門山)의 독립운동기념비(獨立運動紀念碑) 건립 작업이 한창인 때 홀연히 떠난 일은 양떼가 목자(牧者)를 잃고 광야(廣野)에 버려진 것처럼 우리 모두를 혼란스럽게 했습니다.

이사장님의 미래를 통찰하는 선각자적 혜안(慧眼)은 벌써 많은 사회봉사와 기업 경영의 바쁜 시간을 쪼개어 사업과 연관된 연구로 농학박사 학위를 받은 일에서 확실히 판명됩니다. 실사구시(實事求是)란 바로 이런 경우를 일컫는 것입니다. 사업과 연관된 분야의 연구로 기본부터 생각하는 이사장님의 철학을 알 수 있는 일이었습니다. 나아가 연구한 분야의 지식을 후학들에게 전수하는 데도 인색하지 않았습니다. 촌음을 아껴 시간을 써야 하는 사업가가 시간을 내어 대학 강단에 선다는 일은 진실로 실사구시의 실천입니다.

또 세상을 가까운 것부터, 또 기초부터 바로잡아야 큰 틀이 바로 선다는 신념을 실천한 사상입니다. 전주고등학교 총동문회 회장의 직책은 바로 내 것의 중요성을 염두에 둔 실천 철학의 발로입니다. 또한 모교 건국대학교 축산학과에 장학금을 출연하여 훌륭한 후학을 양성한 것도 실사구시의 실현입니다. 기초부터 바로 서야 한다는 신념은 오랜 세월 한국초등테니스연맹 회장을 맡은 것에서 찾아집니다. 가업(家業)을 이어받은 따님에게 근본부터 가르치는 치밀한 후계 수련을 보면서 내 것부터, 기초부터라는 든든한 기반이 삼익유가공(三益乳加工)과 계열사의 밝은 앞날을 확신시켜줍니다.

이사장님! 하늘에 매인 생사(生死)를 어찌 하찮은 인간의 힘으로 거역할 수 있겠습니까? 뜻대로 되지 않는 것이 아쉽지만 인간은 하늘의 뜻을 숙명(宿命)으로 받아들이고 후속 계획에 신명을 다하는 것이 현명한 지혜일 것입니다. 비록 오랜 시간은 아니지만 용문산에서 있었던 한국독립운동기념비 제막식에서 보여주신 사모님 이영옥(李英玉) 여사님의 현철(賢哲)하고 사려(思慮) 깊은 처신과 그후 일의 매끄러운 처리는 여장부다운 기개를 가지셨습니다. 그 위에 사업을 이어받은 따님과 후견인의 능력 있는 역할은 분명 기업을 반석 위에 세우리라는 확신을 갖기에 충분할 것입니다.

화서학회의 미래는 그 동안 씨 뿌리시고 김매주신 터전을 바로 세우도록 모두가 합심하여 노력하겠습니다.

천학비재(淺學非才)하고 역량(力量)이 미천한 소생이 이사장의 자리를 이어받았습니다. 그 절차가 이사 중 연장자의 순서라는 학회 정관에 따른 것일 뿐입니다. 그러나 그 직이 운명적으로 맡겨진 것이라면 견마지로(犬馬之勞)를 다할 것을 우선 영전에 다짐합니다.

다음 훌륭한 역량과 재력 있고, 학회 발전에 애착을 가진 인사를 공모하여 유업(遺業)을 발전시키도록 학회 임원진 모두는 최선의 노력을 경주할 것입니다.

존경하는 이사장님! 이제 작별의 글을 쓸 때가 되었습니다. 평소 베풂의 세계를 사시다 가신 훌륭한 배려는 분명 부메랑이 되어 그 홍복(洪福)이 가업과 자손에게 돌아올 것입니다. 구약서 욥기 8장 7절의 가르침으로 삼익유가공과 연관 기업의 발전을 축원합니다.

"네 시작은 미약하였으나 네 나중은 심히 창대하리라."

소생의 이 염원(念願)이 반드시 실현되리라고 확신하며 또 그렇게 되도록 간절히 기도하겠습니다. 아울러 화서학회의 발전을 위해 우리 모두는 혼신의 정열을 쏟을 것을 또한 다짐합니다.

이제 간절히 바라옵니다! 이 세상의 못다 펴신 일들은 이쪽 사람에게 맡기시고 근심 걱정 없는 하나님의 나라에 영면(永眠)하소서! 또 끝없는 하나님의 사랑으로 영원한 축복(祝福)을 누리소서! 나아가 가업의 융창(隆昌)과 자손의 안녕을 하늘에서 보우(保佑)하소서! 그리고 학회의 발전(發展)을 아울러 기원(祈願)해주소서! 그립고 그리운 심정으로 이 글을 씁니다.

고 여송 이사장님의
삼가 冥福을 빕니다

이종익 사단법인 화서학회 이사장님의 별세 소식에 참으로 놀라고 안타깝기 이를 데 없습니다. 여송(汝松)의 생애와 주옥같은 정신으로 크고 많은 업적들을 남겨둔 채 생을 일찍이 마감한 점에 대해 아쉬움이 큽니다. 같은 조상을 함께한 혈손으로 함께한 인연도 20여 년 전으로 기억합니다.

인간은 미래를 보고 사는 것, 현재란 항상 어렵고 슬픈 것이고, 지난날은 늘 그리운 것이란 철칙인 것도 같습니다. 그동안 여송을 짧은 공간에 새겨보려니 어쩐지 마음이 무거워집니다. 우리 나이 차이는 10년 이상이었으나 평소 금란지교(金蘭之交)처럼 오고 간 많은 것들이 지난 시간들을 두고 가는 것 같다고 돌이켜봅니다.

옛적부터 내려온 성씨 중 벽진 이씨(碧珍 李氏)의 족보상 계보를 들여다보면 여송(汝松)과 함께한 18대 조상의 한림공(翰林公) 소원(紹元) 할아버지는 조선조의 청백리로 시호는 평정(平靖)이시고 이약동(李約東, 17대)의 3남 중 막둥이로 태어나셨습니다. 현지 묘지는 김포시 대곶면 약산리에 종산(宗山)과 위토(位土) 자리에 선현의 묘소가 자리하고 있습니다. 그 위치는 임야가 15점보 이상이고 위토 전답은 수천 평의 명의가 7명의 연명의로 기록되어 있었습니다. 등기부에도 같은 기록이며 이 기록상에 여송의 증조부이신 원화(元和, 조선조 현감)께서도 연명의의 한 사람으로 나타납니다. 이 기재된 7인 명의의 각 자손들에게 동의서를 받는 종사 일을 나눈 것이 계기가 되어 여송과 각별하게 지내게 된 것입니다.

이후, 서울에 거주하는 '벽진 이씨' 12개 종파 중에 각각 한 명씩 천거하여 필자가 여송과 함께 벽진회 창립 회원으로 활동한 지난날이 까마득합니다.

특히 여송과 필자의 관계는 같은 조상을 함께한 혈손으로 13대조 북봉공(北峰公, 민(敏) 자 선(善) 자) 선조를 같이하며 또한 12대조 감사공(상(尙) 자 일(逸) 자)도 함께한 혈손으로 혈농어수(血農於水)라더니, 깊게 메워준 비불외곡(臂不外曲)이라고 그는 참 다정다감했습니다.

화서학회는 2001년 12월 13일 창립하였습니다. 화서(華西) 이항로(李恒老) 선생은 여송(汝松)의 7대 방조(傍祖)이십니다. 한말에 성리학자이며 율곡에 이어서 우암 선생과의 맥을 이어온 학맥 정통의 큰 거유이셨습니다. 화서학회 2대 이사장직을 맡은 여송은 학회 운영에 어려운 시기를 극복하는 데 활력소가 되어주었고 『화서학맥도』와 『화서연원 항일구국운동인맥도』를 발간한 것은 큰 업적입니다.

2013년부터 준비한, 화서연원기념비 사업을 2015년에 준공 제막식을 하기로 추진하였습니다. 이에 이사장님은 한국독립운동념비건립추진위원장직도 맡으셨고 2016년 4월 21일에 제막식을 마쳤는데 가장 노력한 분이 준공 제막을 보지 못하고, 이사장님의 남긴 인사말로 막을 내리게 되었으니 섭섭함을 금할 수가 없었습니다.

이것뿐만 아니라 행사에 관한 역사적 기록이 담겨진 항일 독립운동사 내력을 기록한 책자까지 1천 부를 발간하였습니다. 이렇게 필자가 지난 일들을 새겨본 것도 고인이 된 분이 사업 진행을 하는 동안, 앞으로 할 일도 많은데 어찌도 이리 별안간 말없이 눈을 감은 그날이 믿어지지 않기 때문입니다.

한마디 더한다면, 서울에 벽진 이씨 중앙화수회 회장 자리를 여송으로 천거해놓은 차에 갑자기 멀리 가다니 세상도 한심하리만큼 원망한들 소용이 없다는 것이 안타깝습니다.

이젠 아쉬움도 역사 속으로 간 것, 이렇게 주는 슬픔은 생애에 허무함인가요. 이래도 저래도 구구절절(句句節節) 서운함을 글로 표현해도 아쉽기만 합니다.

여송님, 영면하소서!

용문산 소나무처럼
푸르름만 더하리

장삼현(철학박사, 화서학회 학회장)

삼라만상은 자연의 섭리 속에서 생성하고 변화하고 소멸하게 마련이다. 사람의 출생과 사망도 자연의 섭리 속에 이루어지는 현상이니 인력으로서는 어찌할 수 없는 일이다.

내가 여송을 처음 만나게 된 것은 2001년 화서학회 창립 멤버였고 2006년 여송께서 화서학회 이사장에 취임하시면서였다. 여송께서 화서학회 이사장에 취임하시고 내가 화서학회 법인이사를, 다시 학회 부회장을 맡으면서 서로 긴밀해지게 되었다.

나는 여러모로 부족한 점이 많지만 화서 선생 외예(外裔)로서 선생을 존숭(尊崇)하는 마음과 연구 열정은 누구에게도 뒤지지 않을 정도임을 자부할 수 있었다. 나는 여송께서 아무도 맡으려고 하지 않는 화서 선생 추모와 학술사업에 관심을 가지시고 투자하심에 경의를 표하고 학회 발전에 노력하기로 결심하였다.

그동안 내가 학회 일로 여송과 대화하고 보고 듣고 느낀 바를 추모하는 마음으로 삼가 정리하고자 한다.

첫째, 여송께서는 군자(君子)다운 인격의 소유자라 하겠다. 군자의 반대어는 소인(小人)이다. 군자는 이성적이요, 지조가 있고 중심이 확고하면서도 화합과 용서의 미덕을 갖추고 있다. 사물을 처리함에 있어 침착하고 차분하게 조용히 합리적인 순리로 처리한다. 그리고 여송은 큰 것을 볼 줄 알고, 큰 것을 생각하고, 머나먼 미래를 생각하는 군자다운 인간상을 지니고 있다.

둘째, 여송께서는 사업가로서 본보기가 되는 성공한 기업인이시다. 영리만 추구한 것이 아니라 사회적 기업으로서 성장하고 발전하면서 얻어진 이익을 독식하지 않으시고 국가 사회에 이바지하셨다. 창업 후에도 스스로 배우며 전문성을 기르고 연구 개발에 노력하여 기업에 응용하며 기업을 발전시켰다.

셋째, 여송께서는 한국 체육계에도 공헌하셨다. 여송은 1997년 1월부터 2015년 타계하기까지(3대-7대) 한국초등테니스연맹 회장을 19년 동안 맡아왔다. 영리사업을 하면서도 이렇게 어린 꿈나무들을 길러내는 일은 그 생각이 큰 것이요, 미래 지향적이기 때문이다. 말이 19년이지 그동안 여송께서 열정적으로 쏟은 물적 그리고 정신적 투자는 미래의 한국 테니스는 물론 한국 체육에서 큰 몫을 차지한다.

넷째, 여송은 화서학회 발전에 기반을 구축한 공로가 크시다. 화서학회 창립 이래 미미한 화서학회를 사단법인으로 등록시키고 학술사업을 지원하는 등 화서학회 활성화에 헌신적으로 노력하셨다. 여송께서 광복 70주년과 을미의병 120주년을 기념으로 한국민족독립운동발상지비, 화서연원독립운동기념비, 양평의병기념비, 용문항일투쟁기념비, 화서선생어록비(衛正斥邪碑, 愛君憂國碑) 등을 세운 것은 민족사에 길이 빛나는 위업이 아닐 수 없다.

여송께서 새로이 구상하셨지만 이루지 못한 화서학회 사업은 두 가지가 있다. 하나는 화서학회 장학사업을 통하여 화서학을 전문적으로 연구하는 학자(교수)를 양성하는 일이다. 이것은 화서학회에서 가장 중요한 사업이요, 미래 지향적인 사업이다. 이에 대하여는 누구나 공감하고 기대가 컸다. 이것을 학회장인 나에게 장학회칙을 만들고 구체적인 준비를 하라고 하셨지만 용문산 한국독립운동기념비 건립이 순조롭게 진행되지 못해 10여 개월 지연됨으로써 장학사업에 손을 쓸 겨를이 없었다. 참으로 여송께 송구한 마음을 가눌 길이 없다.

다른 하나는 화서학회 학술사업을 국제적으로 확대하는 일이었다. 여송께서는 우선 몽골국립대학교에 화서학연구소를 설치하기로 하여 교섭 중에 있었다. 그리고 다음으로 중국과 다른 나라로 확대하여 나아간다는 구상을 하셨다. 화서학의 세계화를 꿈꾸었던 것이다. 화서 선생을 세계에 홍보하고 화서학의 세계화를 통하여 화서 선생을 국제적 인물로 부상시키기 위한 위대한 구상을 하신 것이다. 그러나 이제는 모두 안타깝게 되었다.

슬프다. 하늘은 어찌해서 여송을 일찍 죽게 하였나. 하늘은 조선 말기 화서 선생을 동방에 강생시켜 혼란한 나라와 백성을 구하게 했다. 그러나 아직도 조선 말기의 혼란의 여파가 안정되지 못한 과도기이다. 하늘은 이러한 때에 어찌하여 화서 선생의 도학과 의리를 세상에 펴는 학술 사업에 재앙을 내린단 말인가.

적선지가 필유여경(積善之家 必有餘慶)이라 했는데, 하늘은 왜 군자의 자품으로 생각이 올바르고 큰 것을 생각하며 좋은 일을 하고 미래의 위대한 사업을 구상하는 여송을 죽게 하여 그 가정과 ㈜삼익유가공과 한국초등테니스연맹과 사단법인 화서학회에 절망과 슬픔을 안겨주는가. 안타까운 마음 가누기 어렵다.

여송이 타계하신 지 1주기를 맞이하여 슬픈 마음으로 삼가 추모의 글을 올립니다.

碧珍을 근본으로 무주에 태어나니
君子의 자품으로 動靜이 분명했네
청운의 큰 뜻을 품고 한양으로 왔노라.

학문에 정진하고 직무에 충실하다
三益을 창업하니 사회의 기업이네
대치동 아늑한 터에 성장하길 여러 해.

영리로 얻은 이익 사회에 배려하고
나눔의 대열에서 喜捨도 여러 차례
테니스 꿈나무들도 사랑하길 이십 년.

華翁은 亞聖이요 선비의 사표인데
세상의 관심 밖에 지나간 백오십 년
추모의 정성을 다해 학술사업 굳건히.

해마다 학술대회 華西學 조명하고
義理를 탐구하여 어둠에 불 밝히네
장학회 설립하여서 세계화를 꿈꾸었다.

용문산 관광지에 장엄한 기념비는
오가는 사람마다 가슴에 담아가니
忠魂이 깜짝 깨어나 국민안위 지키리.

여송의 日常에선 仁義를 보았어라
사회에 배려하고 미래를 지향함은
세상이 본받아야 할 미덕이라 할지니

인생은 아름답고 업적이 찬란하니
남기신 자취마다 어둠의 등불이라
용문산 소나무처럼 푸르름만 더하리.

李鍾益
前華西學會理事長懿績宣揚

윤열상(한문서예학원 원장)

汝公懿績卓吾東

여송 선생 아름다운 행적 우리나라에 높았으니

德業宣揚遠近同

덕업을 선양하는데 원근에서 같이 했네

崇慕先師千古赫

화서선생 숭모함은 천고에 빛날 것이요

慰安烈士萬方隆

독립열사 위안함은 만방에 융성하리라

濟民盡力興農産

백성 구제에 진력하여 농축산을 일으키고

健世傾誠起乳工

세상 건강에 정성을 기울여서 유가공을 일으켰네

衛正斥邪常實踐

위정하고 척사함을 항상 실천하였으니

彬彬遺澤享無窮

빈빈한 유택들을 누려 무궁하리라

競齋 尹烈相

소나무처럼 사시다 하늘의 별이 되신 형님을 추모합니다

안성열(경영학박사, 삼덕회계법인 대표)

평소 친동생 이상으로 저를 아끼고 사랑해주시던 형님이셨습니다. 자애롭던 모습을 뵈올 길 없고, 그 부드러운 음성을 들을 수 없습니다. 형님을 기억하고 추모하는 글을 쓰려 하니 허전하고 슬픈 마음이 앞을 가리고, 형님은 가셨는데 정말 무슨 할 말이 있으오리까 하는 생각에 텅 빈 모니터 앞에서 달포 넘게 머뭇거렸습니다.

1997년 9월 어느 날 청계산 기슭 식당 로터리 모임에서 첫 만남의 인연이 업무의 인연으로, 업무의 인연이 친형제 이상의 인연으로 20년 가까이 이어졌습니다. 제가 회계사로서 첫 개업을 한 곳도 지금의 삼익유가공 대치동 사옥이었고, 재경전주고 총동창회 회장과 건국대 총동문회 부회장 등을 맡는 등 소문난 마당발로 많은 모임의 좋은 분들도 소개시켜주셨고, 저를 한국초등테니스연맹과 화서학회 감사로 권유하여 함께 활동하였습니다.

또한 학창 시절 만능 스포츠맨이고 야구마니아셨던 형님은 제가 취미로 시작한 마라톤 활동에도 큰 격려와 후원을 해주셨습니다. 마라톤 풀코스 대회 직전 늘 불러 고기를 사주시며 격려해주셨고, 마라톤대회 당일에는 가족들과 함께 실시간으로 제 기록을 확인하시며 마음으로 저와 함께 달리셨습니다.

특히 제가 2014년 봄, 보스톤마라톤대회에 참가할 때는 뉴욕에 주재하는 바쁜 사위를 시켜 맨해튼의 고급 호텔과 뮤지컬을 예약해주는 등 물심양면으로 아낌없는 지원을 해주셨습니다. 이렇듯 형님은 제 인생에 아주 커다란 역할을 하신 멘토이자 후원자이자 동지이셨습니다. 저는 형님과 함께 했던 순간을 큰 행운으로 알고 소중하게 생각하고 있습니다.

형님은 인정이 메마른 세상에서 언제나 넉넉하고 향기롭고 기품 있는 큰 소나무이셨습니다. 거친 땅에 우뚝 서서 모진 설한풍파에도 변하지 않으며 그윽한 솔 향기를 내뿜고 주변에 그늘을 드리우는 소나무를 좋아하셔서 그리 사셨겠지요.

공인회계사인 제가 보기에 형님은 기업인의 가장 어려운 단계인 '청부(淸富)' 즉, 바늘귀를 통과한 깨끗한 부자이셨습니다. 젊은 학창 시절에 꿈꿨던 정치학도로서 '내가 태어난 곳이 조금이라도 나로 인해 좋아지는 일을 하고 싶다'는 초심을 잃지 않고 기업을 키웠으면 그 이익을 사회에 되돌려주는 게 기업가의 의무라는 지론을 실천하시기 위해 기업의 이익과 축적한 부를 어떻게 사회에 환원할 것인가를 놓고 고민하시면서 저에게 자주 상의도 하셨습니다.

사람에게 있어 잘 살아온 그 하나가 역사에 남는다고 합니다.

형님은 우리나라 유가공업계의 선구자요, 축산학도요, 성공한 기업인이셨습니다. 그러나 형님이 이룩한 가장 탁월한 성취는 남은 저희들에게 인생을 어떻게 살아가는가를 시범하신 것이라고 생각합니다. 형님은 성실과 겸허 그리고 배려와 나눔을 인생의 원칙으로 고수하셨습니다. 형님은 진정한 신사요, 군자였습니다. 서양의 신사는 신의로 일관하는 정직성과 정정당당한 페어플레이를 삶의 모토로 삼았습니다. 바로 그것이 형님이 평생 묵묵히 실천한 인생의 덕목이었습니다.

꽃의 향기는 10일을 가고, 책의 향기는 100년을 가고, 사람의 업적은

1,000년을 간다고 합니다. 형님은 살아서는 누군가의 노랫말처럼 꽃보다 아름답게 사시고, 세상을 떠나서는 먹빛 백 년보다 인향 천 년 아니 영원히 기억되실 겁니다.

다시 한 번 지금 우리 모두는 형님과 함께 했던 순간을 소중히 생각하고, 형님이 남아 있는 저희들에게 끼쳤던 엄청난 영향을 자랑스럽게 생각합니다. 유족께 심심한 애도를 보내며 오랜 세월 우리가 함께 나누었던 웃음을 언제까지나 기억할 것입니다. 형님의 별은 하늘에서 영원히 빛날 것입니다.

끝으로 청명한 저승에서도 유족과 회사를 굽어 살피시고, 형님이 걷던 길을 따르는 저희들을 보우하여주십시오. 유계(幽界)에서 길이길이 명복을 누리소서.

테니스 꿈나무를 키워주셨습니다, 초등테니스계의 큰 별이셨습니다

라귀현(한국초등테니스연맹 회장)

회장님은 정녕 한국초등테니스연맹의 큰 바위 얼굴이십니다. 회장님은 우리 모두의 꿈이요, 희망이요, 미래였습니다. 회장님께서는 19년 동안 꿈나무 선수들에게는 인자하신 할아버지로 격려를 아끼지 않으셨으며, 지도자들에게는 따스한 아버지로서 한결같은 지원과 배려로 용기와 희망을 심어주시고, 우리 꿈나무 선수들이 당당히 세계를 제패할 수 있게 만들어주셨습니다. 가시는 회장님께 진심으로 사랑을 넘어 존경했다고 한 말씀만 드렸더라도 이렇게 가슴이 아프진 않았을 텐데요.

2015년 8월의 연천 국제대회, 10월 양구 회장배대회에 오셨을 때도 평소와 똑같이 선수들과 우리 지도자, 임원들을 격려해주시고 꿈나무들을 열심히 키우자고 당부하셨던 회장님께서 연맹보다는 회장님의 건강을 먼저 챙기셔야 했다는 것을 8개월이 지난 이제야 알았을 때 저희들 마음을 조금이라도 헤아려보셨는지요?

회장님! 회장님께서는 마지막으로 들르셨던 연천과 양구에서 10년 전에 외국 대회에 나가지 못하는 선수와 지도자들이 외국 선수들과 경기하면서 세계적인 추세도 알고 우정을 나눌 수 있는 대회를 구상하셨지요. 그 결과 8개국 110여 명의 외국 선수들의 참여 속에서 국제대회가 열렸습니다. 이번에는 회장님 대신 사모님(이영옥 명예회장)을 모시고 12일간의 국제대회 대장정을 성공리에 마쳤습니다.

이번 대회를 진행하는 동안 어디를 가든 회장님께서 계셨습니다. 테니스 장은 물론 도로에서도, 펜션에서도, 식당에서도, 스치는 바람 속에서도 지저귀는 새소리에서도 회장님을 뵐 수 있었습니다.

더군다나 양구는 회장님과 19년 동안 한 해에도 몇 번씩 가던 곳이었으니 온통 회장님의 흔적이 남아 있었습니다. 모실 때 그냥 스쳐 지나갔던 나무 하나, 풀 하나까지도 새롭고 정겨웠습니다. 회장님이 19년 전에 지금의 초등테니스를 예견하셨다는 확신이 들었습니다.

회장님께서 아침마다 산책하시던 양구 천변의 길을 아시죠? '꺼지지 않을 영원한 꿈'의 길이었습니다. 마음속 깊이 아로새기겠습니다.

회장님! 세 번째 연임까지는 무난했는데 네 번째 연임을 허락 받기 위해 설날에 상임이사 부부 모두가 회장님 댁으로 찾아 세배를 드리고 사모님을 설득해 네 번째 연임을 허락해주신 것 기억하시지요. 회장님께서 여성들에게 세뱃돈과 아울러 해외여행 경비를 부담해주셔서 정말 감사했습니다. 그리고 회장님을 모시면서 느낀 배려의 삶, 겸손과 존경의 삶으로 인하여 저희 상임이사 부부들은 많은 것을 배웠습니다.

그렇게 깊이 쌓은 정을 기반으로 하여 마지막이라는 가정 하에 다섯 번째 회장님의 연임을 수락 받았을 때는 우리 모두가 하늘을 날 듯이 기뻐하였는데 금세 3년이 다 지나가 차기에도 회장님을 어떻게 모실까를 생각 중이었는데 애통하게도 회장님께서 저희 곁을 떠나셨습니다.

회장님! 회장님께서는 진정 '아낌없이 주는 나무'이셨습니다. 항상 저희에게 하시는 말씀은 "우리는 열심히 테니스의 꿈나무들을 키우는 게 목표야"라시며 독려하시던 회장님.

회장님께서 하직하시던 그때도 회장님의 바람이신 오렌지볼 테니스대회가 진행 중이었습니다. 2015년 오렌지볼 대회에서 회장님께서 결승전을 지켜보지 못해서였을까요? 아니면 평소처럼 하늘에서 적극 응원해주신 결과일까요? 12세 남자부 전제원 선수가 준우승을 하였고, 12세 여자부 구연우 선수는 콘솔레이션(Consolation) 우승을 차지했습니다. 그리고 회장님 영전에 우승컵은 아니어도 트로피를 바치고 출전 선수와 임원들은 감사의 눈물 속에서 회장님의 명복을 빌었습니다.

테니스가 비인기 종목에 그것도 초등테니스연맹 선수를 키우시는 것을 본분으로 사회적인 명예나 대가에 연연하지 않고 오로지 초지일관 꿈나무들을 키우기 위해 모든 열정을 다 바치시다가 가셨으니 더욱 빛을 발하고 한층 더 아름답습니다.

회장님! 지난날을 돌아보니 회장님과 함께 한 19년은 저희에게는 너무 짧았습니다. 회장님께서는 그 어려움 속에서도 이렇게 훌륭한 연맹으로 만들어놓고 가시기 위해 그렇게 서두르셨나 봅니다.

　회장님이 함께 해주셔서 정말 자랑스럽고 행복했습니다. 이제부터 슬픔과 아픔의 기억은 지우고, 행복하고 훌륭한 이종익 회장님으로 영원히 가슴에 모시겠습니다. 회장님! 진정으로 사랑합니다.

종은 아플수록 멀리 나간다,
꿈을 꿔라! 원대하게

최삼용(한국초등테니스연맹 임원)

　고 이종익 한국초등테니스연맹 회장님께서는 19년간 꿈나무 테니스 선수들을 발굴하고 육성하기 위해 물심양면 노력해오셨다. 모든 대회에 참석하시어 선수들과 지도자들을 격려해오셨는데 "종이 아플수록 그 소리는 멀리 나간다. 우리가 지금 힘들고 어려워도 그 노력에 의하여 우리가 기르는 선수들이 성공할 수 있다"고 말씀하셨다.

　선수들에게는 "꿈을 꾸는 자만이 그 꿈을 이룰 수 있다. 선수들은 세계적인 선수가 될 수 있다는 꿈을 가지고 최선의 노력을 다해달라"고 말씀하셨다.

　2007년, 회장님은 우리나라에서도 초등부 국제대회를 열어보자는 생각에 국내 최초로 초등부 국제대회를 개최하도록 하셨다. 말레이시아,

필리핀, 일본, 싱가폴, 인도네시아 등 40여 명의 외국 선수들이 참가한 가운데 양구와 횡성에서 1, 2차 대회를 개최해 국제대회의 시작을 알렸다.

그후 아시아권 선수들 70여 명과 우리나라 선수 400여 명이 참가한 가운데 2015년까지 9회째 국제대회를 개최했다. 초등테니스 선수들의 활약에 따라 정부에 표창 상신에 대한 제의에도 회장님께서는 이를 마다하시며 "중국의 요순 시대가 제일 평화롭고 번성된 시대였지만 그 당시 중국 사람들은 황제의 이름을 알지 못했다. 나는 내가 하는 일들을 남들에게 내세우고 싶지 않다"고 하시며 모든 공로를 임원들에게 떠넘기셨다.

매년 회장배에는 대회 참가 모든 선수들과 학부모, 지도자, 임원 등 800여 명의 인원을 초청해 만찬을 베푸셨다. 체육관을 이용하여 출장 뷔페를 활용한 행사를 가졌는데 여기서도 회장님의 소박함은 늘 타의 모범이 되었다. 경품 추첨 등에서도 본인보다는 남을 배려하는 모습을 보이셨고, 소년체전 등의 커다란 행사에 본인이 시상해야 할 순서에서도 남들에게 양보하는 모습은 감동이었다.

한국초등테니스연맹의 오늘은 이종익 회장님과 결코 떼어서 생각할 수 없다. 그분의 발자취가 너무 크고 깊고 강하기 때문이다. 회장님의 유지를 잘 받들어 연맹을 더욱 발전시키는 데 앞장설 것을 다짐해본다.

담배 두 보루가
제 마음을 아프게 만듭니다

차경선(삼익유가공 전 전무이사)

이종익 회장님의 별세 소식에 반신반의하며 허겁지겁 빈소에 도착했을 때 상복을 입은 가족과 직원들, 달려온 조문객을 본 순간 돌아가신 것이 사실로 다가오기 시작했습니다. 인자한 모습의 영정사진 앞에 섰을 때 가슴 뭉클한, 저 혼자만의 죄책감으로 눈물을 펑펑 흘렸습니다.

열 달 전 제주도에 갔을 때 면세담배를 파는 긴 줄에 저도 모르게 섰습니다. 퇴임한 지 5년이 지났지만 회장님이 즐기시던 담배 두 보루를 사서 회사로 보내드렸습니다.

이후 8월에 사무실로 찾아가 뵈었는데 반갑게도 금연하였다기에 박수를 치고 환영하며 "회장님 제가 그런 줄도 모르고 지난 봄에 담배를 선물했습니다"라고 했더니 "아뇨, 그땐 금연하기 전이었어요!"라고 하셨습니다. 이 대화가 마지막이었다는 게 믿기질 않고 담배를 선물한 죄책감이 들었습니다. 애연가인 회장님은 무한경쟁의 전쟁터 같은 사업에서 남다른 결단력을 보여주셨는데 유독 금연 결심은 하지 않으셨습니다.

저는 회사 창립 때부터 24년 동안 이종익 회장님을 모시고 함께 했습니다. 세상의 거친 파도 앞에서 최종 결단을 내려야 하는 장수의 외로움을 전 당신을 통해 알게 되었습니다. 당신은 거인이셨고 업계의 큰 별이었다는 걸 전 잘 압니다. 일일이 필설로 다 표현하지 못함이 안타까울 뿐입니다.

이종익 회장님! 세상에서 못 다 이루신 것 남은 자들이 다 이룰 수 있도록 하늘에서 지켜봐주시고 지도해주시고 당신께서 이루신 세상의 모든 것들은 남은 자들이 다 영원토록 기억하고 보존할 것이오니 세상의 걱정과 근심 다 내려놓으시고 하늘에서 편히 잠드소서.

최고의 품질을 강조하신, 회장님은 유가공업계의 개척자이셨습니다

유재현(직원)

회장님! 유재현입니다.

30여 년 동안 회사를 이끌고 오신다고 밤낮이 따로 없으셨고, 복잡한 업무로 근심걱정이 마를 날도 없으셨습니다. 이제는 모든 고통을 내려놓으시고 계신 곳에서 평안하게 지켜봐주세요.

2003년 7월, 평소 무더운 여름날에는 입지도 않는 두터운 양복을 입고 회장님과 전무님 동석 하에 면접을 보았던 일을 기억합니다.

당시 제가 다니던 회사가 법정 관리로 어려운 시기를 보내고 있어서 삼익유가공으로 이직을 하게 되었다고 주변 분들께 말씀드리니 모두들 회장님께서 훌륭하시고 회사도 건실하니 입사해서 열심히 하라고 하였습니다.

2003년 8월 초부터 출근했고 회장님께서는 항상 삼익의 제일 큰 과제와 장점은 유청액을 확보하는 데 있다고 말씀하셨습니다. 현재와 다르게 유청액 공급 계약 시기가 되면 공급을 받기 위하여 관련업체들이 달려들어 치열한 경쟁을 하였는데 회장님께서는 계약을 체결하기 위해 부단히 노력하셨습니다.

해태유업이 동원F&B에 인수되어 유청액 공급으로 문제가 발생했을 때도 담당자와 면담하여 유청액 처리의 특수성을 이해시키고 상호 우호적이고 지속적인 거래 관계를 위해서 노력하시는 모습을 보았습니다.

국내 유청 분말을 생산하고 판매하는 선두업체로 현재의 위치에 있기까지 회장님의 열정과 노력이 있었기에 가능했다는 것을 삼익유가공 임직원들은 명심하여야 할 것입니다.

국산 유청 분말을 개발하고 시장을 개척한 회장님의 업적은 한국 유가공 발전의 큰 기틀을 마련하셨고 큰 발전을 가져오게 했습니다. 이제 남은 직원들이 회사를 더 크게 발전적으로 이끌어야 하리라 봅니다. 그동안 감사했습니다.

우리 회장님은
큰 허물을 조용히 덮어주셨습니다

최신기(직원)

회장님과의 첫 만남은 예식장에서였다. 그 당시 나는 동종업체에 다니고 있었고, 그 업체의 대표의 첫딸 결혼식에서 카운터를 보았다. 그때 누군가가 삼익유가공 대표라고 소개시켜주기에 처음 인사를 드렸다. 그후 몇 년 지나 내가 삼익유가공에 근무하게 될 줄 그때는 전혀 몰랐다.

2007년 12월에 입사해 커피 프림 쪽 영업을 하게 되었으며 매출도 급신장해 회사에 일조를 하는구나 하고 생각하며 열심히 일했다. 그러나 거래처(다이랑)가 무리한 확장으로 경영이 악화되더니 부도를 내어 거래 대금을 회수하지 못하게 되었다.

그 당시 하늘이 노랗게 보였는데 회장님은 어떠했을까. 담당 사원으로 얼굴을 뵐 면목이 없었다. 회사에 큰 손해를 끼쳤으니 사직서를 제출하고 회사를 떠나겠다고 말씀을 드렸다. 회장님께서는 아무런 말씀을 하시지 않으셨다. 죄인이라 그만두지도 못하고 결재만 기다리고 있는데 몇 개월이 지나 송년회 때 말씀하셨다.

지난 번 건은 한번 그냥 봐주시겠다며 앞으로 열심히 하여 손해를 만회하라 하셨다. 고맙기도 하고 정말 너그럽게 직원을 아끼는 마음이 남다름을 느끼며 진정 감사했다. 열심히 매출을 올려 회장님의 은혜에 보답해야겠다고 다짐했다.

그런데 그 열매를 제대로 보여드리기도 전에 세상을 뜨셔서 정말 안타깝기 이를 데 없다. 그래도 열심히 일해 반드시 만회한 결과를 꼭 보여드려야겠다고 다짐해본다.

영원한 저의 직장, 저의 상사, 이종익 사장님, 감사합니다

임미자(직원)

1990년 10월, 내 나이 풋풋한 20세, 고등학교를 갓 졸업하고 새롭게 사회 생활을 시작하는 내게 삼익유가공은 첫 직장이었다. 당연히 나의 첫 상사도 이종익 사장님이셨다. 물론 지금은 회장님이셨지만 그때는 사장님이셨다. 나는 그 당시를 떠올리니 회장님보다는 사장님이라고 부르고 싶다.

당시 이종익 사장님은 마흔두 살로 나와는 돼지띠 띠동갑이다. 지금의 내 나이보다 젊으셨다. 난 지금 26년째 근무 중이다. 친구들은 지겹지 않느냐고 묻지만 전혀 그렇지 않다.

그것은 좋은 분들과 좋은 사장님 덕분에 세월이 어떻게 가는지 몰랐기 때문이다. 지금 남편과의 만남도 이종익 사장님 아니었으면 없었을 것이다. 남편은 사장님과 건대유가공연구실 동문 선후배 사이였고, 그 인연으로 김제공장 연구실에 근무하는 계기로 나와의 인연이 시작되었다.

사장님이 지금의 남편과 나를 만나게 해준 중매쟁이라고 해도 과언이 아니다.

사장님은 늘 인자하셨다. 화낼 상황에서도 화를 내지 않으셨다. 항상 직원을 믿고 유머러스하게 앞에서 힘이 돼준 분이셨다. 그래서 지금도 존경을 받고 가슴에 남는 거 같다.

내가 결혼할 때도 따로 불러 금일봉을 주시고, 엄마가 아프셔서 병원 신세를 질 때도 병원비에 보태라고 금일봉을 주셨다. 결혼기념일에는 어찌 아셨는지 남편과 맛난 저녁을 먹으라고 금일봉을 주셨다. 내게 관심과 성의를 표해주심에 너무 감사했다.

이렇게 내가 직장 생활을 지금까지 잘할 수 있도록 지대한 역할을 해주신 우리 사장님은 직원 하나하나를 다 챙기시곤 했다.

사장님이 돌아가신 후 난 슬픔을 삭이느라 혼났다. 사진만 보면 울컥

하곤 했다. 나의 사회 생활은 이종익 사장님과 함께한 날들이었기에 좋은 추억, 좋은 회상을 곱씹으며 삼익 안에서 뿌리를 내리려 한다. 사장님, 사랑합니다.

20년간 회장님을
차로 모셨습니다

최한기(직원)

회장님이 돌아가셨다는 소리를 들었을 때 농담하는 줄 알았다. 그렇게 많이 아프신 줄 정말 몰랐다. 회장님은 늘 나의 우군이셨는데 이제 계시지 않다고 생각하니 참 황망하고 허전했다. '팔이 한 쪽 잘려나간 심정'이란 말이 무슨 뜻인지 알 것 같다.

나는 운전기사로 20년간 회장님을 모셨다. 56세에 정년퇴직을 하고 비정규직으로 7년을 더 일했다. 그러다가 다시 복직해서 현재는 삼익유가공에서 경비로 일하고 있다.

20년 동안 밤낮으로 회장님을 모시고 다니면서 시내 모임뿐만 아니라 테니스협회, 김제공장 등 여러 곳을 많이 다녔다.

회장님은 늘 원칙대로 하시는 분이라서 원칙을 지키지 않을 때는 회장님이 굉장히 어려웠다. 특히 잘못한 것을 보고도 아는 체하거나 지적하지 않으시니 다음엔 더욱 각별히 신경을 쓰고 똑같은 실수를 하지 않으려고 노력했다.

회장님께선 술을 많이 드셨는데 술자리가 생기면 하루 전에 "내일은 늦네"라고 미리미리 알려주셨다. 그러면 나는 신이 났다. 이상하게 들릴 지도 모르지만 나는 회장님이 늦는다고 말씀해주시면 좋았다.

회장님은 늦을 때면 반드시 "이거 가지고 식사해요"라고 하시며 밥값을 넉넉히 챙겨주셨다. 그런데 회장님 모시고 온 기사라고 하면 보통 음식점에서 밥을 공짜로 먹을 수 있으니 그 돈은 내 술값에 쓸 수 있어 좋았던 것이다.

나는 술을 엄청 좋아해 쉬는 날이면 술로 살 정도였다. 저녁에 먹은 술이 깨지 않아 술 냄새를 풍기면 "어제 술 먹었냐?"라고 물으시던 기억이 난다.

뉴그랜저 신형으로 새 차를 뽑고 3일 만에 내 실수로 차를 도둑맞은 적이 있었다. 기사가 차 관리를 제대로 못했으니 그만두라고 해도 할 말이 없는 상황이었고, 나도 그만두라면 순순히 그만둘 생각을 가지고 있었다. 그런데 회장님은 자동차를 잃어버린 것에 대해 단 한마디의 말도 없으셨다.

보험사에서 새 차로 바꿔주면서 사건은 일단락이 됐지만 그때 회장님의 태도에 이분이 얼마나 큰 그릇인지 확실하게 알 수 있었다. 20년 동안 회장님을 모시며 화난 얼굴을 한 번도 뵌 적이 없다. 그만큼 인자하신 분이었다. 이제 와서 얘기하지만 자식 결혼식 전날 나를 부르시더니 봉투를 하나 쥐어주셨다. 그리고 결혼식 당일에 결혼식장에서 다른 사람들처럼 축의금을 또 내셨다. 그 따뜻하고 큰 마음이 너무 감사해 잊을 수가 없다.

27년간 옆에서 뵈었습니다,
더 뵈었으면 좋았을 것입니다

백선희(직원)

회장님과의 첫 만남은 1988년 1월 28일쯤으로 기억한다. 그때 당시 면접을 보러 회사에 갔는데 직원이 대여섯 명뿐이었다. 막 입사를 했을 때 개인회사에서 법인으로 전환되는 과정이었고, 전 직원 7명이 매우 바쁘게 일했다.

당시에는 주6일제 근무였는데도 일이 많아 늦게 퇴근하는 것이 다반사였다. 회장님께서는 언제나 약속이 많아 여직원이 두 명인데 돌아가면서 한 사람이 남기를 원했다.

손님들이 회사에 찾아오면 커피를 대접해야 하는데 한 명이 손님들에게 차를 대접하고 다시 뒷정리를 한 뒤 퇴근했다. 내가 제일 막내여서 자주 남아 손님 대접을 했다.

그럴 때마다 회장님께서는 수고했다고 하시면서 저녁을 사주시거나 늦은 시간은 반드시 택시 값을 챙겨주셨다. 당시 회장님 지인 분들이 삼익유가공 커피가 맛있다고 하면서 다방커피보다 삼익커피를 마시러 왔노라고 농담을 자주 하셨다.

회장님은 커피 맛에 몹시 민감하셨다. 커피 브랜드가 바뀌면 금방 알아채시고 또한 맛이 없으면 직접 물의 양을 맞추는 것도 알려주셨다. 참고로 회장님은 커피 2, 프림 3 설탕 1의 비율을 가장 좋아하셨다.

그래서 여직원이 바뀌면 제일 먼저 이 커피 타는 법을 가르쳤다. 88년도는 서울올림픽을 개최한 해였다. 회장님은 중요한 경기 때마다 직원들에게 회장님 방으로 들어오라고 하면서 함께 시청하는 것도 좋아하셨다.

가끔 사다리타기도 하면서 그 돈으로 간식을 사먹곤 했다.

회장님께서 야유회는 어디를 가고 싶냐고 물으셔서 고등학교 때 수학여행을 설악산으로 갔는데 너무 멋있어서 다음에 사회 생활하면 꼭 가고 싶은 곳이라고 말씀을 드렸다. 그 결과 야유회를 설악산으로 3년을 연달아 가기도 했다.

직원들 애경사에도 직접 참석하시고 또한 직원 주례도 마다하지 않으셨다. 기억이 나는 것 중에 직원 한 분이 전라북도 함열에서 결혼식을 올리는데 회장님이 주례를 서주기로 하셨다.

일요일 좀 이른 시간에 결혼식을 올려야 하기 때문에 주례가 늦으면 안 되기에 토요일에 출발하자고 해서 전 직원들이 한 차로 떠났는데 눈이 많이 내려 대전까지밖에 가지 못하고 모텔에서 하룻밤을 보낸 뒤 다음 날 아침 일찍 다시 함열로 갔던 적도 있다.

연말 송년회는 항상 최고급으로 평소 못 먹었던 것을 먹자고 하셨다. 한 해는 '뮤즈'라는 청담동의 극장식 고급 레스토랑을 갔는데 그때 처음으로 유명가수의 생음악을 들으면서 먹어본 달팽이요리, 와인, 스테이그는 아직도 기어에 생생하다.

나의 직장 생활은 회장님 덕분에 늘 행복했고 보람이 있었다. 너무나 일찍 가서서 슬프고 안타깝지만 삼익유가공을 더 사랑하고 더 열심히 일하면서 회장님이 베풀어주신 사랑에 조금이라도 보답을 하고 싶다.

"고마워"를 꼭 건네던 회장님은, 분명 좋은 곳에 계실 겁니다

최명희(직원)

13년 전 회장님과 전무님의 두 차례 면접을 통과하고 난 삼익유가공에 입사하게 되었다. 취업을 위해 여러 군데 면접을 보고 다니던 내게 삼익유가공은 꼭 입사하고 싶은 회사였다. 원하던 회사에서 합격 통보 전화를 받고 부모님과 내가 얼마나 기뻐했는지 지금도 기억이 생생하다.

입사 후에 최종 두 명의 면접자 중 회장님께서 나를 선택해주셨다고 전해 들었다. 회장님은 나의 취업의 은인, 늘 고마운 분이셨다. 나는 매일 아침 회장님이 출근하시면 모닝커피를 드리곤 했는데 그때마다 "고마워" 하며 말씀해주시던 분이다. 회장님께선 지인 분들이 찾아오셔도 한 분 한 분 어떤 차를 좋아하는지 기억해두셨다가 그분들이 좋아하는 차를 주문하시는, 세심하고 다정한 분이셨다.

회장님께선 직원들에 대한 사랑도 각별했던 것 같다. 회장님의 약속 일정으로 직원이 조금이라도 퇴근이 늦는 날에는 택시비를 꼭 챙겨주시고 조심히 들어가라고 말씀해주셨다. 그렇게 난 삼익유가공을 다니며 세월이 흘러 결혼하고 아이도 낳았다. 회장님께선 임신을 제일 먼저 알아채실 정도로 직원에 대한 관심도 남다르셨던 것 같다. 결혼을 할 때도, 임신 소식을 들으셨을 때도, 아이를 낳았을 때도 회장님께선 선물을 잊지 않고 챙겨주셨다. 나에게는 자상한 아버지와 같은 존재라고 할 수 있다. 진심으로 존경하며 닮고 싶은 분이셨다.

어느 날부터 회장님께서 회사에 나오지 않는 날들이 많아지기 시작했다. 혹시나 하는 마음에 주변에 회장님의 건강을 여쭤봤는데 편찮으셔서 쉬고 계시다는 이야기를 전해 들었다. 그러다 다시 입원하셨다는 이야기를 듣고 매우 걱정이 되었다. 그러던 어느 날 출근을 했더니 백 팀장님의 울음소리와 임 차장님의 문자를 보고 충격을 감출 수가 없었다.

회장님이 별세하셨다는 믿기지 않는 내용이었다. 너무 충격적이고 놀라서 허둥대고 있는데 직원들이 병원으로 가자는 말에 장례식장에 도착해 보니 정말 그곳에 회장님 사진이 있었다. 몇 달 동안 몸이 편찮으셔서 입원해 계신 줄로만 알고 있던 회장님이 그곳에 계신 것이다. 갑작스레 회장님의 별세 소식을 전달 받은 문상객의 발길이 끊이지 않았고, 회장님을 존경하고 사랑하던 많은 분들이 슬퍼하고 가슴 깊이 애도하였다. 돌이켜 생각해보니 회장님은 나와 마지막 통화를 하면서 화환 하나 보내달라는 말씀을 하셨던 것이 생각이 난다. 회장님은 병원에서 힘든 투병 생활을 하시면서도 그렇게 주변 사람들을 생각하셨던 분이다.

그 생각을 하니 또다시 마음이 아려온다. 마지막으로 회장님의 얼굴을 뵙던 날, 터져나온 눈물은 하염없이 흘렀고 마지막 인사를 하던 많은 분들이 통곡하였다. 천국에서도 회장님은 주변에 좋은 사람들이 가득할 듯하다.

회장님이 가신 지 벌써 1년이 되어갑니다.

회장님 좋은 곳에서 행복하세요.

삼익유가공은 이종익 회장님이 만든, 우리들의 유산입니다

김진(직원)

삼익에 입사한 게 1986년 4월이니까 벌써 30년이 되었다. 형과 동생 관계였을때는 반말로 형과 얘기하고 장난치고 같이 놀다가 회사에 와서 사장님이라 불러야 하고 존댓말을 하려니 굉장히 쑥스러웠지만 시간이 지나면서 익숙해졌다.

30년 동안 회사 생활을 하다 보면 회사가 성장하는 것을 함께 하며 많은 에피소드가 있었다. 직원도 많아지고 매출도 커지니 이런저런 이야기들이 흘러나온다. 그 사이에 결혼한 직원도 있고, 직원 간의 다툼도 있었다. 특히 영업부의 경우 거래처의 부도로 인해 회사의 손해를 만회하기 위해 고생도 많이 했다. 제품이 잘 팔려 여름휴가를 가지도 못할 정도로 바빠 그 대가로 특별상여금을 받았던 적도 있다. 그렇게 내 젊은 청춘을 삼익에서 보냈다. 그래서 더 애착이 간다.

작년 가을에 회장님께서 회사에 계속 나오지 않으셔서 이봄이 대표에게 물었더니, 좀 편찮으신 것이니 걱정하지 말라고 해 그런가 보다 했는데 그 후에도 계속 부재중이었다. 불안한 마음이 들었지만 이내 떨쳐버렸다. 그러던 중 12월 14일 저녁에 이 감사님과 퇴근을 하다 이봄이 대표의 전화가 와서 건대 병원으로 올 수 있냐는 말에 가슴이 떨렸다. 어렴풋이 추측한 것이 맞는 것이 아닌가 하는 마음에 급히 차를 돌려서 병원으로 갔더니 회장님은 중환자실에 계셨다. 그날을 넘기기 어렵다는 말을 듣고 중환자실에서 의식 없는 회장님을 보는 순간 가슴이 메이고 주체할 수 없는 눈물이 흘러내렸다. 지금까지 고생을 하면서 이렇게 회사를 키워왔는데, 앞으로 더 좋은 일들이 많은데, 뭐가 급해서 그리 빨리 가시려 하는지 마음이 너무 아팠다.

그동안 회장님을 뵈면서 나의 잘못으로 혼난 것 외에는 직원들에게 화를 내신 것을 보지 못했다. 항상 직원들의 입장에서 생각하시고, 베풀어주셨다. 특히 직원들이 어려운 상황에 처했을 때에는 항상 도움을 주셨다. 내가 표현은 하지 못했지만 이종익 회장님은 정말 존경하고 본받아야 할 분으로 내 마음속에 간직하고 있다.

회장님, 아니 형님!

정말 보고 싶습니다. 그리고 사랑했습니다.

유산균으로,
특별한 인연이 시작되었습니다

백영진 박사(삼익유가공 상임고문)

이종익 회장을 처음 알게 된 것은 1984년 한국유가공협회에 근무하신 때로 거슬러 올라간다. 그때 난 한국야쿠르트연구소에 근무하면서 협회에서 발간되는 계간지 「우유」에 원고를 투고하면서 인연을 맺게 되었다.

이 회장은 나와 늘 좋은 관계를 유지하며 서로를 돕는 사업의 귀한 파트너였다. 내가 한국야쿠르트를 퇴직한 후 상지대학교에서 초빙교수로 근무가 끝날 즈음에 삼익유가공에 와서 자문을 해주면 어떠하겠냐고 먼저 제의해주셨다.

그러나 곧이어 다른 단체의 상근 부회장으로 3년 근무하게 되어 이 회장의 요청에 답변하지 못하다가 임기가 거의 끝나가는 2015년 4월 초에 다시 만나 2015년 10월부터 근무하기로 결정했다. 그래서 본인은 이 회장이 30여 년 동안 어렵게 키워놓은 삼익유가공의 한 가족이 되었다.

근무를 시작해 지켜본 바에 의하면 모든 직원들의 근무 태도가 성실하고 진지했으며 자기 일처럼 자율적으로 열심히 일했다. 이러한 분위기는 이 회장이 평소에 직원들을 어떻게 대해왔는가를 미루어 짐작할 수 있었다.

이 회장은 직원들에게 나를 소개하면서 삼국지에서 유비가 제갈량을 모시기 위하여 삼고초려(三顧草廬)하였듯 자신도 나를 삼고초려하여 어렵게 모셔 왔으니 잘 받들어달라고 당부했다.

"내가 남에게 베푼 것은 물에 새기고, 내가 남으로부터 받은 은혜는 돌에 새기라"는 옛 선현들의 말이 있다. 이 회장은 달면 삼키고 쓰면 뱉는 사람이 되지 말라는 덕행을 모범적으로 실천한 분이 아닌가 생각된다. 이 회장이 홀연히 세상을 떠나 장례식을 치르고 발인하는 과정을 지켜보면서 평소에 세상을 어떻게 사셨는지 능히 짐작할 수 있었다.

수많은 조문객들의 발길이 끊이지 않았고 모두들 그분의 살아생전 선행을 얘기하며 짧은 삶을 아쉬워하고 애통해했다.

한 사람의 진면목은 사후에 관 뚜껑을 닫을 때에 알 수 있다. 이 회장은 그야말로 끊임없이 공부하고 최선을 다해 일을 해왔다. 그리고 가족을 사랑하고 아꼈으며 남에게 봉사하고 베풀며 이 세상을 후회 없이 멋지게 사신 분이 아닌가 생각된다.

한국 최초로 요구르트 종균을 만든 개척자였습니다

김형수 박사(식품공학박사, 미국 컬처시스템 대표)

이종익 회장님을 처음 알게 된 것은 30여 년 전 미국에서 요구르트 종균을 만드는 회사에 적을 두었던 때였습니다. 당시 저도 고농축 종균을 사용한 요구르트 제조 방법을 한국에 알리고자 했기에 삼익유가공과 협력하여 한국 유업계에 고농축 종균을 공급하게 되었습니다.

함께 일하면서 배운 것은 이 회장님의 일에 대한 열정이 남달라 요구르트 제조법을 빠르게 한국에 정착시키고 제품의 품질 향상에 기여했을 뿐만 아니라 한국에서 제조하는 요구르트 제품들이 세계적으로도 우수함을 알렸다고 생각합니다. 오랜 만남을 통해 이 회장님은 과거보다 다가오는 새 일에 관심을 갖는 지혜를 가지신 분이었습니다. 만나면 편하게 해주셨으며 늘 부지런히 사셨던 박사님으로 기억합니다. 인생을 사는 동안 이런저런 기억될 일들을 남기고 먼저 가셨지만 슬픔보다 아름다운 추억을 남겼다는 것에 감사하며 다시 만날 소망을 가지고 기뻐하는 남은 사람들이 되길 원합니다. 이 회장님이 제게 주신 격려와 사랑을 가슴 가득 느끼며 우리도 밝고 아름답게 살기를 원합니다.

결코 잊지 못할 것입니다,
고맙고 감사합니다

사이토(Tadao Saito) **교수**(일본 동북대 교수, 일본낙농학회 회장)

2001년 10월에 아시아 유산균학회연합(AFSLAB) 주최 제1차 국제회의가 수원 성균관대에서 개최되었고 강사로 초청을 받아 방한했습니다. 당시 이종익 선생은 건국대학교 유제현 교수 아래에서 학위 논문 연구를 시작했을 때였고 유 교수가 소개해 서울에서 처음 만났습니다.

유 교수는 일본 동북대학 농학부 축산과의 저의 선배님으로 1977년 박사 학위를 취득한 후 모교인 건국대학교 축산대학 낙농학과 교수가 되었습니다. 2003년 9월에는 제가 현재 회장을 맡고 있는 일본낙농학회(JDSA) 주최 낙농과학심포지움이 히로사키 시에서 열렸고 유 교수님을 특별 강연자로 초빙했습니다.

이때 이 선생님 부부와 장녀 샘이 씨가 일본학회에 동행했는데 학회가 열리는 아오모리 현 히로사키에서 우리는 아주 행복하고 즐거운 시간을 보냈으며 많은 추억을 얻었습니다. 마지막 날에 이 선생님 부부는 우리 집에도 들러주시고, 즐거운 한때를 보냈던 것이 기억납니다.

그 후 2015년까지 한국을 방문했을 때마다 꼭 이 선생님을 만나 항상 식사를 같이 했습니다. 이 선생님의 인품이 느껴진 것은 식사 때 제가 예전에 선물한 벨트를 착용하고 나오시고, 제게도 많은 호의를 베풀어주신 것입니다.

또한 제가 자녀를 동반해 국제회의나 학회 강연으로 한국을 방문했을 때, 한국민속촌과 한강유람선에 초대해주시고 즐거운 시간을 보내게 해주셨습니다. 회사나 자택에까지 초대해주셔서, 진심으로 감사를 드립니다.

그런데 돌아가셨다는 소식에 너무나 갑작스러워 한참을 믿을 수 없는 기분으로 가득했습니다. 연구실 대선배인 유제현 선생님에 이어 이종익 선생님도 이제 뵐 수 없게 된다는 것이 믿을 수 없었습니다.

이 선생님이 낙농 제품 제조와 한국 축산의 장래에 대해서 더 많은 것을 가르쳐주시길 바랐는데 정말 유감입니다. 이 선생님이 세우신 회사도 봄이 씨가 이어받아 선생님도 천국에서 매우 안심하시고 있다고 생각합니다. 제게 항상 따뜻하게 대해주셔서, 오랫동안 정말 감사했습니다. 이종익 선생님의 서거를 애도하며 진심으로 위로의 말씀을 드립니다.

평생 신세만 졌는데
너무나 아쉽습니다

홍윤호(식품영양학박사, 전남대학교 명예교수)

독일에서 박사 학위를 받고 전남대학교 식품영양학과 조교수로 근무하고 있었다. 1984년 가을쯤 서울학회에 참석 차 출장을 왔을 때, 나의 대학 동기 최인석 씨가 매일유업에 근무하고 있었는데 그의 안내로 한국유가공협회에서 이종익 회장을 처음 만났다.

서로 인사를 나누고 차 대접을 받으며 환담하면서 나는 이 회장이 용모가 단정하고 차분한 성격으로 친밀감이 있는 사람이라 생각했다. 나보다 1년 늦게 건국대에 입학해 정치외교학을 전공한 패기만만하고 큰 꿈을 가진 30대 중후반의 청년이었다. 우리는 비슷한 연배로 몇 년간 캠퍼스에서 함께 공부한 학우로 대학 생활의 이모저모를 추억으로 공유하고 있었기에 이내 가까운 친구가 되었다.

이 회장은 내가 독일에서 유가공 회사들을 순회하면서 2년 정도 현장실습도 하고 선진 학문을 전수하였으니 유럽의 낙농 및 유가공 기술 및 우유를 비롯한 유제품들의 영양적 가치 등에 관해 계간지 「우유」에 투고해달라고 부탁했다.

나는 흔쾌히 다음 달부터 원고를 게재하기 시작했고 이 회장과의 이런 인연으로 나의 기고는 20년 가까이 계속됐다. 그 당시는 컴퓨터가 없던 때라 내용을 원고지에다 펜으로 써서 교정을 본 다음, 등기우편으로 보내곤 했다. 그는 내게 원고료를 두둑하게 보내주었고 나는 이심전심 흐뭇한 마음으로 감사를 느꼈으며 학회나 세미나 등으로 서울에 가게 되면 사무실로 그를 찾아 환담하고 식사도 함께 했다.

한국유가공협회를 사직한 후 삼익유가공을 창업한 그는 남다른 친화력과 사업 수완을 발휘해 삼익을 작지만 강한 중견기업으로 발전시켰다. 나는 가끔 이 회장 또는 차경선 전무에게 내가 대학원생들과 수행하는 연구에 필요한 유청과 제품들을 시료로 보내줄 것을 요청하였는데 대개는 1~2일 후에 신속히 도착했다. 나는 감사히 그 시료들을 받아서 연구에 이용하였으나 회사의 신제품 개발에 큰 도움을 주지 못해 늘 미안한 마음을 금할 수 없었다.

그는 항상 상냥하고 친절하게 웃는 낯이었고 농담도 잘하여 상대방의 마음을 편하게 하는 등 여러 사람들의 좋은 친구 또는 협력자로 많은 사랑을 받았다. 내가 2011년 전남대에서 정년퇴임하고 수도권으로 이사한 후 이 회장을 방문하였을 때 그는 내가 시간이 많을 터이니 일주일에 두 번 정도 회사에 나와서 자문위원으로 일해보면 어떻겠느냐고 제안했다.

며칠간 고민하다 수락했고 삼익과 나의 인연은 또다시 이렇게 이어졌다. 나는 삼익의 발전을 위해서 무엇인가 도움이 될 수 있는 신제품 개발, 홍보 방법 등에 노력을 기울였으나 후발 강소기업으로서의 마케팅에 한계가 있는 것도 실감하였다. 이제 이 회장이 창업한 회사는 창업주가 별세한 충격에서 벗어나 젊음과 섬세함으로 준비한 이봄이 대표를 중심으로 재도약을 위해 지혜를 모으고 새로운 동력으로 출발하고 있다.

이 회장은 나에게 수원에서 강남까지 거리도 멀고 교통 체증도 있을 테니 오후 5시 무렵이 되면 서둘러 퇴근하라고 하였다. 나는 그의 당당한 모습과 우정을 그리워하며 깊이 감사한다. 이 회장의 창업 정신으로 삼익이 계속 발전할 것으로 나는 확신한다.

회장님, 청자골에서 소주 한잔 하시지요

윤성식(연세대학교 생명과학기술학부 교수)

신록이 교정에 넘쳐난다. 장마철인가 보다. 종일 실비가 눈물처럼 소리 없이 내리고 있다. 물끄러미 창밖을 내다보면서 온 세상을 덮고 있는 초록의 향연을 보면서 유명한 오 헨리의 『마지막 잎새(the last leaf)』 한 장면을 그려본다. 치명적인 폐렴을 앓고 있던 존시는 담쟁이넝쿨에 매달린 잎사귀를 세어가면서 죽어가는 자신을 생각한다. 병상에서는 삶과 죽음이 순간순간 교차할 것이다. 이 회장님도 그러셨으리라.

오늘을 살아가는 나는 아무리 비루해도 이 세상의 중심이다. 내가 죽어도 저 나무와 꽃들은 아무 일도 없었다는 듯이 그 자리를 채우고 있을 것이다. 내가 없는 세상이 이처럼 아름다우면 무슨 의미가 있으랴. 내게 주어진 소중한 시간과 인연을 아껴야겠다.

나이가 들면서 늦은 밤이나 이른 새벽에 울리는 전화를 받기가 덜컥 겁이 난다. 대부분의 경우는 지인의 부음(訃音)을 알리는 통화이기 때문이다. 아내에게 전화를 받으라고 수화기를 건네는 경우가 많다. 어려서부터 사내대장부는 쉽게 눈물을 흘려서는 안 된다는 어르신의 말씀을 듣고 자란 터라, 돌아가신 어머님의 영전에서도 남이 볼세라 눈물을 참았다. 대성통곡을 못한 바보다.

육십 여 평생 동안 참으로 많은 분들을 저세상으로 보냈다. 그중에서도 내가 울먹이며 먼저 보낸 두 남자가 있다. 아니 두 명의 형(兄)이라고 불러야 할 것이다. 고 오두환 형과 고 이종익 형이다. 두 분 모두 나이가 비슷해 지금 살아 계셨으면 내일모레 일흔일 테니, 이 무슨 우연의 일치인가. 두환 형은 대학에서 만난 경상도 예천 사람이다. 종익 형은 내가 유가공업계에 인연을 맺은 후 만난 전주 사람이다. 두 분 모두 바둑을 좋아했다.

두환 형은 만나서 밥 먹고 나면 으레 기원에 가자고 했다. 우리는 늦은 시간까지 신촌의 오래된 건물 꼭대기에 앉아서 수담을 나누었다. 그리고 헤어지면서 한마디, "신장투석이 정말 죽도록 싫다"고 했다. 두환 형은 그 해 겨울 차가운 수술 병상에서 운명과 조우하셨다.

삶이 힘들 때면 두환 형이 영면하는 영락교회 공원묘지에 혼자 소주 한 병 차고 가서 한나절쯤 보내고 싶은 적이 솔직히 참 많았다. 그런데 변명처럼 그걸 못했으니 지금도 죄지은 심정으로 산다. 그런 죄책감으로 살아가던 참에 또 하나의 소중한 형을 잃었다.

종익 형은 심성이 너그러우신 분이다. 좀처럼 화내시는 얼굴을 본 적이 없다. 사무실에서 담배를 꺼내시면 평소 담배를 피지 않는 나도 덩달아 담배를 얻어 피웠다. 말리지 못한 게 후회스럽다.

내가 어려운 학회 살림을 그것도 매년 조심스럽게 꺼내면 "윤 회장은 교수인데 뭘 그렇게 걱정하나. 장사하는 내가 도와야지. 3백 가지고 되겠어? 내가 5백쯤 보내줄게"라고 말씀하셨다.

요즘 경기가 좋지 않으니 이번에는 도와주기 힘들다고 해도 서운하지 않았을 거다. 항상 상대방을 편하게 하고 배려하는 모습에 종익 형의 향기가 났다.

"나 오늘 윤 교수가 사무실에 온다기에 다른 약속 취소하고 기다리겠습니다."

수화기 저편에서 들리는 그 음성이 항상 정겹다. 자주 갔던 대치동 청자골에는 종익 형의 자리가 있다.

"아가, 오늘 귀한 분 오셨으니 좋은 고기 좀 내올래?"

종종 식당 여 종업원을 아가라고 불렀다. 나는 가난한 선생으로 종익 형의 밥을 자주 얻어먹었다. 내가 다 쓰러져가던 한국유가공기술과학회 회장을 맡았을 때도, 축산식품학회 회장일 때도 그리고 유산균학회 회장일 때도 소리 없이 내 편이 되어주셨다.

세상에 공짜는 없다고 하지만 나는 참으로 종익 형 때문에 공짜를 즐겼다. 당신의 건강에 문제가 있다는 내색이나 말씀을 한마디도 꺼낸 적이 없지만 취중에 넘어지셔서 앞니를 다치셨을 때 무언가 불길한 느낌이 스치듯 지나갔다. 아, 병은 소문을 내야 치료할 수 있다고 하던데 왜 그리 말씀을 아끼셨는지…….

이를 새로 해 박으시고 멀쩡하다고 좋아하시던 그 해 겨울, 결국 종익 형도 우리 곁을 떠나셨다. 하느님은 착한 사람을 먼저 데려가신다는 말이 있지만 나와 바둑 실력을 겨뤄보지 못한 채 아내와 두 따님을 남기고 유명(幽冥)을 달리 하셨으니 참으로 안타깝다.

'생자필멸(生者必滅) 거자필반(去者必返) 회자정리(會者定離)' 산 것은 반드시 죽고, 떠난 사람은 반드시 돌아오며, 만나면 반드시 헤어지게 된다. 불교에서는 삶의 이치가 그러하다지만 요즈음도 대치동을 지나면서 나는 종익 형을 그리워한다. 내년엔 종익 형의 산소에 소주 한 병 차고 가서 한나절쯤 보내다 와야겠다.

고맙고 감사했습니다, 형님

이광호(건국대학교 의료생명대학 학장)

아, 종익이 형님.

이종익 회장님과 알게 된 것은 아마 미국에서 박사 학위를 받은 후 현재 근무하고 있는 건국대학교에 자리 잡고 나서다. 1992년이니 짧지 않은 세월이다. 은사이신 고 유제현 교수님을 워낙 극진히 모시는 것을 보고 나도 저런 제자가 있으면 하는 부러운 점도 있었고, 제자로서 스승을 모시는 모습에 자극을 받기도 하였다.

고 유제현 교수님과의 인연으로 이 회장님과 친하게 되었고, 비록 나이 차이는 많이 나지만 서울의 어느 먹자골목에서 술 한잔 걸치면서 형님과 아우로 칭하기로 약속하고, 그때부터 나는 이 회장님과 터놓고 지내는 영광을 얻게 되었다.

비록 형님은 서울에 계시고 나는 충주에 있어 공간적인 사정으로 자주 뵙지는 못했지만 인생 선배로서, 또 사회 선배로서 많은 것을 배웠다. 형님은 순수한 영혼의 소유자였고, 나보다 남을 배려하고, 남(개인과 조직)을 위해 나의 것을 아낌없이 주는 모습, 유 교수님을 가슴으로 모시는 모습, 사회적 지위가 있음에도 불구하고 아랫사람을 대하는 모습 등은 내게 귀감이 되었다.

형님, 그동안 노고가 많으셨고, 고마웠습니다. 저 하늘에서 그동안의 노고를 내려놓기 위해 잠시 쉬시다가 다시 새 옷을 갈아 입고 더 많은 큰 일과 좋은 일을 하시기 위해 왕림하실 것을 믿습니다.

1967년, 따뜻한 봄에
우리는 만났습니다

전덕익(건국대 정외과 친구, 자영업)

친구야!

이렇게 너를 부르는 것만으로도 가슴이 벅차오르고 그리움이 사무치는구나.

멀고 먼 남도의 심심산골에서 청운의 꿈을 안고 서울에 온 너와 나는 대학교에 입학하면서 처음 만나 알게 되었고 우린 금세 누구보다도 가까운 친구가 되었지.

너와 처음 만났던 1967년 새 봄, 그날이 아직도 이렇게 생생한데 더 이상 우리가 함께 할 수 없음이 실감이 나지 않는구나. 우린 힘든 시기를 겪으며 서로에게 위안이 되고 의지가 되는 친구로, 용기를 북돋워주는 친구로, 때론 선배처럼 길잡이가 되어주는 친구로 많은 추억을 쌓았지.

너와의 인연이 다시 닿았던 때는 졸업 후 모임에서였지. 그때 널 다시 보게 되어 난 아주 기뻤다. 그리고 너를 통해 아주 소중한 친구들을 얻게 되었고, 마음 맞는 친구들끼리 가끔 만나 서로를 위로하며 회포를 풀기도 했지.

난 항상 너를 보면 우리가 처음 만났던 그 시절, 열정과 꿈으로 가득했던 신입생으로 돌아가는 기분이어서 좋았단다. 나에게 그 시절은 머물고 싶고 간직하고 싶은 참 좋은 시절이었으니까.

하지만 세월은 기다려주지 않고 자꾸만 흘러가더구나. 세월의 순리대로 가정을 꾸리고 가장으로서 앞만 보며 열심히 살다 보니 어느새 나의 아들이 대학에 입학을 하고 졸업을 하고 결혼을 하게 되더구나.

나의 아들의 결혼식에 주례를 꼭 네가 해주었으면 했지만 부담을 주는 건 아닌가 하여 조심스럽게 부탁하였는데 넌 흔쾌히 응해주었지. 난 아직도 그 아들이 아들을 낳았고 나의 손자는 내년이면 벌써 중학생이 된단다. 네가 축복해준 덕분인지 내 아들 내외는 금슬이 좋고, 손자는 너처럼 마음이 따뜻하고 웃음이 멋진 아이로 자라주었단다. 이렇게 네가 나에게 남겨준 행복한 추억과 선물 같은 우정을 보답하고 싶었는데 넌 세월처럼 기다려주지 않더구나.

난 우리가 그 시절 그때처럼 잠시 헤어져 있는 것이라 생각한다. 비록 다시 만날 날을 바로 기약할 수 없지만 널 다시 만난다면 항상 너에게 받기만 했던 내가 이제는 아낌없이 주고 싶구나.

그날까지 친구야! 널 잊지 않고 가슴속 깊이 간직하마.

이제야 친해지려 하는데,
또 혼자 떠나셨는가? 나의 친구 종익!

김의호(건국대 정외과 친구, 교사)

우선 허전하게 남아 있는 가족들에게 건강을 주시고 이 회장의 유업을 이어가는 봄이에게 삼익유가공을 굳건히 지켜 이 나라 중견기업으로 새롭게 건설할 수 있는 힘과 용기를 주시게.

이보시게, 친구 종익! 우리가 60년대 중반에 만나 채 1년도 함께하지 못하고 헤어졌다가 40년이 지난 2003년 동창회에서 만났을 때의 기쁨.

지금도 가슴이 뭉클하네.

이산가족의 상봉이 그랬을까? 순간 환갑이 다 된 두 사람이 얼싸안고 펄쩍펄쩍 뛰니 주변 모두가 박수를 치며 환호하던 그날을 잊을 수가 없네. 그때 만나 나를 지금의 친구들 모임에 데려다놓고 너는 참 좋아했지. 우리는 시간이 날 때면 마포 생태집, 청자골, 목동 김치찌개집, 횟집 관수사, 하동관을 다녔지. 생태찌개에 소주 한잔이 세상에 참맛이라고 껄껄껄 웃던 모습이 눈에 선하고, 친해질 만하니 또 혼자 떠나셨는가?

모임 가능한 날은 늘 자네에게 우선권이 있어 마지막으로 만난 것이 2015년 1월 31일이었는데 그 다음에는 모임을 OK했다가 한두 번 참석의 어려움을 알려오더니 12월 15일 영정으로 나타난 자네를 보고 아연 실색했다네. 항상 바쁜 자네였기에 병세를 의심할 여지가 없었네. 병문안 한번 가보지 못해 정말 미안했네. 우리가 꺼냈던 그 많은 것들 어떡하고.

40년 뒤에 다시 만난 우리는 남은 인생을 여기저기 여행하고 등산하며 즐겁게 살기로 약속하지 않았던가? 우리가 청운의 꿈을 안고 모의국회에 참여하러 가던 것이 기억이 나네. 지금 생각해보니 내가 본 자네는 다 이루었네.

첫째는 행복한 가정을 꾸밈에 성공하였네. 훌륭하신 어부인과 샘이와 봄이. 누가 봐도 부러운 가정일세.

둘째는 자네는 대한민국 어느 누구보다 부자로 살았네. 내가 말하는 부자는 재벌이 아니라 돈을 잘 쓰는 사람이거든.

셋째는 자네는 참 잘 살았네. 자네가 속해 운용하던 각종 단체에 많은 기부금으로 재원과 기틀을 마련해주었고, 어려운 이웃을 돌보며 함께 어울려 살았네.

그리고 (주)삼익유가공 장학금 수혜자들은 훗날 자네 뒤를 이어 훌륭한 시민으로 성장하리라 믿네. 끝으로 만학에도 최선을 다했고 성공했네. 대한민국 제일 최고의 교수가 되었으니 이만하면 사업 성공과 함께 인생 성공이 아닌가?

자네는 고등학교 교사였던 나를 늘 응원하고 위로하여 힘을 실어주었고, 작은 일을 크게 칭찬해주었고, 크고 어려운 일에 대범했네. 그리고 정의를 사랑하는 의인이었네.

남은 가족들 잘 돌봐주시고 편히 쉬시게. 머잖아 우리 다시 만나거든 많은 추억 쌓으며 영원히 함께하세. 다시는 헤어지지 말고.

자네는 내 친구였네, 진정한 내 친구였네

전대일(건국대 정외과 친구, 건국대 홍보처장)

한평생을 살아가면서 우리는 참 많은 사람과 만나고 참 많은 사람과 헤어진다. 그 헤어짐은 쉼 없이 반복되곤 한다. 칠십을 바라보는 나이가 되면서 옛 노인들의 모습이 떠오른다. 이제는 우리에겐 한 사람 그리고 또 한 사람, 이 세상에서 저 세상으로 전출하는 것들만 남았나 보다. 이에 이미 전출 신고를 한 친구 종익도 우리 곁에서 멀어져버렸으니 어찌 새로운 슬픔을 말하지 않으리까.

우리는 UNSA 활동을 하면서 그다지 능란하지 않는 영어 실력을 뽐

내며 당인리 최종만의 자취방에서 내일의 행사 계획을 하며 밤을 지새기도 하였지. 정말 그 시절의 서클은 우리에게 크나큰 배움을 주었다. 그러다 다들 자기의 삶을 위해 휴학을 하고 또는 입대를 하면서 헤어지게 되었지. 그 후 새롭게 만나 오늘의 동창회에서 성숙한 모습으로 발전하여 제법 능숙한 대한의 아들이 되어 만났다.

종익은 내가 대학에서 근무할 때 대학원 박사 과정을 공부하면서 더 가까운 인연이 되어 수시로 만나 소주 한잔씩 하면서 정겨운 나날을 보내기도 하였다. 박사 과정의 최종 시험이 자네에게는 어렵고 참담하게 만들기도 했지. 자네가 최종 시험에 임할 때 나 역시 합격을 기원하면서 꼭 박사 학위를 받아야 한다는 마음으로 친구를 도왔지. 영어는 자신 있는데 중국어 고사 해석은 부담을 느끼는 심정 나도 애타곤 했다.

나는 나의 업무를 잠깐 뒤로 미루고 고사장으로 들어가서 종익 뒤에 서서 답안지를 쳐다보니 제법 답안지가 까맣게 펜칠이 되어 있기에 안심했다네. 어설픈 걱정을 버리고 곁에서 힘을 실어주었지. 나의 기를 내 친구에게 전하면서 말이야.

시험이 끝나고 점심을 같이 먹으면서 오늘을 결산했고 다시 내일을 생각했다. 그 후 영광스러운 학위로 겸임교수가 된 이종익 박사는 후학들을 가르치며 그의 제자들을 양성했다. 저녁 무렵이 되면 소주 한잔 하려고 나를 찾아와 자리를 함께 하면서 우리들의 술값을 슬그머니 내고 그냥 가버린 친구 종익!

그런데 이 친구는 지금 어디에 있는지, 어디로 갔는지 내 곁에 보이지 않지만 아마 우리와 다른 세상에서 살고 있는가 보다. 그는 그래도 생전에 모교를 위해 네이밍기부를 하여 지금 '이종익 강의실'이란 이름표와 그 얼굴을 남겨둔 강의실에는 후배들이 공부를 하고 있다네. 참 고마운 친구, 종익아.

　친구야, 지금 너의 모습은 어디로 갔나? 그리운 내 친구여. 너는 너의 길을 갔고 또 나는 나의 길을 가고 있다네. 너의 길을 내가 갈 수 없는 것은 아마도 생즉도의 위치인가 보다. 어느 날, 좋은 날 좋은 시를 만나서 옛 이야기를 나누며 술 한잔 하자꾸나. 그리운 친구에게 인간 전대일이 묵념으로 명복을 빌면서 이 글을 영혼 앞에 보낸다.

　그대 그런 사람을 가졌는가

　　　　　　　　　　　　　　　　　　　　　함석헌

만리 길 나서는 길
처자를 내맡기며
맘 놓고 갈 만한 사람
그 사람을 그대는 가졌는가

온 세상이 다 나를 버려
마음이 외로울 때에도
"저 맘이야" 하고 믿어지는
그 사람을 그대는 가졌는가

탔던 배 꺼지는 시간
구명대 서로 사양하며

"너만은 제발 살아다오" 할
그 사람을 그대는 가졌는가

불의의 사형장에서
"다 죽어도 너희 세상 빛을 위해
저만은 살려 두거라" 일러줄
그 사람을 그대는 가졌는가

잊지 못할 이 세상을 놓고 떠나려 할 때
"저 하나 있으니" 하며
빙긋이 웃고 눈을 감을
그 사람을 그대는 가졌는가

온 세상의 찬성보다도
"아니" 하고 가만히 머리 흔들 그 한 얼굴 생각에
알뜰한 유혹을 물리치게 되는
그 사람을 그대는 가졌는가

나는 증언한다,
그는 겸손했고 부지런하며 검소했다고

김광호(전주고 · 북중 총동창회 화장, 전북적십자사 회장)

약삭빠른 사람들은 자기를 세상에 맞추어 자기영달을 꾀하지만 우직하고 어리석은 사람은 세상을 자기에게 맞추려고 하니 손해를 곧잘 보곤 한다. 그러나 이 세상은 어리석고 우직한 사람들로 인하여 이 사회가 올곧은 길로 나아지고 있다. 따라서 이 어리석음이 현명한 것이 아닌가 싶다.

단편적으로 생각한다면 어느 누가 동창회를 위하여 돈과 시간을 뺏겨가며 손해를 보는 짓을 하겠는가! 그러나 출사(出仕)를 위해 급급하게 매몰되는 것보다는 이 사회를 위해 헌신하고 묵묵히 임하는 것이 올바른 정신이 아니겠는가! 마음이 있으면 꿈이 있고 뜻이 있으면 길이 있다.

고 이종익 회장은 가족과 모교 그리고 시대와 자연과의 삶 속에서 하나의 원융(圓融)이 되어 후덕하고 고매한 인품, 포근하고 따뜻한 심성, 호연지기(浩然之氣)의 기상, 올곧은 초지일관(初志一貫)의 기품과 의리를 지녔다.

그와 같은 사람은 요즈음 드물다. 고 이종익 회장은 선배이든 후배이든 먼저 자기 주장을 한 적이 없고 주로 듣는 편이었다. 43회 30주년 재경회장일 때도 동창회 일들을 처리하면서 여러 사람들의 의견을 귀담아 듣고 수렴해서 성공적으로 동창회 일들을 추진했다. 또한 치열한 경쟁 속에서도 굳건히 기업을 지키고 번창케 한것도 올바른 심성과 경청의 소산에서 나온 것이라 생각된다.

43회 재경회장 재임(1995~96) 시에 30주년 행사를 주도했는데 재경 모금 인원은 237명 정도 참여하여 2억 원이 넘는 기금을 마련하였다.

재경동창회 회장에 취임 한 후 동서화합음악회와 어울림한마당 행사를 기획해 성공시켰고 모교 발전 기금 5천만 원과 1천만 원 상당의 소나무 기증, 야구부 후원 등의 기부로 모교 사랑의 진수(眞髓)를 보여주었다.

나는 금년 6월 11일 정기총회 및 개교 97주년 행사 시 기념사에서 수석부회장 선임이 늦어지고 있는 그간 상황을 답답한 심정에서 동문들에게 토로했다. 그리고 100주년 행사 중 성공시키기 위해서는 이종익 회장 같은 분이 중책을 맡아야 한다고 내심 작정했다.

어느 누구보다도 애교심이 강하고 그간 동창회와 학교에 억대를 쾌척했고 재경 동창회장으로서 손색없이 동창 활동을 수행한 고 이종익 회장이 최적임이라고 나는 생각했다.

그래서 작년 4월 무렵에 수석부회장을 맡아달라고 조율했는데 본인이 처음에는 극구 사양했으나 수차례에 걸쳐 간청한 결과 학교를 사랑하는 애교심의 발로였는지 좀 더 상황을 보고서 결정하겠노라는 반 승낙을 받은 상태였다. 그 후 이런저런 사정으로 차일피일 미루어진 상태에서 마침 재경 동문가족 음악회 일정이 12월 15일인지라 이날로 고 이종익 회장을 만나 다짐을 받을 작정이었다.

그런데 상경 출발 직전 15일 아침, 고 이종익 회장의 부음 소식을 문자 메시지를 통하여 받아보니 멀쩡한 날씨에 무슨 날벼락을 맞는 기분이었다. 100주년을 앞두고 우리 학교에 큰 암운이 서린 것이 아닌가 싶었다. 우리 동창회에 꼭 필요한 인물을 하필 이때 하늘나라로 먼저 보내다니 가슴이 답답하고 억장이 무너진다.

마지막으로 동문들에게 하고 싶은 말이 있다.

중국의 고사에 나오는 자형화(紫荊花)라는 전설에 의하면, 아버지가 죽은 후 삼형제가 재산을 공평하게 나누는데 한 그루뿐인 자형나무를 세 토막으로 내려 하자 저절로 말라 죽어갔다.

이를 본 형제들은 나눈 재산을 한데 모아 큰형 중심으로 함께 관리하기로 하자 이 자형나무는 다시 살아났다는 이야기에서 보듯이, 화합과 조화를 상징하는 자형화를 닮은 노송(老松)의 모습은 아름답고 푸르름을 느낄 것이고 노송원(老松苑)은 동문들의 헌수(獻樹)에 힘입어 더욱더 푸르고, 더욱더 아름답게 커나갈 것이다. 고 이종익 회장도 내세에서 경전일신(京全一身)이 되어 100주년을 향하여 정진해달라는 염원(念願)을 하고 있지 않을까 하는 생각을 해본다.

훌륭한 인재는 하늘에서 더 필요한가 봅니다

정운기(제12대 전주고·북중 총동창회 회장, 에이원관세법인 대표)

훌륭한 인재는 하늘에서도 더 필요한 것인가!!

이 생에서 해야 할 일을 다 하지 못하고 훌훌히 떠나가신 고 이종익 회장의 영전에 깊은 애도의 마음을 보냅니다.

이 회장께서는 일찍이 사업 분야에서 출중한 능력을 발휘하시어 유가공업계를 선도하였고 전주고·북중 모교와 동문회 사랑에 헌신적이셨습니다.

크고 작은 모든 동문회 행사를 항상 적극 지원해주셨고 인자한 성품으로 동문들의 존경과 선망의 대상이셨습니다.

이 회장께서는 특히 재경 전주고·북중 총동창회 회장으로서 많은 업적을 남기셨습니다. 동창회의 운영을 위하여 물질적 지원을 아끼지 않으셨고, 동창회의 어려운 재정 상황에서도 동창회 기금을 남기셨고, 동문체육대회 어울림한마당을 창설하고 동문음악회를 개최하여 동문과 동문 가족 간의 화합의 장을 만드셨습니다.

이 회장과 함께 재경 전주고·북중 총동창회를 운영하면서 이 회장의 헌신적이고 솔선수범하는 모습에 존경과 진한 감동을 느껴왔습니다.

동문음악회를 위하여 한 달 가까이 새벽에 해장국집에서 만나 추진 계획을 논의하던 일, 동문회 기금 마련을 위하여 점심 때마다 동문들을 초청하여 오찬하면서 기금을 모금하던 일 등 이 회장과 함께 재경동창회를 운영하던 기억들이 주마등처럼 뇌리를 떠나지 않습니다. 아직도 이 회장의 숨소리가 가까이에서 느껴지는데 이승을 떠나셨다니 슬프고 안타깝기 그지없습니다.

한국 경제와 전주고 동문들을 위하여 할 일이 많이 남았는데 벌써 저승으로 가시다니 애석하기 한이 없습니다. 이 회장께서 그동안 보여주신 모교와 동창회 사랑은 영원히 동문들의 가슴속에 남아 이 회장을 기억할 것입니다. 이 회장이 다하지 못한 모교와 동문 사랑은 이 회장을 기억하면서 남은 동문들이 이어가겠습니다.

이 회장의 훌륭한 인격과 모교와 동문회에 보여준 열정과 사랑은 동문들의 가슴속에 영원히 기억될 것입니다.

자랑스럽고 다정한 이 회장의 모습을 영원히 잊지 못할것입니다.

이 회장은 전주고의 자랑스러운 큰 별이었습니다.

착한 일을 많이 하면
그 자손에까지 미친다고 하네, 자네처럼

조정남(제11대 재경전주고·북중 총동창회 회장. 전 SK텔레콤 부회장)

내가 재경 회장 (2004~2008)으로 재임 했을 때 고인 이종익 회장은 운영위원으로서 동창회 활동을 같이 했다. 그 후에도 나는 재경동창회 고문을 지금까지 맡아오고 있으니 그래도 다른 동문들에 비해서는 자주 만날 기회가 있었지 않나 생각된다.

고인이 재경 회장을 재임(2010~2012)할 때에는 한마당어울림 행사를 처음으로 개최하여 성대히 행사를 치렀고, 동서화합음악회도 주관하여 의미 있는 행사를 가졌으며, 2011년 모교 야구단 해체 결정이 전해지자 전주에 내려가 모교 교장(45회)를 만나 해체 결정을 담판하여 야구단 해체를 백지화시켰으며, 그 후 야구단을 위하여 재정적으로 후원을 한 걸로 알고 있다. 또한 2012년 4월 무렵 재경 정기총회 시에 장학금을 모교에 기부했던 일 등 헤아릴 수 없이 모교 사랑을 실천해온 걸로 기억하고 있다. 그래서인지 시간이 흐를수록 그리운 마음이 간절하다(日久月深).

모교와 동창회를 위하여 평생 동안 봉사한 일, 마치 사랑하는 후배들의 바른 길잡이가 되는 양 선배의 도리를 행하였고 후배들을 아낌없이 사랑했던 고인 이종익 회장은 모교와 동창회에 대한 깊은 애정이 어느 누구보다 각별했다.

우리 학교는 선배들을 깍듯이 모시고 후배들을 아끼는 그런 전통을 가진 학교인지라 고루할지 모르지만 나는 참 아름다운 전통이고 앞으로도 지켜야 할 덕목이라고 생각한다. '동창회'라는 것은 다른 단체와 달리 우선 선후배 간의 존경과 사랑 그리고 위계질서가 유지가 되어야 한다.

그는 평생 모교와 동창회에 대한 애정을 듬뿍 가졌고 도움을 요청하면 기꺼이 응했을 뿐만 아니라 다른 생각을 가진 적이 없었다. 자기를 가르치고 키워준 학교, 어머니의 젖줄과 같은 모교를 항시 정겹게 생각했다.

선배 없는 후배도 없고 후배 없는 선배 또한 있을 수 없으니 이 회장은 선배들을 항시 존중하고 후배에게 사랑스럽게 응해주는 소중한 덕목을 지녔다.

나에게도 가끔씩 전화해서 "저의 빌딩 지하 희래등 중식당에서 맛있는 점심을 같이 하시죠"라고 살갑게 말하곤 했다. 혈육이 아닐지라도 이처럼 친근하게 말할 수 있는 사이가 동창이 아니고서는 또 있겠는가! 동창들 간에 만나면 좋고 또한 즐거운 사람들이 아니던가! 선후배가 만나서 인사만 나눠도 그냥 한 식구가 돼버린 이 마력 같은 힘은 어디서 나오는 것인가? 우리 사회가 지연과 학연 때문에 발전적이지 못한다고들 하지만 내 생각으로는 선후배의 질서와 화합에서 배울 점이 적지 않다고 생각한다. 동창이라는 작은 사회에서 이것만이라도 잘 익힌다면 오히려 순리가 잘 통하고 화합과 질서 있는 사회가 유지된다는 긍정적인 면이 크다고 생각한다.

고 이종익 회장은 추앙받고 올곧은 양반가에서 태어난 탓인지 심성도 곱고 인품도 훌륭하지만 단호함도 있었던 것 같다. 부부의 깊은 애정과 딸자식에 대한 사랑도 컸으리라 생각한다. 부부와 자식의 연도 자신의 선택이 아니라 하늘이 맺어주는 것이 아닌가 싶다.

인생은 바람처럼 왔다가 바람처럼 가는 것이 아니던가? 인간은 만물의 영장이라고 하지만 하나님이나 부처님 앞에서 인간만큼 나약한 존재는 없을 것이다. 그래서 사람들은 저마다 종교를 가지고 그 믿음에 의지하며 이 험한 세상을 살아가고 있다. 미래가 불확실하고 세상사가 험한 풍화 속에서 헤치고 살아야 되는 처지이고 보니 종교에 심취하여 지낸다. 고 이종익 회장도 카톨릭에 귀의하여 열심히 신앙 생활을 한 것으로 알고 있다.

빛은 어둠을 만들고 어둠은 빛을 드러내듯이 우리의 삶은 둘 다 상존한다. 삶과 죽음, 기쁨과 아픔, 환희와 비탄, 낙원과 나락(奈落), 만남과 이별, 행복과 불행, 평화와 전쟁, 겸손과 오민 등이 상존한다. 인간 세상은 고금을 통하여 절망으로 응어리진 땅이 없는 것과 마찬가지로 희망으로 꽃피는 땅도 없다. 그래서 사는 지혜와 용기가 요청된다.

마지막으로 주역(周易)의 문언전(文言傳)에 나오는 글귀를 생각하면 이종익 후배가 떠오른다. 적선지가(積善之家) 필유여경(必有餘慶), 착한 일을 많이 베풀면 복이 자신뿐만 아니라 자손까지도 미친다는 뜻이다.

"하늘에서 편안히 지내소서. 그간 현세에서 남에게 존경을 받을 만한 덕행과 적선을 다했을진대 내세에서는 하나님께서 천복(天福)을 주고 싶은 마음이 통할 거라 믿사오며 천당(天堂)에서 천작(天爵)을 받으시고 천수(天壽)를 누리소서."

늘 유쾌했습니다,
그리고 멋진 인생을 살았습니다

박재윤(15대 재경 전주고·북중 총동창회 회장, 전 대법관이자 현 바른법무법인 변호사)

우리 모두가 존경하며 사랑을 나누었던 고 이종익 회장님이 우리 곁을 떠난 지 벌써 일 년을 맞게 되어 추모 행사와 문집을 발간하게 되었다. 뜻 깊은 일이며 우리 동창회로서 마땅히 하여야 할 일이라고 생각한다.

고 이 회장님의 일 년 선배인 내가 그를 처음 만난 것은, 그가 재경 동창회의 부회장으로 활동하고 있었던 기간 중의 재경 정기총회 석상이었던 것 같다. 그때만 해도 정말 우리보다 까마득한 선배님들이 재경 동창회의 집행부를 구성하던 시절인데 그 틈에서 나보다 일 년 후배가 벌써 부회장으로 활약하고 있음이 매우 인상 깊었다. 어떻든 반갑게 첫 인사를 나누었고, 이후 만나기도 하고 주위로부터 이 회장님의 평을 들었는데, 한결같이 그의 인품의 훌륭하심과 애교심과 동창회를 위한 봉사와 희생 정신이 투철하심을 칭찬하는 말들뿐이었으며, 내가 직접 지켜본 바에 의해서도 그와 같음을 공감하게 되었다.

그 후 이 회장님은 우리 재경 동문들의 절대적인 신임과 성원 속에 재경 동창회장으로 선출되어 2년 임기를 시작하게 되었다. 그가 임기 중의 한

해 5월, 아름다운 철에, 서울교대 교정을 빌려 제1회 어울림한마당 행사를 기획하고 실행하여 우리 전주고와 북중의 저력과 전통을 천하에 드높게 보여준 것은 그의 포부와 구상이 얼마나 거창하며, 나처럼 범상한 사람들의 좁은 식견을 뛰어넘는 것인가를 증명한 일이라고 생각한다.

그때 이후 격 년으로 이 행사의 전통이 이어져 오고 있지만, 한 번도 그때 제1회 행사의 스케일에 접근조차 해본 적이 없다. 그 제1회의 행사는 지금까지도 다른 사람이 도저히 따라 하기 힘든, 너무나도 이상적이고 훌륭한 하나의 전범(典範)이 되어 있다.

그가 재임 중 보여준 희생과 봉사와 애교심은 어언 재경 동창회의 전설이 되었다. 그만큼 우리들에게는 소중하고도 고마운 분이셨다. 임기를 마치고 일 년 후배인 강대석 회장에게 배턴을 넘기고 퇴임하셨지만 후임 강 회장뿐 아니라 그 다음 차례로 회장을 맡게 된 나에게도 따뜻한 격려와 충고와 성원을 아끼거나 게을리하지 않았다. 그리고 동창회의 운영에 큰 도움을 주셨다.

대치동의 아담한 빌딩의 삼익유가공 사무실로 동창회 간부들을 초대하여 점심을 내시기도 하고, 우리가 조언이나 상의를 드리려고 자진해서 찾아가기도 하였는데 대부분 빌딩 지하에 있는 중식당을 이용하셨다. 항상 즐겁고 유익한 시간을 갖게 되었음을 감사하고 있다.

작년 가을 갑자기 병중에 계시다는 소식을 들었다. 문병을 사양하신다는 말 때문에, 마음만 졸이며 걱정하고 있었는데, 하늘나라로 가셨다는 엄청난 소식을 전해 듣고 망연자실과 허망함을 느꼈다. 왜 하느님께선 우리에게 꼭 필요하고 우리가 가장 존경하고 사랑하는 분들을, 그렇지 아니한 분들보다 훨씬 먼저 불러가시는 것일까. 왜 하느님께선 아주

가끔 그러한 조치를 결행하심으로써 남은 사람들의 허무감과 낭패감을 깊게 하시고, 사람들의 남다른 삶에 대한 의욕을 흐트러뜨리시는 것일까. 좀 더 이 험한 세상에 살도록 두셔도 되는데 왜 그리 급하셔서 이 세상을 더 험악하게 되도록 방치하시는 것일까.

이 회장님께서 하늘에서도 부디, 지상에서처럼 밝고 해맑으시며 주위를 위해 희생과 베풂을 아끼지 않으시는, 영원한 삶을 살고 계시시라고 믿는다. 사모님과 따님들과 후손들의 안온하고도 복된 삶을 빌어 마지않는다.

저의 로망이었습니다,
노블레스 오블리주를 몸소 실천하신 형님

강대석(제14대 재경 전주고·북중 총동창회 회장, 서울법무법인 대표)

얼마 전까지 총동창회 일로 음식점에서 식사한 후 형님 승용차에 같이 타고 오면서 담소했던 모습이 눈에 선합니다. 그런데 갑자기 가시다니 인생무상이 이러한 것이구나 하는 생각에 가슴이 미어지는 듯하였습니다. 생전에 보여주셨던 형님의 인자한 모습, 화통한 웃음 그리고 '노블레스 오블리주'를 몸소 실천하신 형님의 모습은 우리들의 영원한 사표(師表)가 될 것입니다.

다행히 저는 형님의 훌륭하신 인품과 사랑, 모교와 동문, 고향 그리고 나라에 대한 애정을 많이 배울 기회가 있었습니다. 형님은 이 시대를 살아가는 우리 동문은 물론 많은 젊은이들의 우상이요, 로망이셨습니다.

고인께서는 재경 총동창회의 큰 중흥을 이루셨고, 이로 인하여 동문들의 단합과 모교 사랑에 크나큰 진전을 이루셨습니다. 이런 업적과 정신은 저희들 뇌리에 항상 살아 있을 뿐더러 세상이 어려울수록 고인의 넓으신 품과 사랑이 그리워질 때가 많습니다.

이제 이승에서 미처 이루지 못하셨던 아쉬움이랑 다 잊으시고 안락한 하늘나라에서 영원한 평안을 누리소서.

진작에 한 번 더 볼 걸 그랬네, 그리 갈 줄 알았다면……

김준일(40회 전주고 선배, 작가)

73연대 군 복무 시절, 내가 26사단 소총중대에서 73연대 본부중대로 전출을 간 것은 1970년 무렵, 그러니까 지금으로부터 45년 전 얘기다. 무엇을 잘해 중대에서 본부로 전출간 것이 아니라 폭행 사건으로 가게 된 것이다. 그런데 기록카드를 작성하다 종익을 만났다. 카드를 작성하던 서무계가 바로 종익이었던 것이다.

고등학교 선후배가 묘한 대목에서 만난 셈이다. 종익은 당장 나를 본부중대요원으로 근무하도록 해주었다. 그러나 내가 할 수 있는 보직이라고는 KP 즉 취사병밖에 없었다. 사고병은 무조건 일반보직을 주지 않고 취사병으로 보내는 내규 때문이었다.

그런데 취사반에 가자마자 취사병 한 녀석이 큰 국자로 종익의 이마를 때려 다섯 바늘이나 꿰매게 했다. 종익은 서무계답게 국에 왜 이렇게 건더기가 적으냐고 따졌는데 이를 못마땅하게 여긴 취사병이 폭력을 행사한 것이다.

나는 그 취사병을 탄약고 뒤로 끌고 가 실컷 패주었고 일을 바르게 하려는 종익을 괴롭히던 내무반장도 다른 소리 나오지 못하도록 혼을 내주었다. 내무반장은 하사였기 때문에 들통이 나면 나는 또 한 번 상관폭행으로 육군교도소에 갈 판이었다. 그러나 입만 뻥긋해도 내가 가만두지 않겠다고 으름장을 놓았더니 무사히 넘어갔다.

종익은 고생하는 졸병들에게 각별히 신경을 쓰는 인정스런 서무계였다. 당시 73연대에는 장교 두 명을 포함해 전고 출신이 11명 있었는데 매달 한 번씩 이들을 모아 술자릴 주선한 것도 종익이었다. 똘똘하면서도 바지런하고 인정이 많았던 종익. 이렇게 빨리 죽을 줄 알았더라면 진작에 한 번 더 만나보았을 것을, 정말 애통하다.

늘 사랑과 감동을 주었습니다,
저뿐만 아니라 다른 사람에게도

이종인(43회 전주고·북중 동문, 전 국민체육공단 이사장)

종익과 나의 인연은 1960년 4월 혁명이 있기 전으로 거슬러 올라간다. 전주 예수병원 아래에서 살던 나는 북중학교에 입학하였다. 입학 후 며칠도 되지 않아 구내매점 앞에서 '이종익'이라는 이름표를 단 동기생을 보았다. 그도 역시 내 이름표 '이종인'을 보았는지 씨익 웃었다. 우리는 서로의 이름표를 향해 손가락질을 하며 단번에 평생 친구가 되었다.

우리는 같은 반을 한 번도 한 적이 없었는데도 이름표의 이종익의 'ㄱ', 이종익의 'ㄴ'으로 맺어진 뒤 세상에서 가장 가까운 친구였고, 내가 미국으로 이민을 간 후 80년대 초부터 사업 차 한국에 들를 때면 그 소중한 인연을 이어갔다.

한신대에 입학한 나는 진보적인 생각을 가진 교수들 밑에서 공부하면서 자연스럽게 민주화운동에 몸을 담게 되었다. 그러다가 미국으로 이민을 간 후에는 대선이 있을 때면 미국 동포들과 함께 대선을 돕기 위해 한국을 드나들었다. 그때마다 종익과 나는 함께 어울렸고, 시국 얘기 중 곁들인 대화에 시간 가는 줄도 몰랐다. 항상 나를 반갑게 대해주었고 내 곁에서 힘도 많이 실어주었다. 또 종익은 일에 대해 실제보다 훨씬 큰 의미를 부여해주며 용기를 잃지 않도록 해준 것을 회상하면 지금도 고마운 마음이 절절하다.

1996년 졸업 30주년 행사를 준비하면서 미국에 거주하는 동기들이 참여하도록 독려한 덕분에 10명의 대군단이 모교를 방문하여 동참하도록 인도한 일, 1997년 11월 하순 김제공장에서 한 창사 13주년 기념식 참석차 방문하여 샘이와 봄이와의 만남이 시작됐던 일들이 주마등처럼 스쳐 지나간다.

1998년 6월, 우리 부부는 24년이 넘은 미국 생활을 접고 영구 귀국하게 되었다. 이 회장 부부는 우리가 귀국하기에 앞서 거처에 불편함이 없도록 새로 들어갈 아파트에 칫솔이나 세면도구는 물론 간단한 식기와

밑반찬까지 세심하게 챙겨주었다. 아내는 종익의 아내 솜씨라며 입을 다물지 못했다.

그런데 욕실에 들어가 보니 아무 생각 없이 "여기 환풍기 하나만 있으면 좋겠는데" 하고 말을 했다. 욕실에 환풍기를 다는 일이 얼마나 대공사인지 알지 못해 한 말이었는데 이 회장은 내 말을 듣고 단 하루 만에 환풍기 공사를 완성했다.

한국에 정착한 후 서로의 일에 미주알고주알 의견을 나누고, 점검도 하고, 더불어 삶을 공유하며 지냈다. 여기에 일일이 언급할 수 없지만 주위의 수많은 분들에게 베풀었던 값진 사랑들, 그는 진정 지덕체를 겸비한 보기 드문 귀한, 가슴을 저미게 하는 친구였다.

2015년 5월 중순 불안한 소식을 접했다. 그의 암 진단이 나온 몇 주 후였다고 한다. 지금도 그렇지만 우리는 아직 죽음과는 아무런 상관이 없다는 느낌으로 살고 있지 않은가. 그는 이 병을 멋지게 극복하고 정상으로 돌아와 천수를 누리며 아름다운 삶을 영위할 것이라는 확신을 가지고 있었다. 꾸준히 받던 항암 치료의 과정에서 갈수록 경과가 좋아진 것도 그 이유 중 하나였다.

지인들이 알면 괜한 걱정을 끼친다고 누구에게도 일체 알리지 말아달라고, 완쾌 후 재미있게 지난 일을 이야기하자는 말을 철석같이 믿고 의심치 않았다. 본인의 병 회복에 대한 의지와 확신이 더 컸던 것이다.

나는 2015년 매년 하던 대로 미국의 자녀들과 연말을 보내려고 떠나기 전 병상을 찾았다. 그런데 이 회장의 위중한 모습을 보면서 며칠 좀 연기해야겠다고 말했다.

"나 절대 안 죽어. 걱정 말고 다녀와. 다녀오면 훨씬 좋아진 모습으로 널 만나게 될 테니."

결국 뉴욕에서 그의 임종 소식을 들었다. 미국의 친구들도 슬퍼하고 한없는 애도를 보냈다. 몇 년 전 미국에 있는 친구들과 플로리다로 단체여행을 갔을 때 흔쾌히 온 가족이 다 같이 와서 일주일을 재미있게 보냈던 시간이 꿈만 같다.

96세까지는 살 거라고 믿고, 또 확신도 하고, 회복하려고 마지막 순간까지 최선을 다했고, 심지어 떠난 후에도 조문을 온 모든 지인들에게 배려와 사랑을 남긴 그는 시간이 갈수록 더욱 그리워지는 참 위인(Great-Hearted man)이었다.

뭐가 그리 급해 그리 서둘러 갔나, 이 고마운 친구야!

이재근(43회 전주고 동문, 전 공무원)

나(이재근)와 종익과의 친교는 2008년부터였다. 33년의 공무원직을 정년퇴직하던 해인 2006년에 위암 수술을 받고 건강 회복을 위한 방법의 하나로 '등산'을 택했다. 열심히 산행을 하던 중 재경43산악회 회장직을 맡고 있는 종익과 만나게 되었다.

15년을 해외 공관에서 근무했고 네 차례를 국내와 국외(중남미 4개국)로 오가면서 실상 동창 친구들과 깊게 교류할 기회가 적은 나였다. 백수(?)가 되고 그것도 건강을 잃은 처지에서 '참 좋은 친구가 있구나'라고 느끼면서 종익을 만났고, 만나면 그저 좋았다.

나뿐만 아니라 동료에 대한 열정이 대단한 친구였다. 그저 베풀고 동창들의 일이라면 앞서 행동하면서도 겸손한 친구였다. '다른 사람보다 좀 더 가졌다고 베푸는 것은 아닌데……'라고 생각하며 나는 종익을 만나면 만날수록 고맙고 좋았다.

더구나 종익의 형님(종석)이 나의 처남, 이승규(전 경상대 교수)와 고교 그리고 대학동기로 절친임을 알았고 형님의 친구 근황까지 알고 있는 종익의 폭넓은 인간관계를 느껴 더 좋아졌는지도 모른다. 우린 점점 친숙해가는 중이었는데 청천벽력 같은 소식을 접했다.

너무 아깝고 좋은 친구가 이렇게 빨리! 인생의 허무함이 절절이 느껴졌다. 안타깝고 아까움에 너무 서러워 영정 앞에서 따져 묻고 싶었다. 뭐가 급해서 그렇게 서둘러 갔느냐고. 친구의 명복을 진심으로 빌고 그동안 고마웠다는 말도 꼭 해주고 싶다.

떠나간 벗을 기립니다,
우리의 우정과 사랑이 영원하도록

한관수(43회 전주고 동문, 전 국어교사)

나는 고궁을, 그중에서도 경복궁을 자주 찾는다. 덕수궁과 창덕궁과 견주어 규모가 장대하고, 왕의 위엄을 느끼게 하는 곳이기 때문이다. 임진왜란 시 분노한 백성들의 방화로 소실되었던 것을 고종 때 흥선 대원

군이 당시의 국력을 뛰어넘는 무리수를 두면서까지 지은 궁궐이 아닌가. 근정전, 경회루, 강녕전, 교태전, 향원전 등.

몇 해 전 근정전 앞에서 우연히 이종익 회장과 마주쳤다. 반갑게 악수했고 옆에 여러 친구들도 웃고 있었다. 박노훈, 유희백, 황시범, 육완방, 이영호(고창에서 상경) 등이 반겨주었다. 알고 보니 송건회 모임이 있는 날이었다.

재경43산악회는 재경 전주고 43회 등산 동호인 모임으로 격년제로 부부 송년 여행을 해오고 있다. 근래에도 중경·은시(2011년 10월 20일~24일)와 치앙마이·미얀마(2014년 12월4일~8일) 여행을 다녀왔다.

이 회장은 공사다망하고, 재경43산악회 회장을 내려놓은 지도 여러 해가 지나 기대를 하지 않았는데, 치앙마이·미얀마 여행에 동참하여 무척 반가웠다. 태국에서 국경을 넘어 미얀마(버마)로 들어가, 산악 지대 소수 민족 민속춤을 구경하고, 끝날 무렵 어린아이들이 품에 안겨와 같이 사진을 찍는데, 나도 모르게 함박웃음이 나왔다. 옆에 이 회장도 마찬가지였다. 그렇지, 우리들에겐 손자들이 있지. 일어설 때 내 품에 안긴 고사리손에 1달러를 쥐어주었다. 그런데 옆에 이 회장은 미리 준비해놓은 듯 그곳에 있는 어린아이들 전부를 손짓으로 모아놓고, 차례차례 고사리손에 1달러씩 쥐어주는 것이다.

아차, 나는 내 품에 안긴 어린아이만 생각했구나. 작은 일인 듯하지만 이 회장의 마음 씀씀이를 배워야겠다는 생각이 들었다.

즐거운 여행과 편안한 담소로 친구들을 늘 즐겁게 해주었던 친구여, 이제 자네를 볼 수 없어 너무나 아쉽지만 그 우정과 사랑은 내 마음속에 평생 간직하며 살겠네. 고맙네 친구여!

1월 1일 새해 인사를 나눈
우리가 헤어지게 되었습니다

홍한수(43회 전주고 동문, 전 공무원)

　이종익 회장과는 전주고 3학년 2반 같은 반으로 졸업한 동창 홍한수입니다. 학교를 졸업한 후에도 서로 소식을 알며 지냈습니다. 이 회장이 동기 동창회장, 재경 총동창회회장을 할 때 여러 행사를 많이 해 자주 만났습니다. 특히 재경전주고43산악회 회장일 때는 내가 등산을 조금한다 하여 나보고 홍 대장이라 부르면서 자주 만났습니다.

　나는 산을 좋아해 자주 등산을 하였고 매년 1월 1일이 되면 새벽에 아내와 함께 북한산에 올라 해맞이를 하곤 했습니다. 이 회장이 산악회장이 되어 열심히 이끌어준 것에 고마워하며 휴대전화로 새해 인사를 하곤 했습니다.

　한번은 이른 시간에 새해 인사를 문자로 보냈는데 즉시 이 회장이 전화를 해왔습니다. 새해 인사를 왜 문자로 하느냐며 통화를 하자고 했습니다. 그러고는 서로 아내와도 안부 통화를 했습니다. 이 일이 매년 연례행사가 되어 2015년 1월 1일에도 전화통화를 하였는데 올해는 하지 못해 슬픈 추억이 되고 말았습니다.

　큰아들 결혼식 주례를 부탁했는데 당일 일정이 빠듯하고 다음 날도 주례가 있는데도 한참을 생각하더니 흔쾌히 부탁을 들어주어 미안하고 감사한 마음을 갖고 결혼식을 잘 치렀습니다. 그간 이 회장과 함께한 세월들이 진한 추억이 되어 각인되었습니다. 너무나 아쉽습니다. 그리고 보고 싶네, 친구여!

李鍾益,
자네는 大人이었다네

김영태(43회 전주고 동문. 전 교보생명 국장)

 여송, 그는 주변을 보살피고 발전시키고자 하는 생각이 뼛속에 깃들어 있는 사나이였다. 겉과 속이 똑같은 사람, 정교하고 치밀하면서 깊은 영혼을 가진 친구였다. 자주 만나지 않아도 친분을 유지하고픈 친구였다.

 항상 등을 보이며 앞서가는 거인(巨人)이었다. 시대의 흐름에 떠내려가지 않고 머물러 있어야 아름다운 대인(大人)이었다.

 그는 갔고, 나는 오늘도 강화에서 숨 쉰다. 희래등에서 한잔하며 담소하던 모습이 아련하다. 갈수록 더 허전타. 시방도 허전키 가이 없다. 자네가 없으니 오늘 졸업 50주년 행사장에도 가지 않았다.

 여기에 북중전고 4043 cafe에 올렸던 추모 글을 찾아 소개한다.

친구여
잘 가시라

하늘에 가서도
좋은 일 많이 하시라

자네의 사랑과 배려
오래토록 기억하려니

가슴 한켠이
벌써 허전쿠나

― 이종익 發靷 日時에

보고 싶은 친구여,
지금 어디 있는가?

양기석(43회 전주고 동문. 양정S&C 대표)

마누라 생전에는 그 존재의 귀중함을 모르다가, 죽고 나서야 알게 된단다. 친한 친구의 경우에도 역시 마찬가지인 듯하다! 우리 나이에서는 거의 다 은퇴해 집에 있다. 허나 종익은 자기 사무실이 있다. 난 그의 사무실과 가까운 거리에 살고 있기에 가끔 심심하면, "커피 한잔 할 수 있나?" 하고 묻고서 놀러가곤 했다.

다리 뻗고 편히 앉아서 담배도 여러 대 함께 피우고, 커피도 두 잔쯤 마셔대고. 세상 돌아가는 이야기, 친구들 이야기, 집안의 이렇고 저런 이야기들. 종익이 불시에 떠나고 나니, 우선 내 자신이 불편하기 짝이 없다! 죽은 사람은 어쩔 수 없다 하더라도, 난 마누라를 잃은 듯 허전하기 그지없다!

야! 이 친구야, 살아생전에 좀 더 자주 만나볼걸. 난 원래 술자리를 안 하기에, 평소 다정한 말과 정도 나누지 못했다. 살아생전에 내 이야기도 많이 하고, 좀 더 깊은 이야기도 나눠볼걸. 미안하고 후회가 된다! 깊은 회한(悔恨)이 나를 괴롭힌다!!

지난 5월 어느 화창한 날에, 난 무작정 집을 나와서 이리저리 정처 없이 헤맸다. 종익의 사무실을 찾아가 커피 한잔 마시며 담배 한 대 얻어 피웠으면 좋으련만. 그런데 그리 할 수 없다.

나도 모르게 눈물이 흘렀다. 친구여, 친구여, 거기서 편안히 잘 쉬소. 우리 혹시 다시 만날 수 있다면, 저세상에서 꼭 한번 다시 만나보세, 그레!!

너에게 한 번도 뭔가 해주지 못했으니……
이것이라도

정창현(43회 전주고 동문, 전 교사)

나는 2015년 그 해에 여송과 여섯 차례밖에 만나지 못한 것 같다. 만났던 그때를 생각해보니 거의 공식적인 행사였기에 의미 있는 대화도 나누지 못하고 오직 건강하자는 덕담을 나눈 짧은 만남이었다. 수시로 통화는 했지만 일 년 동안 만나 손잡은 것이 수회에 지나지 않음은 매우 유감이다.

아마 57년이라는 기나긴 동안 친구로 지냈지만 원하든 원하지 않든 간에 너무 많은 차이가 나는 우리들은 서로간의 세월의 격차가 가져온 다름을 어쩔 수 없이 인정하며 각자 삶의 기운에만 도취되어 있었던 건 아닌가 하는 생각이 든다.

그런 가운데에서도 '베푼다'는 의미로서의 친구 간의 거래에 익숙하지 못했던 나에게 꾸준히 그리고 변함없이 따뜻함을 견지해준 친구 여송을 생각하면 내 인생의 큰 행운이 아닐 수 없다.

문득 시골에 사는 농기 친구가 나에가 해준 말이 생각난다.

"창현아, 나는 정말 종익의 고마움을 잊을 수 없다."

"그래! 무슨 연유라도?"

"내 사업이 어려워서 이사장한테 염치없게 돈 좀 빌려달라고 했지. 그런데 사유도 물어보지 않고 선뜻 빌려주더라고, 그것도 1억이라는 큰돈을."

"그래서 지금은 어찌됐어?"

"물론 몇 년에 걸쳐 이자와 함께 모두 갚았지."

"잘됐네!"

"그런데 말이다, 모두 해결한 후 이사장이 삼익 사무실에서 만나자고 연락이 왔어. 그래서 바쁜 일 제쳐두고 올라갔지. 그런데 말이다, 그동안에 내가 갚았던 이자를 모두 되돌려주는 거야. 그때는 금리도 만만치 않을 때였는데. 매월 이자를 받은 이유를 설명해주면서 차곡차곡 받아두었던 모든 이자를 내 통장에 입금시켰다는 거야. 용돈이라도 하라며. 그 말을 듣고 그 배려에 고마워서 울고 말았다."

정말 대단히 훌륭한 친구다.

2014년 10월 말 나는 담석과 간의 이상으로 병원에 보름 정도 입원했다. 퇴원하는 날에 여송한테 전화를 했다.

"으아! 나 담석 수술했다. 쓸개 빠진 놈이 됐어. 하하!"

"그래, 고생했다. 나도 발을 잘못 디디는 바람에 앞으로 넘어졌는데 치아가 장난이 아니다. 안면 상처 치료하면서 임플란트까지 하느라 고생이 말이 아니다."

"엥? 뭐래. 우리가 아프면서 상호간에 연락도 취하지 않았단 말이지?"

"아픈 것이 무슨 자랑이라고!"

"에이! 그래도 너무했다!"

"그건 그렇고, 너 계좌번호나 보내라. 한 번도 너한테 도움을 준 적이 없어서 그런다. 작지만 100만 원만 보낼 테니 치료비에 보태 써."

"어허, 이 사람 나 괜찮아. 이제 퇴원했다니까."

"야! 내가 아프면 네가 도와주면 되잖아!"

"그래? 그럼 나 갚을 능력 없으니까 네가 앞으로 아프지 않으면 되겠네. 하하!"

항상 들어도 이상한 마력 비슷함에 이끌리는 그대의 찰지고 다정다감한 이야기들을 천국에서 만나 다시 듣기를 소망한다. 그대가 함께 해줘서 지금까지의 내 인생, 참 행복했다.

"고맙네, 여송! 이종익, 내 친구여!"

여송! 이제는 편히 말하시게!
그리고 편히 쉬시게!

김호성(43회 전주고 동문, 전 공무원)

여송과 내가 인연을 맺은 것은 고등학교 1학년 때 같은 반이 되면서였다. 늘 미소를 잘 짓고 다른 도시 애들과 달리 까시럽지가 않았고 순수하였다. 그래서 친근하게 지낼 수가 있었다.

대학에 진학하고 사회 생활을 달리하니 잘 만나지 못하다가 여송이 동기동창 회장을 맡고 졸업 30주년 행사를 하면서 동창회장을 넘겨주고 재경산악회 회장을 맡으면서 친하게 되었다.

삼사 년 전쯤 여송의 집 근처 예식장에서 동창의 자녀 혼사가 있어 갔다가 친구들 7~8명이 그의 집으로 몰려갔다. 갑작스러운 많은 친구들 방문에도 사모님께서 우리들을 반겨 맞아주었다. 술안주와 양주가 몇 병 나오고 담소를 나누며 즐기다 집 구경을 한 후에 여송의 집을 나왔다. 우리들은 아파트 경비실 앞까지 따라 나와 배웅을 하는 여송의 따뜻한 마음을 느끼며 귀가했다.

2014년 1월 재경 전주고 43회와 북중 40회 동창회 정기총회가 공항터미널에서 열렸는데 여송이 내 손을 잡으며 동창들을 위해 수고해달라고 웃으며 말해 사무국장을 맡게 되었다.

2015년 11월 초, 오전 10시쯤 동네 헬스센터 러닝머신에서 운동하고 있는데 휴대전화 벨이 울렸다. 여송의 전화였다. 안부를 나누고 바쁠 터인데 어인 일로 전화를 주었냐는 내게 여송은 수고가 많다는 둥 하면서 무슨 말을 할 듯 말 듯 하다 통화를 끝냈다.

이것이 여송과의 마지막 통화였다. 여송이 왜 두세 번 반복하며 수고한다고, 밥 한번 먹자는 얘기를 하였을까? 그때 내가 왜 생각 없이 전화를 이어가지 못하고 끊었을까? 여송이 무슨 말을 하려고 하다 끝내 하지 못하고 실없는 얘기만 하였을까? 부음을 듣고 정신을 차려 생각해보니 돌이킬 수 없는 후회가 낙인처럼 남아 있다.

여송, 아무 걱정 말고 이제는 편히 말하시게. 말해보시게! 비록 육신은 갔지만 우리들 모두의 가슴속에 남아 있는 여송! 하늘에서 가족들을 돌보아주시게. 그리고 모든 것 내려놓으시고 편이 쉬시게.

43회의 자존심, 자네는 멋졌네

서인철(43회 전주고 동문, 석유산업연합회 간부)

이종익 회장은 전주고 총동창회를 발전시키고 번성시켜 여러 업적을 쌓

앉다. 자그마한 체격의 소유자가 어디에서 그렇게 강력한 추진력이 있는 걸까. 졸업 30주년 기념 행사를 성대히 마치고 남은 기금으로 재경 동창회 역사상 기수 최초로, 강남구 선릉로 28평짜리 오피스텔을 사무실로 마련했다.

전주 동문과 재경 동문이 합동체육대회를 역대 최초로 1박 2일 일정으로 무주리조트에서 성대하게 치렀다. 재경산악회 회장으로 2002년 8월 백두산에 15명의 회원을 이끌고 서백두에서부터 소천지까지 중국 쪽 백두산을 종주했고, 2004년에는 51명의 산악회원들을 금강산으로 출발시켜 등정했다.

동창회 최초로 해외여행을 중국 장가계로 추진한다는 소식에 선뜻 성금 200만 원을 기부해 30명이 동부인으로 3박 4일 여행을 즐겁게 다녀왔다. 이 회장은 항상 약자나 빈자 측 입장을 잘 배려하고, 이해하는 자세로 동창회를 이끌었다. 43회의 자존심이라 생각했는데 이제는 그 자리를 누가 채울지 안타깝기 이를 데 없다.

중바위에서 화이어(FIRE), 다시 일송회로 뭉쳤습니다

김해곤(43회 전주고 동문, 자영업)

1962년 중학교 2학년일 때 학교 축구부를 보강하기 위해 체육 시간에 자질 있는 학생들을 물색하다 나와 이종익이 선정됐다.

중학교 시절 소위 '클럽'이라는 것을 만들 때 의기투합하는 양상이었다. '일송회'의 모태인 '중바위'도 이때 만들어졌다. 회원으로는 이종익, 김수곤, 정창현, 김창호, 김학경, 유길종, 박성은, 이철재, 진연, 전기창, 송환섭, 박용근, 김병화, 이의곤, 김해곤이었다.

'중바위'라는 이름은 무거울 중(重)으로 생각하기 쉽지만 '중'자는 그 '중'이 아니고, 스님의 순수한 우리말 '중'이 맞다. 고등학교 때 다시 이 모임의 이름을 바꿨다.

'FIRE(횃불)'이라고 했다.

여기에는 심오한 뜻이 담겨 있었다. F는 Friendship 곧 우정, I는 Immortality 곧 불멸, R은 right 곧 정의, E는 Eternity 곧 영원이었다. 아마 송환섭이 제안한 것 같다.

그 후 전주에는 해군사관학교를 졸업하고 일신상의 문제로 하향한 이철재, 전북대를 졸업한 김수곤은 전주에서 사업을, 전북대를 졸업한 정창현은 역사 선생님으로 역시 고향 전주를 지켰다.

이종익을 위시한 7명의 친구들은 서울에서 기반을 잡아 사회적 소임을 충실히 하고 있었다. 전기창은 영국 유학을 2년간 마치고 고려대에 편입하여 졸업한 후 한국방송광고공사에 입사하여 제주도 지국장을 끝으로 정년퇴직한 바 있다.

일일이 열거할 수는 없지만, 전주 3명과 서울 7명의 'FIRE'는 열심히 살고 있었다. 성인이 되고 부인들까지 회원으로 모두 등록시킨 이 모임을 좀 더 성숙되고 어른스럽게 한 번 더 이름을 바꾸게 된다.

이종익의 제안으로 오늘날의 '일송회(一松會)'가 재탄생한 것이다. 1962년 만들어져 지금까지 살아 있으니 우정을 유지하고 있는 것도 쉽지 않지만 개개인의 인생 성취까지 합하면 이 모임에 남들이 혀를 내두르는 것도 그리 부끄럽지 않다.

난 서울에 살다 군 입대를 위해 전주로 내려가 신체검사를 받아야 했다. 전주에서 하루 거처할 곳이 마땅치 않았는데 종익은 부모님이 사시는 자신의 집으로 가서 하루 잘 것을 배려했다. 당시 전주에는 여송의 어머니와 아버지 단 두 분만이 계셨다. 난 정말 종익의 집으로 가서 하루 신세를 졌다. 아침에 눈을 뜨니 어디서 도란도란 얘기 소리가 들렸다. 동그란 화장대 거울을 앞에 놓고 두 분이서 사이좋게 흰머리를 솎아내고 계시면서 나누신 소리였다. 얼마나 다정해 보였는지 모른다. 여송은 이런 아버지와 어머니의 모습을 딱 절반씩 닮은 것 같다.

수십 년간 서로 다른 개체로 살면서 종익을 다 말한다는 것을 있을 수 없다. 다만 정(情)을 가지고 살았기에 오랜 일들이지만 기억나는 몇 가지를 전할 뿐임에 마음 아프다. 이영옥 씨와 이샘이 그리고 이봄이의 애씀과 도와주는 집필진의 노고가 어우러져서 범인으로서의 특별한 그가 영원히 기억되기를 바란다.

갑자기 떠난 친구여,
아쉽고 아깝고 야속하네

육완방(43회 전주고 동문, 건국대 축산대학 학장)

나는 초등학교 시절 머리에 소위 말하는 기계독이라는 피부병을 심하게 않았다. 이 병이 옮는다고 그 누구도 나와 같이 짝꿍을 하려 들지 않았다. 아이들은 나하고 싸움조차 피해 나는 친구들과는 잘 어울리지도 못했다. 성격도 내성적이었던 나는, 무주에서 전학을 온 활달하고 축구를 잘하는 종익이 부러웠다. 나는 운동장 한구석에 서서 종익과 아이들이 축구 시합을 하는 걸 지켜보기만 할 뿐이었다.

초등학교 시절 나를 잘 대해주고 따뜻하게 감싸준 사람은 5학년 때 담임선생님과 종익이었다. 아이들은 모두 나를 왕따를 시켰지만 담임선생님께서는 포스터 전시대회나 우리 학급의 환경미화는 모두 나에게 시키셨다.

그 당시 그림을 잘 그려 담임선생님께 인정을 받는 것이 너무 행복했다. 그러다 종익이 내 짝꿍이 되었다. 종익은 처음부터 나에게 잘 대해주었고 다른 아이들과 다르게 싫어하지 않았다. 말도 잘 시키고 쉬는 시간이면 같이 나가서 축구를 하자고 내 손을 잡아끌기도 했다. 나는 못 이기는 척 종익을 따라 나섰다.

이로부터 시작된 인연은 비록 중고교 시절에는 약간 소원했으나 같은 대학, 같은 축산업의 길을 걸으면서 평생 인연을 이어왔다. 학과는 달랐지만 친구들 중 유일하게 초등학교부터 대학까지 같은 학교를 다녔다.

학창 시절에도 교우관계가 좋았지만 사회 생활에서의 종익은 항상 모임의 중심이 되어 모든 이들에게 물심양면으로 도움을 주어 품격 있는 모임이 될 수 있도록 이끌었다. 특히 친구들의 모임에서는 항상 부인들도 함께 참석하게 하여 "레이디 퍼스트!"를 부르짖어 부인들로부터 큰 환영을 받았다.

내가 그를 좋아하는 이유는 내가 갖지 못한 많은 장점들을 갖추고 있기 때문이다. 그는 언제나 자신이 하는 일에 대하여 자신감과 확신을 갖고 있었다. 그런 태도에 부러움과 함께 경이로움을 느꼈다.

종익의 신념과 자신감 그리고 남을 뛰어넘는 용기는 어려서부터 받은 가정교육과 사회 생활을 하면서 익힌 신의와 봉사정신으로부터 기인되었으리라 생각된다. 그는 개척적인 사람이었다. 그는 항상 노력하고 연구하며 도전적이고 미래 지향적이었다. 그는 의지가 강하고 성공한 CEO였다. 이제는 그의 성공적인 인생의 결실을 지켜볼 수 없게 된 것이 그저 안타까울 뿐이다. 이제 퇴직하여 정말 좋은 친구와 전원생활을 하며 시간을 많이 보내고 싶었는데 갑자기 떠난 친구가 너무나 야속하고 아쉬우며 그저 보고 싶다.

감사의 인사도 제대로 못하고
보냈네! 고마웠네

박진영(43회 선주고 동문, 농협지점장)

2015년 4월 23일 순창 장군목에서 전주와 서울 동창합동춘계야유회를 가졌다. 종익 부부와 우리 부부 같이 참가해 섬진강 요강바위에 앉아서 전주 동창회장 정창현이 마련한 5인조 기악연주회 감상을 하며 담배도 같이 피웠던 기억이 생생하다.

나는 최근 전주고 43회 재경 동창회 재무이사를 맡으면서 동창회 운영에 따른 자문 및 협조 등을 구하러 종익의 사무실에 자주 들렀는데 그의 몸 상태가 그렇게 심각하다고 감지를 못했다.

그런데 그즈음 종익을 만나보았다던 친구 육완방으로부터 병원 입원 사실과 2016년 1월 중순쯤이면 송건회 모임을 가질 수 있다는 언질이 마음을 안심케 했다. 송건회는 전주고 43회 9명의 모임으로 종익의 역할로 모임이 활성화되어 다른 동기동창들이 제일 부러워한 모임이다.

나의 부친이 해방 직전 무주 관내 면사무소 면장을 지내실 때 종익의 부친께서 무주군청 과장으로 재직하고 계셔서 언젠가 종익의 집에 놀러 갔는데 종익의 어머님이 내가 박 면장의 아들이라고 반겨주신 일들과 수년 전 종익의 모친이 돌아가셨을 때도 산소자리가 내가 태어난 설천면(일명 무주 구천동) 인근이었다.

항상 미소를 머금고 사람을 편안케 해주었던 종익은 집사람 표현대로 작은 거인이었다. 체구는 작고 키도 크지 않지만 생각하는 스케일이 큰 그릇이었다. 종익의 부음을 들은 그날, 우리 동기들은 사당동 전철역 부근 횟집에서 송년회를 가졌다. 나는 슬픔에 복받쳐 엉엉 울었고, 옆자리에 앉았던 친구가 나를 진정시켜주었다.

난 그날 저녁 재경 전주고 송년음악회 참석을 포기하고 종익이 안치된 건국대병원 장례식장으로 달려갔다. 제일 안타깝게 생각되는 것은 종익은 내 인생의 제일 아름다운 동반자였고 종익이 있어 행복했고 고마웠다는 감사의 인사를 하지 못하고 보낸 것이다.

종익의 바로 위 형인 종석이 형은 전주고 친목회(농송회)에서 매 분기 초에 뵙게 되는 바 종익의 모습을 대신 보는 것 같아 항상 편안하고 큰 위로를 느끼고 있다.

자네를
감옥에 보내서야 되겠나?

안형옥(43회 전주고 동문, 금만산업 대표)

1996년 재경43회 동창회 회장이었던 이종익 박사와 나의 관계는 내가 맡고 있던 전고 재경43회산악회 회장을 이 박사가 이어 맡으면서 더욱 활성화되었다. 이후 재경전주고 총동창회 회장으로서 전례가 드물 정도로 동창회에의 헌신은 잘 알려진 사실이고 개인적으로 특별히 고마운 일이 있었다.

내가 어이없게도 한 폭력 사건에 연루되어 소송을 당해 벌금을 부과하게 되었다. 내가 능력이 부족해 이 박사께 부탁했다. 당시 내가 이 박사에게 상당한 채무가 있음에도 불구하고 "자네를 감옥에 보내서야 되겠나?" 하고 허허 웃으며 인자한 형님처럼 선뜻 적지 않은 벌금을 납입해 주었다.

이 박사의 갑작스런 타계는 내게 커다란 충격이었다. 사랑과 헌신으로 뭉쳐진 사람이 더 오랫동안 우리 곁에 계시면서 아직도 앞을 잘 못 가리는 우리들을 좀 더 이끌어주셔야 되는데. 나는 슬픔과 커다란 상실감에 한동안 혼돈 상태가 지속되었다.

살아 계신 하나님을 믿고 있는 나로서는, 하나님의 오른쪽에 앉아 계신 예수님의 곁에 이 박사가 계셔서, 세상의 모든 정의를 세우고 옛 친구들에게도 등대의 역할을 하길 바라면서 간절히 기도한다.

인간사 제행무상(諸行無常)이라지만
원통하고 또 원통하다네

유희백**(43회 전주고 동문. (주)유화엔에프 대표이사)

그대와 난 전생에 무슨 연이 있었기에 저세상에서도 내 사무실을 바라볼 수 있는 곳에 자리하고 있는가! 또 2007년도 우리 회사의 공장 준공식에 보내준 커다란 괘종시계에 그대의 이름 석 자가 있어 지금도 아침마다 그대를 생각한다네. 이는 기쁠 때나 어려울 때나 나와 같이 있으렴인가!

그대와 난 봉천동 신혼 살림집부터 남대문과 청계천 사무실을 거쳐 건국대 동문 모임인 송건회를 통해 서로 우정을 키워왔지. 자네는 송건회 모임 때는 친구들을 그리 좋아해 매번 2차 모임을 주선해 구성진 노래와 춤으로 흥을 돋웠고 전주고 친구들의 여비를 대주어 끈끈한 송건회로 만들었지.

그리하여 부부동반으로 소양, 고창 선운사, 임실 편백숲, 또 삿포로 여행을 통해 좋은 추억을 쌓았지. 작년 봄, 비원 관람 후 노래방에서 부부가 같이 흥겹게 노래 부르던 모습이 엊그제 같은데 이젠 볼 수 없다니 너무 허망하네. 가끔 사무실에 들렀을 때도 그대만의 친구 사랑으로 정을 흠뻑 담아 왔다네.

아무리 제행무상이라지만 그대 없음이 원통하고 또 원통하다네. 그대의 친구 사랑이 나에게로 전이되어 그대의 100분의 1이라도 닮아보고 실천해보려고 하네.

부디, 저세상에서도 이승에서 그랬듯이 우릴 지켜주기 바라고 하늘나라에서 편안히 영면하길 바라네.

306** 산더미 위에 돌 하나를 더 얹어라

그대는 우리의 가슴속에 좋은 친구, 잊지 못할 친구로서 영원히 살아 있을 거네.

서운하다는 말도 못하는 사람, 미안하다는 말도 못하는 사람

윤세균(43회 전주고 동문, 전 기업은행 지점장)

여송 이종익 형과의 인연은 시작은 덤덤했으나 끝은 아름다웠다. 정확히 말하면 시작은 미안함과 부끄러움이었다. 그러나 여송이 우리 곁을 떠날 때까지 20여 년 동안 나는 그를 깊이 신뢰했고 그는 내게 따뜻한 마음으로 대했다. 특히 혼자가 된 내게 늘 애틋한 마음을 보여주었다. 그래서 나는 이 세상에서 그와의 인연이 아름다웠다고 말한다.

1993년도에 내가 처음으로 은행지점장이 되었을 때였다. 당시에는 업무를 확장하기보다 실수 없이 하는 것이 중요하다고 생각했다.

초여름 어느 날로 기억한다. 그가 예고도 없이 내 사무실에 찾아왔다. 그의 삼익유가공은 기초를 다져 이제는 성장을 위해 회사를 확장할 단계라고 했다. 그런데 간이사우나 시설을 개발했다며 소비자 반응이 괜찮은 것 같고 앞으로 제품을 소량씩 수출할 의향도 있다고 했다.

시설비로 얼마간의 투자금이 필요하다고 말했다. 그는 내가 은행에서 외환 부문에 오래 근무했으니 수출도 할 생각으로 나와 상담을 하고 싶었던 것 같았다. 그래서 나는 그런 내용을 담당 직원에게 설명하고 가능한지 검토해보라고 했다.

그런데 담당자들의 의견은 업종의 전망과 채권보전 문제 때문에 매우 부정적이었다. 최종적으로 내가 책임을 지고 취급하든지 아니면 어렵다고 말해주어야 했지만 나는 고민만 하고 있었다. 그런 나에게 그는 어떻게 되었냐고 한 번도 묻지 않았다.

그때 나는 "못해주어 미안하다"고 했어야 했다. 아니면 차라리 그가 내게 그때는 서운했다고 말해주었더라면 좋았을 것이다. 그 후 그와 20년 이상을 친구로 지내며 알았지만 여송은 그런 말을 할 줄도 모르는 위인이었다.

이제 나는 이종익 형과의 인연에서 지난 세월의 후회와 아름다운 추억을 잊을 수 없다.

"여송, 미안하네, 아름다운 인연 고맙네!"

먼훗날 보내야 할 편지를 급하게 보내는 이 시린 가슴이여!

홍석빈(43회 전주고 동문. SB휴맥 대표)

광야 같은 파미르에서는 쏟아지는 별들로 셈본을 하고 시베리아와 알래스카에서는 갈색 큰 곰과 노닐다 마야와 마추픽추 거쳐 펭귄 뒤뚱이는 남극도 간다 했다.

나는 기억을 지우기 위해 다시 기억을 해야 하는 곤혹스런 추억의 장을 펼쳐야겠다. 친구는 단벌 교복 바지의 날을 세워 주름을 잡으며 째를 내기도 했다.

그런 후 어느 날 박사가 되더니 교수로 위촉되었다. 온통 거실 바닥에 시험지를 펴놓고 고민도 했다. 쿠알라룸프, 치앙마이, 장가계, 순천만 장군목의 나들이에서 몸짓으로만 대화했던 친구.

모두들 모여 수다 떨며 담배를 피워도 옅은 미소를 띤 표정으로 재떨이만 챙겨주던 정 많은 친구. 어느 날 갑자기 아장이는 걸음마 달음박질하는 젊음을 뒤로 두고 그냥 떠나버리지 않았나!

온통 양보하고 배려하며 어려운 친구들 염려도 해주고 소리 없이 주었던 친구야! 추락하지 않는다고 징징대는 친구에겐 날개도 부쳐주지 않았던가.

조금 상처 난 기억 윤기 나게 닦아놓고, 키높이 운동화에 칫솔과 수건을 챙겨서 가벼이 출발했는가.

여인이 곱게 수놓은 보자기 깃발 삼아 펄럭이며 홀연히 떠난 친구야!

항상 기다려주고 지혜는 빌려서 쓰라 했다. 나는 지금 미당의 육자배기라도 달래지 못하는 비워진 가슴으로 많이 아파하는데 십수 년 후에 출발하여 만나자 했더니 여러 약속은 그때 생각하고 뒤뚱이는 펭귄 손잡고 눈길이나 걷자 하더니.

알프스 어느 산간 작은 우체국 내 엽서가 그곳에 도착하거든 답장을 주게나. 나도 그때쯤이면 그립던 친구와 함께 꾸노의 아베마리아 선율이 흐르고 조나단과 백경이 노니는 아프리카의 남단 희망봉까지 가세나.

사실은 누더기 진 윗도리 꿰매느라 자꾸 늦어지네. 남아 있는 친구들 맥 없는 잔치에 조금 더 늦어질지 모르겠네. 하여튼 우리 모두 머지않아 만나지 않겠는가. 계절이 바뀔 때마다 잘 챙겨 입고 식사 거르지 말게나.

보채는 글쟁이들 때문에 먼훗날 보내야 할 편지를 우선 급하게 보내니 부족한 것 많지만 양해 바라네!

자네를 잊을 수 있겠나, 품안에 두고 기억하겠네

김웅채(43회 전주고 동문, 남서울대 초빙교수)

한 해도 저물어 2015년 끝자락인 12월을 넘기지 못하고 15일에 우리 43회 전고 동기생의 영원한 친구 이종익이 죽을 때까지 남에게 마음의 상처를 주지 않으려고 혼자서 남몰래 병마와 싸우다가 저 세상 언덕에서 힘겹게 몸부림치다 쓰러졌네.

이종익 부음을 휴대전화로 접할 때 친구들은 모두 본인상이 아니고 친지상인 줄 알고 의아하게 여기면서 확인을 하고 나서야 왜 갑자기 세상을 떠났냐고 놀라며 어안이 벙벙해지고 눈앞이 깜깜했다. 주위 친지들의 이야기를 들어보니 본인은 손 쓸 수 없을 정도로 큰 병인 줄 알고서 죽는 날까지 병명을 비밀로 하고서 친구들에게 아프다는 내색도 없이 평소나 다름없는 의연한 자세로 대했다고 한다.

생전에는 재경 전고 총동창회 회장과 43회 동창회장을 하면서 동창회 발전을 위해 기금을 조성하고 자기 일처럼 헌신적으로 고생을 했다. 죽어서도 친지들에게 부담을 주지 않으려고 부의금도 받지 못하게 했다 하니 종익의 대범한 모습과 눈물겨운 배려에 감복하지 않을 수 없네.

말로만 듣던 서울추모공원 화장터에 처음으로 와서 보니 장례 버스가 줄을 서서 대기하네. 산 사람만 지하철 등에서 만원인 줄 알았더니 망자도 순서를 기다릴 정도로 만원으로 저승문도 꽉 차서 들어가네.
화장터에는 산 지와 망자가 뒤범벅인 채 눈물바다로 남편을 잃은 미망인이나 아버지를 보낸 따님들 그리고 사랑하는 친지들이 사별의 울음이 복받쳐 나오니 가슴이 메이는 슬픔으로 정신이 멍해지네.

엊그제만 해도 멀쩡히 보였던 사람이 화장하여 항아리에 봉해 변신해서 이제는 사람이 아닌 물건처럼 한 평 크기도 안 되는 납골당에 안치되네.

생전에는 천금만금보다 애지중지하던 몸뚱이가 허무하게 한 줌의 재로 변하니 살아 있는 것이 산 것처럼 느껴지지 않고 허공에 뜬 구름처럼 맴돌다 가는 생으로 맥이 빠지네.

살아생전에는 뽐내며 천년만년 살 것처럼 끝없는 탐욕으로 앞만 보고 헛된 영욕에 빠져 기진맥진 달려왔건만 꿈속에서나 그리던 행운의 여신은 홀연히 사라지고 천 길 만 길 음산한 막다른 낭떠러지에 다다르네.

어느 날 갑자기 깜깜한 저승문에 끌려오니 가진 것 모두 허망하게 내려놓고 처자식들과 친지들 오열 속에 한 마디 말도 건네지 못하는데도 죽어서도 인연의 정은 남아 있어 울며 불며 떨어지지 않으려고 뒤돌아보나.

이승과 저승의 갈림길을 벗어나니 영혼은 몸을 떠나 뭣이 그리 바쁜 듯 저승길로 홀로 황망히 떠나가네.

사람이 인연의 정 때문에 생전에 이별할 때나 망자와 사별할 때에도 잊지 못하는 순수한 감정이 복받쳐 눈물이 나오네.

장례식장에서 발인할 때 관 앞에서, 추모공원에서 화장터로 관이 들어갈 때, 납골당에서 봉안할 때, 종익의 미망인이 "여보"라고 가슴 찢어지듯 애통하게 통곡하니 나도 세 번씩이나 눈시울을 붉혔네.

사람이 나서 죽는 것이 정해져 있는데도 우릴 슬프게 하는 것은 못 다

한 아쉬움과 살려고 하는 무한한 욕망 그리고 살면서 얽히고 설킨 거미줄 같은 인연의 정 때문이네.

종익 친구여!
이제 저 세상으로 가서는 이 세상에서 못 다한 허망한 것들을 모두 잊고 처자식들과의 인연의 정도 잠재우고 홀가분한 영혼으로 천국을 누비며 병마의 고통 없이 늘 안락을 누리소서.

이종익 선배를 추념(追念)하며

소종섭 (47회 재경전주고 동창회 상임부회장, 전북대 초빙교수)

나는 동창회에서 어언 십수 년간 활동하고 있는지라 돌아가신 선배들의 문상을 꽤나 다녔던 편이다. 갑작스럽게 돌아가신 선배님들의 추억들도 생생하다. 그중에서도 가장 잊히지 않는 분이 43회 고 이종익 선배님이다. 너무나 그립고, 죄송스러운 마음이다.

작년 12월 14일 저녁 늦게 류균(41회) 선배께서 밤늦게 전화를 주셨다. "이종익 선배께서 하루를 넘기기가 힘들겠다. 상을 당하면 동창회에서 연락 좀 하거라."

얼마 전 병원에 계신다는 이야기를 들었지만 병문안을 가지 못했다. 그 후 얼마 되지 않아 부음 소식을 받고 나니 새삼 눈물이 솟구치고 설움이 북받쳤다.

 하필이면 동문 송년화합음악회 공연 날에 맞춰 돌아가시다니. 동창회 사무실에 들러 고문님들과 원로 분들께 일일이 연락을 드리고 동문 회원들에게 문자 메세지를 보내고 나니 다시 음악회 행사 준비가 다급했다. 음악회 중에 애도곡을 대신해 동문들과 묵념을 하였다.

 자식 혼사를 앞두고 있는지라 문상도 제대로 하지 못하고 금년이 되어서야 시안 가족추모공원, 고 이종익 선배 묘소에 다녀왔다. 이종익 선배 부인께서 먼저 오셔서 묘소 단장을 하고 계셨다. 꽃을 꽂고 다 같이 참배를 드리니 죄송한 마음을 금할 길 없어 눈시울이 뜨거워졌다.

 추모집 집필을 부탁 받고 오랜만에 선배께서 사용하셨던 집무실에 가보니 책상, 명패, 소파 등 모든 장식물이 그대로 보관되어 있었다. 선배님이 사무실에 다시 나타날 것 같은 생각이 들어 그리움이 솟구쳤다. 이종익 선배와의 인연은 43회 30주년 행사 전이니 서로 교분을 나눈 지 어느덧 20년의 세월이 흘렀다. 이때 고인께서는 30주년 회장을 맡아 헌신적이고 열정적으로 준비를 한 결과 어느 기수 못지않게 성공적으로 30주년 동창회 행사를 이끄셨다. 그런 모습을 보면서 당연히 후배로서 고인에 대한 존경심을 가지게 되었고, 필자도 47회 30주년 회장을 맡게 되니 헌신적인 봉사와 열정은 선배님의 영향을 많이 받은 바가 크다.

 2004년 조정남 회장께서 재경 회장을 맡은 후, 동창회 조직도 체계적으로 유지할 필요가 있다 해서 운영위원 10여 명을 조직하였는데, 선배님과 같이 운영위원으로서 동창회 활동을 같이 하면서 긴밀한 접촉이 이루어졌다. 그 후 선배님은 재경 동창회 수석부회장과 회장, 고문으로 나는 사무처장, 음악회추진단장, 상임부회장으로 활동하면서 십수 년간 동창회 관련 일들뿐만 아니라 개인적인 문제도 많이 상의를 드렸고 어려움을 토로했던 기억들이 새롭기만 하다.

고인의 성품은 은은하기가 포도주 같아서 항시 온화하면서도 겸양지덕을 가지셨고 또한, 모교에 관해서는 뜨거운 열정을 지니셨다. 나 또한 모교에 대한 사랑과 열정이 있던 터라 이심전심으로 마음과 뜻이 통하였던 것 같다. 고인께서는 몸을 곧추세우는 권위들을 좋아하지 않았고 그저 겸손한 자세로 술을 좋아하시고 친구, 친지, 후배들과도 허물없이 잘 어울리셨다. 그리고 베풀기를 좋아하셨고 마음도 넓고 풍요로웠다. '천하를 덮을 만한 공을 세웠더라도 겸양한 마음을 가져야 한다(功被天下 守之以讓)'라고 했던 공자의 말씀이 참으로 어울리는 사람이었다.

70대 종심(從心)을 넘지 못한 채 짧은 생을 마감했지만 50대 지천명(知天命)과 60대 이순(耳順)에 고귀한 삶과 유덕한 인생을 이승에서 다 향유하시었고 선한 마음과 덕을 베풀었다. 『도덕경』에서는 죽어서도 사람들에게 잊히지 않으면 천수를 누릴 것(死而不亡者壽)이라 하였으니 정녕 죽음은 죽는 순간에 이루어지는 것이 아니라, 잊히는 순간에 이루어지는 것이리라. 추모집을 편집하면서 만나게 된 수많은 선후배 동기들이 이종익 선배를 기억하고 그리워하는 모습을 보니, 이종익 선배는 돌아가시고 나서도 천수를 누리는 것이 아닐까 생각해본다.

또한, 고인은 처음부터 끝까지 심지가 굳고 변함이 없으신 분이며, 밝고 좋은 세상을 만들기 위해 언행과 행동을 실천한 분이다. 그간 나에게 화서 이항로 선생의 말씀을 알려주시고 책도 주신 바 있는데, 아마도 원칙을 철두철미하게 지키는 선배의 성품이 화서 선생을 본받은 듯도 싶다. 게다가 선배의 여유롭지만 진지하고 진실한 생활 태도, 사랑을 강조하는 온화한 성품은 그 어떤 자리에서도 빛이 났다. 서산대사(西山大師)의 선시(禪詩) '답설야중거 불수호란행 금일아행적 수작후인정(踏雪野中去 不須胡亂行 今日我行蹟 遂作後人程)'처럼 선배님 발자취 하나하나가 후배들의 이정표가 되고 가르침이 되었다. 선업(善業)을 쌓음에 주저함이 없고 인덕(人德)을 베풂이 하해(河海)와 같으니 고인의 죽음은 우리 동문들이 슬퍼하지 않는 이가 없었고 절통해하는데 더하고 덜하고가 없었다.

"고인의 유업(遺業)을 잘 받들어 인간의 도리를 지켜 가정을 화평하게 하고, 사업도 잘 계승하여 더욱더 번창하소서. 모든 액운을 피하며 뜻대로 이루어지게 하소서."

마지막으로 고인의 따님들에게 보내는 기도로 글을 맺는다.

누군가에게 축복을 전해주는, 이종익 회장님은 그런 분이었습니다

이규환(50회 전주고 재경동창회 사무총장, (주)건보 대표이사)

동창회의 공식적인 행사에서 몇 번 만난 적이 있었겠지만 내가 고인과 처음 인사를 나누고 교유를 시작한 건 2000년도 초반쯤 되는 것 같다. 그분은 나를 오랫동안 알았던 사람처럼 온화하고 친근한 미소를 지으며 나에게 손을 내밀었다. 사람을 쉽게 사귀지 못하는 안사람도 부드럽고 상대를 배려하는 선배님과 사모님을 좋아하고 따르게 되었다.

그러다 2010년 고인께서 제13대 재경 총동창회 회장에 취임하시며 나를 부르셨다. 50회, 60회, 70회 대로 갈수록 여러 가지 이유로 소속감이나 결속력이 떨어지니 50회인 자네가 나서서 후배들을 결속시키라고 하며 사무총장의 중책을 맡겨주셨다. 회장님의 열성과 노고에 힘입어 2년의 재임 기간 동안 '동서화합음악회'나 '어울림한마당' 등 큰 행사를 실수 없이 마쳤고 회장님과의 교류는 더욱 깊어졌다.

작년 12월 중순 멀리 해외여행 중이었는데 밤 2~3시쯤인가 왠지 기분이 좋지 않은 전화벨이 울렸다. 우리 회사 직원이 회장님이 돌아가셨다는 청천벽력 같은 소식을 전해왔다. 잠이 깬 아내도 "좋은 분은 하늘에서 빨리 데려간다고 하더니 너무 빨리 가셨다"면서 눈물을 흘리기 시작했다.

일행을 인솔하는 입장이라 바로 귀국하지 못하고 시간이 흐른 후 회장님을 뵈러 분당 시안 추모공원을 찾았다. 홀연히 우리 곁을 떠나셨지만 그분답게 먼 곳을 내려다보고 잠들어 계셨다. 우연의 일치겠지만 그 시선의 끝쯤에 내가 클럽 챔피언을 하기도 했고 자주 찾았던 88 컨트리클럽이 있었다.

그분을 뒤로 한 채 일부러 언덕을 천천히 걸어 내려오다가 갑자기 어렸을 때 교과서에서 읽었던『큰 바위 얼굴』이라는 소설이 생각났다. 어린 시절 나에게 큰 감명을 주었던 그 작품. 교보문고로 달려가 책을 사서 몇 번을 읽어보았다.

주인공은 어린 시절 어머니로부터 큰 바위 얼굴에 대한 전설을 듣고 큰 바위 얼굴을 닮은 위대한 인물이 나타나기를 기다린다. 소년은 자라서 주위 사람들과 소통하며 마을 사람들의 어려움에 대한 해결책을 찾아

준다. 그러면서 자신의 인품이 서서히 높아져 사람들이 기다리던 큰 바위 얼굴이 되어간다는 이야기다. 『큰 바위 얼굴』 중에는 이런 구절이 있다.

'그가 일상 속에서 실천하는 차분하고 신중한 덕행은 시냇물처럼 조용히 흐르면서 주변을 넓고 푸르게 적셨다. 이 소박한 사람이 살아 있어서 세상은 매일 조금씩 좋아졌다. 그는 자기 길을 벗어나지 않으면서도 이웃에게 손을 내밀어 축복을 전했다. 그는 자신도 모르게 설교하는 사람이 되었다.

그가 지닌 순수한 생각과 고귀한 소박함은 한편으로는 조용한 선행으로 표현되었지만 한편으로는 그가 하는 말 속에서도 흘렀다. 그가 말하는 진실은 듣는 사람들의 삶을 움직이고 빚어냈다. 그의 말에는 힘이 있었다. 그의 생각과 일치했기 때문이다. 그의 생각은 진실성과 깊이가 있었다. 그가 살아온 인생과 조화되었기 때문이다.'

소년의 삶에서 큰 바위 얼굴이 스승이었듯이 내 삶에선, 이종익 회장님이 닮고 싶은 큰 바위 얼굴이다 그분은 위대한 정치인도 큰 돈을 모은 실업가도 전쟁의 영웅도 아니셨지만 진실한 삶을 사셨던 분이다.

나는 내 마음속의 큰 바위 얼굴을 그리워하고 있다.

미송그룹,
후배 사랑으로 만든 모임이었습니다

김종삼(55회 전주고 후배, (주)대성이엔지 대표)

유독 후배 사랑이 각별하셨던 이종익 회장님께서 12살 아래 띠 동갑인 전주고 55회 후배들과 술자리를 하시던 와중에 후배들이 부부동반 모임으로 발전시키면 좋겠다고 제안하자 회장님께서 흔쾌히 받아들였고 이 회장님 부부와 55회 허홍렬, 김면수, 김종삼 부부와 박종필 부부 등이 구성원이 되었다.

2014년 5월 무렵, 삼익빌딩 옥상으로 구성원들을 초대하여 가든파티 형식으로 창립 모임을 성대하게 치렀다.

이날 모임에서 여름휴가를 함께 가자는 의견이 제시되었고 여행 장소를 회장님의 고향인 무주로 가기로 결정해 그해 7월 31일 무주 통안 계곡에 도착하여 토속음식도 먹고, 물놀이도 하면서 더위를 식혔다. 고스톱도 치면서 선후배 간에 돈독한 정(?)도 나누었는데 밤에는 무주 읍내에서 회장님의 친구 분이 운영하는 노래방에 들러 음주가무도 즐겼다.

무주리조트 티롤호델 숙소에서 1박을 한 후 회장님이 친필 사인을 한 무주에서 제일 유명한 어죽집에 들러 식사를 한 후 상경했다. 복잡하고 더운 서울을 벗어나 후배들과 고향인 청정 무주계곡에서 즐긴 처음이자 마지막이 된 아름다운 여행이었다.

이후 2~3개월에 한 번씩은 만나 라이브카페에 들러 회장님의 숨겨둔 노래 솜씨도 접할 수 있었고, 회장님께서 직접 모임 이름과 운영방침을 며칠간 연구하신 끝에 연말 모임에서 발표함으로써 우리 미송그룹이 탄생하게 되었다.

미송의 의미는 노송(松)과 관련된 아름다운(美) 여인들과 함께한다는 뜻이고, 단순한 소모임이 아니고 그룹 차원까지 발전시키자는 회장님의 심오한 뜻이 반영됐다.

구성원이 10명도 안 되는 사소한 모임이지만 구성원들의 사기진작을 위해 일일이 보직을 임명하시는 등 세심하게 배려하시는 모습을 보면서 사업적으로나 친목적으로나 회장님의 대인 관계의 모습을 확인할 수 있었다. 12년 띠 동갑이기는 하지만 정작 우리는 회장님 부부에게 약간 어려움이 갖고 있기도 했지만 회장님 부부는 우리 세대에 흡수되어 편안함을 주셨다.

몇 차례 후배들의 만남 요청에 거절하시던 회장님께서 2015년 7월 20일 뚝섬유원지 근처 선상카페에서 모임을 가졌다. 전보다 수척해지신 모습과 술과 담배를 절제하시는 것을 보고 건강이 좋지 않으신 것이라고만 생각했지만 암과 싸우시는 줄을 몰랐다. 투병 사실을 끝까지 내색치 않으셨던 것이다.

그룹으로까지 발전시키려고 한 미송 모임이 리더이신 회장님의 서거로 인해 피어보지도 못하고 꺾였다. 하지만 비록 함께한 시간은 짧았지만 사모님께서는 미송모임만큼은 편했다고 말씀하셨고, 비록 회장님은 가셨어도 우리에게는 회장님이 저희에게 주신 애정을 사모님께 돌려드려야 할 도리가 남아 있다.

전주고등학교의 왕별이 떨어졌습니다, 아쉽고 원통합니다

허홍열(55회 전주고 후배, 나비드치과 원장)

우리 동기 모임에 초청해 저녁 식사를 했던 때를 잊을 수 없다. 젊은이 못지않은 시원시원하게 술 드시는 모습과 편안하게 후배들을 대하시는 모습을 보며 12년 후배들인 우리들은 후일 과연 이 선배님처럼 될 수 있을까 부러워했던 기억이 난다.

이후 만남 횟수가 늘어가면서 이 회장님에 대한 나의 판단과 느낌이 틀리지 않았음을 알 수 있었고 더욱 인간미를 느낄 수 있었다. 늘 웃음을 잃지 않으셨고 활기차셨으며 후배들 일을 마치 본인 일인 양 적극적으로 돌봐주시고 배려해주시는 모습을 보면서 존경심이 저절로 우러났다.

어려운 후배를 경제적으로 도와주시는 일, 후배들과의 만남에서도 소탈하게 스스럼없이 젊은 시절 얘기며 인생 이야기를 하시면서 격의 없게 편안하게 후배들을 배려해주셨던 일, 회장님 댁에서 늦은 밤 함께 술잔을 기울이던 때가 엊그제 같은데 믿고 싶지 않은 부음을 접했다.

저를 믿고 사모님과 선배님의 치과 치료를 제게 맡기셨는데 "우리 안사람은 아픈 걸 못 참으니 아프지 않게 해달라"고 부탁하시며 사모님을 각별히 생각하시는 모습 또한 잊히지 않는다.

2015년 여름쯤, 일요일 차 한잔 하자고 부르시더니 항암 치료 중임을 밝히셨다. "하늘에서 많은 걸 주셨는데 건강을 주지 않으셨다!"라고 말씀하시며 항암 치료 효과가 좋다고 하셨다. 그때만 해도 건강하게 보이셨다. 의연하고 늠름한 모습을 보이셔서 충분히 극복하리라 믿었는데 갑작스럽게 타계하시었다니 너무나 놀라고 황망했다.

오랫동안 잘 모시고 큰 산처럼 든든하게 믿고 기대고 싶은 선배로 함께 하고 싶었는데 너무 아쉽고 원통하다. 후배 사랑이 남달랐던 선배님! 우리 전주고 동창회의 큰 왕별이 떨어졌다. 고맙습니다. 사랑합니다.

차마 전하지 못했습니다, 후배가 보내는 러브레터

이강만(59회 전주고 후배, 한화그룹 전무이사)

회장님을 처음 뵌 것은 6~7년 전쯤으로 기억된다. 동창회 일로 고생한다며 재경 총동창회 회장으로서 20여 명에게 저녁을 사신 것이다. 당연 말석에 앉아 있어야 할 막내를 가까이 앉히시고는 특유의 인자하신 표정과 다정한 말투로 나를 단숨에 매료시켜버렸다.

'저런 분을 모시고 일을 한다면 정말 열심히 할 수 있을 것 같다'는 생각이 바로 들었다. 그래서 동기회장도 흔쾌히 맡게 되었던 것 같다.

회장님은 항상 모범적이셨다. 기금을 모을 때도 가장 먼저 가장 많은 금액을 쾌척하셨고, 모임이 있을 때에도 먼저 나오셔서 후배를 기다리셨고, 필요한 자리에 기꺼이 시간을 내서 참석해주셨다. 그것뿐이 아니었다. 항상 어려운 사람과 약한 자를 먼저 배려하는 따뜻한 마음을 보여주셨다. 그리고 그것을 자랑하지도 않으셨다. 그래서 누가 물어봐도 그분은 나에겐 최고로 멋지고 훌륭하고 자랑스러운 동창회장님이셨다.

오늘 문득 그분이 사무치게 그립다. 그리고 이제 그분을 다시 뵙지 못한다는 것이 참으로 안타깝다. 하지만 그분이 남기신 소중한 기억과 잔잔한 미소 그리고 자상한 목소리는 아직도 생생하다. 더욱이 친자식처럼 사랑했던 그분의 맏사위가 나의 지근거리에 있고, 매일 오가면서 만나게 되니 조금이나마 위로가 된다. 그분의 빈자리를 조금은 대신하고 있으니 말이다. 조만간 퇴근길에 그 친구를 불러 저녁이라도 사주어야겠다.

낙락장송의 삶을 살고 갔다고 위로하며, 마지막 길을 추억하겠습니다

여송(汝松) 이종익 회장은 한 그루 쭉 뻗은 소나무 같은 사람이었다. 부드러움과 기품을 함께 지닌 고고한 소나무의 삶을 살았다. 소나무란 원래 독야청청, 홀로 서 있기를 좋아하는 나무다. 여송 또한 아호대로 우뚝 선 낙락장송(落落長松)이었다. 세인(世人)들은 의아해할지 모른다. 주변에 따르는 사람이 그렇게 많고 그들을 보듬어 안고 베풀기를 좋아한 여송에게 홀로 선 소나무의 이미지는 맞지 않다고 여길 것이다. 오히려 모든 이들의 그늘이 되어 쉬어가고 의지하는 정자나무가 더 어울리지 않느냐고 반문할 수도 있다. 맞는 말이다.

여송이 살아서 주변에 베푼 덕은 말로도 글로도 다 표현할 수 없을 만큼 넘쳐나 이 책에 반도 담지 못한 것이 사실이다. 그가 남긴 체취는 동구 밖 향나무처럼 향기로 가득하다. 그럼에도 불구하고 필자는 여송이 한 그루 고고한 소나무의 삶을 살다 갔노라고 증언한다. 그 진면목을 필자는 여송의 마지막 가는 길에서 두 눈으로 목도했다. 우연인지 필연인지 여송의 와병과 투병 그리고 영면에 이르는 수개월을 지켜본 필자는 여송이야말로 의연하고 기품 있는 낙락장송의 삶을 살다 간 대인이었노라고 추억한다. 여송을 아끼고 흠모했던 많은 사람들, 특히 여송의 와병을 까맣게 모른 채 어느 날 갑자기 부음을 접하고 망연자실했을 수많은 친우와 지기들에게조차 여송은 자신의 상태를 알리지 않았다. 약해진 모습을 보이고 싶지 않아서였을까? 어느 날 씻은 듯이 나은 건강한 몸으로 당당히 나타나고 싶어서였을까? 여송은 대신 고통스럽기 짝이 없는 항암 치료를 혼자 감당해냈다. 일곱 차례에 이르는 항암 치료에 무너지긴 했지만 의식을 잃기 전까지 여송은 결코 암세포에 무릎을 꿇지 않았다. 전문가들에 따르면 항암 치료는 암세포를 없애긴 해도 종당에는 다른 건강한 면역세포까지 절단 내는 비극을 수반한다고 한다.

 여송은 그런 지식도 들어 알고 있었지만 피하지도 물러나지도 않았다. 의사가 권하는 모든 치료를 받아들였고, 그 과정에서 초래되는 끔직한 항암 치료의 고통에 굴하지 않았으며, 고통스러운 나머지 생을 포기하려 하지도 않았다. 항암 치료의 끔직한 부작용에 내색도 하지 않고 의연하세 버틴 탓에 필자 또한 여송만큼은 기적처럼 병마를 이겨낼 수 있을 것이라는 믿음에 빠져 정작 해야 할 말, 나누고 싶던 말 한마디를 제대로 못하고 떠나보낸 허망함이 애통할 따름이다. 여송은 사랑하는 가족과 그를 아끼는 모든 사람에게 다시 돌아갈 수 있다는 믿음을 마지막까지 놓지 않았다. 푸른 솔의 의연함과 기개를 끝내 잃지 않았다. 그리고 그는 마침내 '여송 한 그루, 큰 소나무 장송'이 되어 눈을 감았다. 타인에게는 쉬어가고 의지하는 정자나무가 되었던 그가 스스로는 왜 소나무를 닮고자 했을까? 왜 그 길을 끝까지 걸으려고 했을까? 그것은 여송에게 청운의 꿈과 기개를 심어준 모교의 학풍 그리고 가르침과 무관하지 않다. 여송이 다닌 전주고등학교의 심벌은 소나무, 전주고등학교가 위치한 곳의 옛 지명은 노송대, 전주고등학교의 교표는 솔방울이었다. 그 속에서 여송은 누구보다도 온 몸으로 모교의 가르침을 받아들이고 깨우쳐 전주고를 대표하는 큰 선비가 되었다. 호남의 대표 인문고인 전주고등학교가 길러낸 수많은 인재들 가운데 여송은 흔치 않은 기업인이었다. 인문고인 탓에 학자나 법조, 언론인 등 기라성 같은 인재를 배출했지만 실업계에서 두각을 나타낸 졸업생은 많지 않다. 그 많지 않은 전주고 출신 실업인 가운데 여송은 성공한 한 사람었다.

성공한 전주고 출신 기업인들에게는 타 실업고나 다른 지역 기업인들에서 찾아볼 수 없는 공통점이 있다. 바로 선비 기업인을 지향한다는 점이다. 선비란 무엇인가? 선비는 학문을 닦는 사람이다. 학문을 닦은 선비가 기업을 하면 어떻게 될까? 자본주의 정신과 선비 정신이 만나서 기업을 제대로 키워낼 수는 있을까? 여송은 그 우문에 명쾌한 해답을 준 전주고의 대표적인 선비 기업인이었다. 학문을 닦은 선비가 자본주의 시장(市場)과 만나는 접점은 정직과 신의 그리고 근면과 성실이다. 선비 기업인은 부정을 일삼지 않으며 일확천금을 노리는 모리배의 길을 걷지 아니하며 배운 바 원칙과 도리를 최대한의 덕목으로 삼아 선재(善財)를 쌓는 것이 목표다. 자신이 가진 실력대로 욕심을 내지 않고 성실하게 한 걸음 한 걸음 나아가 작지만 실속 있고 떳떳한 강소기업을 일구어 나가는 것이다. 전주고 출신의 기업인들은 그래서 재벌이 되기도 어렵지만 모리배 형의 졸부 또한 되기 어렵다. 여송이 소규모 공장에서 출발해 지금의 강소기업을 일구기까지 걸어온 행장이 웅변으로 증명하고 있다. 여송이 기업인으로서 걸은 길은 이 책에 자세히 기록되어 있기 때문에 더 이상 구구한 설명이 필요 없을 것이다. 여송이 기업인이 되기까지 걸은 길이 학문을 닦는 선비가 걸은 길과 궤적이 같다면 여송이 적지 않은 직원과 근로자들을 품고 가는 오너로서의 길 또한 그의 모교인 전주고의 인문학적 가르침인 군자지도(君子之道)에서 벗어나지 않는다. 군자란 사전적으로 학식이 높고 행실이 어진 사람을 일컫는다. 선비이면서 마음에 어질 인(仁)을 품은 사람이 군자이다. 여송은 스스로 군자지도를 깨치고 그를 실천해온 사람었다. 여송을 따르는 주변인, 친구와 친인척, 친지는 물론 회사와 거래처에 이르기까지 이 책에 담을 수 없을 만큼 많은 사람들이 여송의 군자 풍모를 상찬한다. 서양에서 군자는 젠틀맨, 신사로 통한다. 신사의 덕목은 관용과 노블레스 오블리주, 솔선수범의 정신이다. 여송만큼 군자지도를 구현해온 기업인을 필자는 알지 못한다. 여송은 오로지 선재를 추구한 선비자본가, 서로 다른 것을 인정하되 끊임없이 같아지기를 좇은 존이구동(存異求同)의 군자의 일생을 살았다.

작년(2015년) 늦은 봄 어느 날 청천벽력처럼 받아든 암 진단, 수술조차 불가능하다는 판정 이후 시작된 투병 과정에서 보여준 놀라운 의지, 절망적인 상황 속에서도 끝내 의연했던 여송의 기품 있는 모습을 필자는 오랫동안 잊지 못할 것이다. 원래 다니던 S종합병원에서의 치료가 마음에 들지 않았는데도 내색을 꺼리던 여송의 심사를 읽고, 모교인 K대학병원으로 부랴부랴 옮겨 치료를 이어갈 수 있었던 것은 평소 여송이 잘 알고 필자와도 절친한 Y의료 원장의 세심하고 우정어린 배려가 있었기 때문이고, 덕택에 여송은 편안히 눈을 감을 수 있었다. 이 자리를 빌려 감사의 인사를 전한다.

여송을 떠나보낸 빈자리가 너무 커 허망한 심사만 곱씹고 있던 올해 초 어느 날 유가족과 여송의 평생의 지우인 이종인 전 체육진흥공단이사장이 함께 한 자리에서 여송의 추모집 얘기가 자연스럽게 꺼내어졌다. 여송이 남긴 말과 글이 의외로 많고 무엇보다 여송을 그냥 기억 속에 남겨두기만 하기에는 여송의 일생이 너무 값지고 교훈적이라는 생각이 이 책을 만들게 한 직접적인 동기가 되었다. 여송을 아는 주변의 모든 사람이 추모집을 내는 데 찬성했고 앞다투어 여송을 기리는 글을 보내주었다. 모두 80여 편의 소중한 글이 모였지만 편집 여건상 보내준 글을 다 싣지 못하고 군데군데 첨삭과 가감을 할 수밖에 없었던 데 대해 심심한 양해의 말씀을 올리고 싶다. 특히 추모집에 도움을 주신 이들로 원인기, 김태혁, 전정환, 김형철, 김면수, 김상윤, 한철웅, 윤남호, 이정호, 안보길, 이명신, 이순남 님, 그리고 삼익유가공 식구들에게 고맙다는 인사를 이 자리에 빌어 하고 싶다.

여송의 일대기는 여러분이 보내준 회고와 가족의 증언을 토대로 두 분 작가 강신영과 최은주가 정리해, 탄생에서 결혼까지, 회사 설립 이후 삼익유가공 시절의 이야기 그리고 사회활동과 베풂과 나눔의 삶, 가족과 지인의 추모의 글로 나누어 정리해 실었다. 마지막 퇴고 과정에서 이영옥 여사와 두 따님, 샘이와 봄이는 밤을 새워가며 혹여 글자 한 자라도 빠진 것은 없는지, 잊어버린 기억은 없는지 다른 분들이 보내주신 소중한 원고에 오자와 탈자는 없는지를 꼼꼼이 챙겼다. 가족의 지극한 정성이 없었던들 이 책은 나오지 못했을 것이다. 아울러 바쁜 일정을 쪼개어 편집회의에 적극적으로 참여하고 책이 만들어지기까지 물심양면의 노력봉사를 아끼지 않은 차경선(삼익), 이종인(43회), 이철재(43회), 육완방(43회), 소종섭(47회), 이규환(50회), 김명신(52회) 등의 편집위원에게 고개 숙여 고마운 인사를 드린다.

 여송을 기리는 추모집을 몇 권을 낸다 한들 고인을 향한 그리움과 애통한 마음이 어찌 쉽게 가실 수 있을까? 다만 우리의 영원한 벗이요, 귀감이었던 여송을 잊지 않기 위한 작은 소망으로 이 책을 삼가 여송의 영전에 바친다.
 잘 계시라. 그리고 편히 잠드시라.

2016년 12월 1일 여송 1주기에
편집위원을 대표해서 류균이 씀

2008년 10월 기념 식수한 전주고·북중학교 교정 내의 이종익 소나무.

여송 이종익 선생은

70대 종심(從心)을 넘지 못한 채 짧은 생을 마감했지만

50대 지천명(知天命)과 60대 이순(耳順)에 고귀한 삶과 유덕한 인생을

이승에서 다 향유하시었고 선(善)한 마음과 덕(德)을 베풀었습니다

이종익 기념 강의실, 건국대학교 정치외교학과 강의실로 쓰인다.

1972년 2월　제대 후 건국대학교 도서 열람증에서 찍힌
이종익 회장.

영동 선산 앞 전경은 아름답다.

1991년 10월 29일 미국 시카고에서 컬처시스템사와 유산균 종균 계약을 맺는 이 회장의 모습. 오른쪽이 컬처시스템의 김형수 박사이다.

2015년 7월 화서 이항로 선생의 생가에서의 이종익 회장. 착한 일을 하면 죽어도 살아 있는 것이고 악한 일을 하면 살아도 죽은 것이니라(爲先則雖死如生 爲惡則雖生如死). 여송은 화서 선생의 글귀처럼 살고자 했다.

2003년 9월 4일 일본 아오모리현 메이지 유업체에 고 유제현 박사와 방문했다.

2004년 8월 23일 올림픽파크호텔에서 농학박사 학위 축하연에서 축사 중인 이종익 회장.

2004년 8월 23일 올림픽파크호텔 농학박사 학위를 받은 이 회장을 축하하며 가족들과 함께 기념 촬영을 했다.

2002년 가족여행을 미국의 뉴욕 모홍크마운틴리조트에서 즐겼다. 살아가는 제1의 이유가 가족인 이 회장은 사업으로 바쁜 중에도 가족들과 휴가를 꼭 챙겼다.

추억으로의 여행
-졸업 30주년(1996) 행사를 중심으로-

이 종 익

12년전 추억으로의 여행을 떠나보자.

1995년 추웠던 겨울에서 1996년 따스한 봄날까지의 추억속으로 말이다.

그때 서울 강남구 신사동 일대는 「전주고 43회 졸업 30주년 기념행사」 준비로 그야말로 떠들썩했다.

약간의 과장법을 쓰자면 신사동 일대의 밥집, 커피숍, 술집의 경기가 과열됐었고 대회가 끝나고 나니 I.M.F가 왔다는 전설이 있었다나 어쨌다나......

서울과 각 지역에서 160명, 전주를 비롯한 전남북지역에서 135명, 미국·캐나다·독일·중동 등 세계각지에서 11명 등, 300명 넘게 참석하였고 은사님만 40분이 와 주셨으니......

그 뿐이 아니라 역대 졸업기수 홈 커밍데이 역사상 가장 많은 학교발전기금과 체육성금 및 학력 증진비를 쾌척하였고 학교에 의자 300조도 기증하였다.

전주고 문집에 실린 이종익 회장의 글.

여송 이종익 생애(1947년 6월 10일~2015년 12월 15일)

1947년 04월 22일 (음력)	전북 무주군 무주읍에서 태어나다. _부 이정기 (1918 ~ 1974) | 모 김경희 (1921 ~ 2009) _큰형 종태(1940) | 둘째형 종석(1944) | 동생 종영(1953)
1954년 04월	무주초등학교 입학하다. _아버님의 전북도청 전근으로 전주풍남초등학교 2학년에 전학가다
1960년 04월	전주북중학교 입학하다.
1963년 02월	전주고등학교 입학하다.
1966년 02월	전주고등학교 43회로 졸업하다.
1967년 02월	건국대학교 법정대학 정치외교학과에 입학하다.
1969년 02월	육군 입대하다.
1972년 02월	육군 예비역 병장 만기 전역하다.
1975년 02월	건국대학교 법정대학 정치외교학과를 졸업하다.
1976년 09월 13일	이영옥 여사와 결혼하다.
1977년 12월 26일	장녀 샘이가 출생하다.
1978년 04월	한국유가공협회 기획실장이 되다.
1981년 09월 08일	차녀 봄이가 출생하다.
1984년 11월	(주)삼익비지니스 대표이사가 되다.
1987년 12월 09일	(주)삼익유가공 대표이사가 되다.
1989년 12월	(주)삼익적외선 대표이사가 되다.
1991년 02월	전주풍남초등학교 40회 동창회 초대회장이 되다.
1994년 01월	전주고등학교 장학회 이사가 되다.
1991년 03월	재경 전주고와 북중 43회 동창회장이 되다.
1994년 10월 09일	벽진 '鍾'회 발족하다. _종친회를 서울에서 1회. 무주에서 1회 진행하다.
1994년 11월 22일	(주)삼익적외선 공장 준공식. _(주)삼익유가공 창사 10주년 기념일을 맞이해 삼익적외선은 송탄공장에 서 임직원 및 지역관계 인사 등이 참석한 가운데 공장 준공식을 가졌다.

1994년 11월 23일	일간 『내외경제신문』에 삼익적외선 해외 진출에 대한 기사가 실리다.
1995년 09월	전고·북중 총동창회 부회장으로 선출되다.
1996년 06월	전주고 43회 30주년 행사, 홈커밍데이를 개최하다.
1996년 11월 30일	통상산업부장관 수상하다. _제18567호 무역 진흥 부문
1996년 11월 30일	(주)삼익적외선 '백만불 수출의 탑'을 수상하다.
1996년 12월 16일	『중앙일보』에 홈사우나 수출업체인 (주)삼익적외선이 유럽에서 호평을 받았다는 기사가 실리다. _「不況을 이기는 작은 영웅들」「이동식 저가 제품 히트 핀란드 등 유럽서 호평」
1997년 01월	한국유가공기술과학회 이사가 되다.
1997년 04월	한국초등테니스연맹 회장으로 선출되다. _한국초등테니스연맹은 1995년 2월 창설되었지만 2년여 동안 회장이 공석이었다. 이종익 회장이 취임한 후 소년체전을 포함해 초등대회 4회를 개최했다.
1998년 01월	재경 전주북중고등학교 제43회 동창회관을 강남구 선릉로에 마련하다.
1998년 01월	한국낙농학회 이사로 선출되다.
1998년 02월	건국대학교 농축대학원 축산식품공학과 농학석사를 취득하다.
1998년 07월	한국축산식품학회 재무간사로 선출되다.
1998년 11월	한국초등학교테니스 선수들 미국 오렌지볼 대회에 첫 출전하다. _12세 이하 선수 최동휘를 시작으로 매년 장수정, 정현, 홍성찬, 오찬영, 이덕희 등이 출전하여 대한민국 꿈나무 테니스의 위상을 높였다.
1999년 01월	재단법인 전주고·북중 총동창회 장학회 이사로 선출되다.
1999년 03월 09일	『전북일보』 기획특집으로 인터뷰 기사가 실리다. _「위생, 맛, 품질 타의 추종 불허」「한치의 차질 없는 품질관리로 경쟁력 높여」「원적외선 사우나기 연간 2백만 달러 수출」「기업의 사회적 책임 실천 앞장」「전북 경제 일조 위해 김제에 공장 조성」「테니스 꿈나무 육성에도 남다른 이목」
2000년 03월	전북 정읍상공회의소 이사로 선출되다.
2000년 03월15일	산업자원부 장관상을 수상하다. _상공업 발전 부문 제46649호

여송 이종익 생애(1947년 6월 10일~2015년 12월 15일)

2000년 06월 03일	벽우회(벽진이씨 홍산화수회)를 창립하다.
2000년 10월 22일	벽우회(13) 추계 친목를 다지다(22일~24일). _정읍 내장사 및 광주 일선
2001년 12월	대치포럼 발족하다(멤버 17명).
2002년 03월	한국초등테니스연맹 홈페이지를 개설하다.
2002년 04월 28일	벽우회 봄 야유회를 개최하다. _충남 천안시 성환읍 어룡리 축산기술연구소
2002년 05월	건국대 농축대학원 동문회 수석부회장으로 선출되다.
2002년 05월 10일	한국축산식품학회 국제학술발표대회 최우수 논문상 제02-901으로 선정되다.
2003년 01월	민주평화통일 자문회의 자문위원으로 위촉되다.
2003년 04월 15일	벽우회 봄 야유회 기차여행을 개최하다(15일~18일). _대전 뿌리공원, (주)삼익유가공 김제공장, 변산반도, 법성포, 백수해안 도로
2003년 06월 13일	한국축산식품학회 공로상을 수상하다.
2004년 02월	재경 전고 · 북중 총동창회 운영위원이 되다.
2004년 03월 27일	충북 영동군(조부, 선친) 묘소 정비를 하다(27일~28일).
2004년 04월 27일	벽우회 봄 야유회 관광을 개최하다(27일~29일). _진주 촉석루, 진주성, 통영, 해금강관광, 남해
2004년 08월	건국대학교 대학원 유가공학 농학박사 학위를 취득하다.
2004년 08월 27일	건국대학교 농축대학원 유제현 교수 퇴임식을 주관하다.
2004년 09월	대한테니스연맹 주최로 열린 사라포바의 경기를 관전하다.
2004년 10월 14일	「농축환경신문」 제255호에 기사가 실리다. _박사 학위 논문 「캐피어 발효유가 인체에 미치는 영향」 소개
2004년 11월	(주)삼익유가공 창사 20주년 행사를 개최하다. _김제공장 기념식 및 체육대회
2005년 04월	건국대학교 농축대학원 동문회 회장으로 선출되다.
2005년 06월	한국축산식품학회 평의원으로 선출되다.

2006년 03월	건국대학교 제107호에 「Dream 건국(PEOPLE 건국인)」으로 소개되다.
2006년 04월	사단법인 화서학회 이사장으로 선출되다. _화서학회는 화서 이항로 선생의 위정척사 정신을 고양하고 연구하는 학술단체로 2001년에 출범했다.
2006년 05월 13일	홍산화수회 봄 야유회를 개최하다. _강남구 압구정동 선상 뷔페
2006년 08월 22일	「강원일보」에 인터뷰 기사가 실리다. _「제2의 테니스 이형택 키워내자」
2007년 01월	건국대학교 유가공연구실 동문회 회장으로 선출되다.
2007년 04월	건국대학교 총동문회 부회장으로 위촉되다.
2007년 04월 22일	홍산화수회 봄 야유회를 개최하다. _경기도 하남시 미사동 풀하우스
2007년 08월	건국대학교 동물생명과학대학 축산경영 · 식품학 겸임교수로 위촉되다.
2007년 10월 31일	건국대학교 동문기업탐방(제186호)으로 소개되다. _「(주)삼익유가공 이종익동문(정외 67) 누구에게나 친근하고 믿을 수 있는 일등기업 최고품질의 유가공 제품생산 200개 업체에 공급」
2007년 08월	한국초등테니스 국제대회를 개최하다. _10개국 70여 명 선수들과 세계 테니스 흐름을 공유했다.
2009년 10월	서울대학교 식품영양산업 최고경영자 CEO 과정을 이수하다.
2009년 10월 23일	「전북일보」에 '뛰는 기업인'으로 기사가 실리다. _「무주출신 이종익 (주)삼익유가공 대표 국가 · 사회 · 인류 위한 기업운 영 노블레스 오블리주 정신 실천」
2010년 02월 22일	재경 전주고 · 북중 총동창회 회장으로 위촉되다.
2010년 10월 06일	서울대학교 식품영양산업 CEO 과정(FNP)을 이수하다.
2011년 09월 19일	「전북도민일보」에 제1회 재경 전주고 · 북중 어울림한마당 큰잔치 개최 에 대한 기사가 실리다.
2011년 11월	건국대학교 'Dream 건국 르네상스와 함께하는 축산대학 네이밍기부 이종익 동문'이 기재되다.
2012년 01월 15일	한국초등테니스연맹 정기총회를 열다.
2012년 02월 07일	재경 전주고 · 북중 동창회장을 퇴임하다.

여송 이종익 생애(1947년 6월 10일~2015년 12월 15일)

2013년 08월 29일	『스포츠조선』 특별기획에 한국초등테니스연맹 기사가 실리다. _「한국테니스의 꿈을 키워가는 연맹회장 "내가 큰 꿈을 꿀 때 꿈나무들이 더 큰 꿈을 갖게 될 것이다"」
2015년 11월 19일	『한국일보』 우수기업 품질경쟁력대상을 수상하다. _「국내 최초로 유청분말 국산화에 성공한 (주)삼익유가공」
2015년 12월 15일	가족의 품안에서 잠들다.
2015년 12월 26일	『테니스 피플』 송년호에 기재되다. _「'우리 선수 그랜드슬램 우승이 소원' 고(故) 이종익 초등테니스연맹 회장」
2016년 03월 03일	(주)삼익유가공 모범 납세자상을 수상하다.
2016년 04월 21일	사단법인 화서학회 한국독립운동기념비 제막식. 한국독립운동기념비 건립 : 양평군 용문산 관광단지 내 한국민족독립운동발상지비 외 6기(총 7기).
2016년 12월 15일	전주고 · 북중 총동창회로부터 '자랑스러운 전고인상'을 수상하다.

WWW.SAMIKDAIRY.COM

(주)삼익유가공

1987년 (주)삼익유가공이 태어났습니다.

1993년 국내 최초로 **유청 분말화**에 성공했습니다.

2015년 **HACCP 인증**을 획득했습니다.

(주)삼익유가공은 분유 대용류, 유크림유, 식물성 크림류, 유당, 땅콩 전지분, 천마혼합분 등을 생산하고 있으며 최고 품질의 유산균주를 공급하고 있습니다. 그 결과 (주)삼익유가공의 제품은 서울우유, 한국야쿠르트, 푸르밀, 동원, 오뚜기, 롯데제과, 빙그레, 청우식품, 서울에프앤비 등 크고 작은 식품 기업에 공급되고 있습니다.

깨끗하고 믿을 수 있는 제품으로
(주)삼익유가공이 함께 하겠습니다.

정직한 삼익, 건강한 삼익, 새로운 삼익

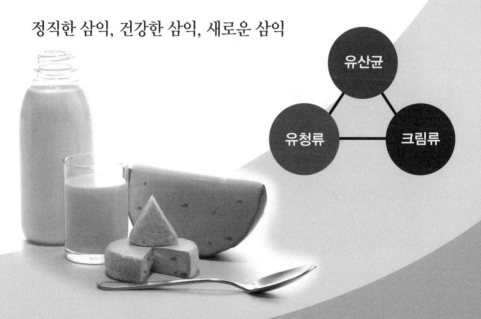

주소 | (우)06195 서울특별시 강남구 역삼동 453(대치동 삼익빌딩 6층) | TEL : 02-539-4511 | FAX : 02-566-3290
(우)54363 전라북도 김제시 봉황공단1길 303

BiO
SANG SANG BIO
상상바이오(주)

상상파크
건강용품 · 건강식품 쇼핑몰
Tel. 1577-2298
건강을 위한 똑똑한 쇼핑
www.sspark24.com

상상나무
돌선상상예찬 돌선상상클리닉
Tel. 031)973-5191
미래를 여는 지식의 힘
www.smbooks.com

상상바이오(주) | One-Stop Total Communication
출판 · 광고 · 인쇄 · 디자인 · 기획 · 마케팅

상상나무와 함께 지식을 창출하고 미래를 바꾸어
나가길 원하는 분들의 참신한 원고를 기다립니다.
한 권의 책으로 탄생할 수 있는 기획과 원고가 있
으신 분들은 연락처와 함께 이메일로 보내주세요.

이메일 : ssyc973@daum.net